忽必烈大帝

全真祕笈重出世，亡國魂聚中秋盟

饒夥發 著

極目山川無盡頭，烽煙不斷水長流。
如何造物開天地，到此令人放馬牛。

為推翻虎狼之國蒙古，入漢俗、取漢名、繁衍華夏子孫，
以「韜光養晦」的百年之約為誓靜待時機，
讓子孫去完成未竟的事業！

目錄

自序

雖然，土生土長於新加坡，我對中國歷史卻特有偏好，但是，總覺得元朝的歷史十分模糊，尤其是有關忽必烈方面，更是霧裡看花，數據很不齊全，於是，我利用閒暇時間大量翻查史料，才發現元朝建立前後的歷史，是如此驚心動魄。蒙古人透過策略大迂迴，成功統一了全中國，其過程原來是充滿了血腥與智慧，無論是在軍事與外交，還是策略與戰術上，都有許多值得深思之處。震撼之餘，奮筆疾書，終於寫下《忽必烈大帝》這部長篇小說，讓這段塵封的歷史，故事化地重現於世。

為了避免枯燥乏味，我採取歷史演繹與武俠故事相結合的方式，呈現這部小說，小說的歷史內容基本上是真實的，武俠部分自然是屬於文學創作，純屬虛構。

由於元代的思想觀念十分開放，不像明清兩代的保守，為了忠於時代的反映，小說也涵蓋情趣內容，但求在娛樂中，引領讀者走入歷史的隧道。

小說原名《中秋盟》，重修之後，篇幅比原來增加了一倍，忽必烈的故事成為了小說的

自序

重心，因此，改名為《忽必烈大帝》。小說中的兩個主角，尹志平是中亞人，忽必烈則是蒙古人，兩人雖然都受過漢文化的薰陶，但畢竟都是「化外之民」，儒家思想對他們而言，只是手段而不是規範。他們所遵崇的只是強者的哲學，思維上並沒有儒家的思想包袱。尹志平是虛構的人物，在小說中扮演武功高強，叱吒武林的幫會頭子，他追求的是行動的代價而不是傳統的俠義。忽必烈則是個雄才大略、不屈不撓的強者，他勇於實事求是地融入漢文化，以漢治漢，終於成功統一全中國，成就雄圖霸業。為了使兩人有機對接，小說虛構了「中秋盟」的故事，並藉以反映血與火的時代，以及人性的另一面。

忽必烈大帝是元朝的創始者，而元朝是中國有史以來版圖最大的朝代，東至東海，西至中亞，南至南海，北至北極（郭守敬曾奉命到北極測量天文）。儘管今天的中國只及當年的一半，也足以讓後人對忽必烈心懷感激。

地理條件也往往注定國家的宿命，中國的處境尤為敏感，無論是在陸上或者海上，都潛伏著危機，謹希望這部小說有助於人們居安思危。元代的國際交流十分暢通，不同的宗教和哲學都有生存的空間，但是，反映這個時代的小說並不多見，因此，願以此拙作拋磚引玉。

饒夥發

楔子：禍水西引

極目山川無盡頭，烽煙不斷水長流。
如何造物開天地，到此令人放馬牛。
飲血茹毛同上古，峨冠結髮異中州。
聖賢不得垂文化，歷代縱橫只自由。

——丘處機

在西京北部的長城上，站立著一個年過六旬，鬢髮蒼白，雙目矍鑠的道士，他身佩長劍，迎著塞外狂吹的寒風，這位儀表肅穆，正氣凜然的道士，正是北宋王重陽的得意弟子，現任全真派掌門丘處機是也。他從懷中取出大汗的侍臣劉仲祿的介紹信，看了一遍後，自言自語地說：「此番出塞名為布道，實則要說服成吉思汗西征，以消弭中原的戰禍，才不負中原武林之託。」他凝望著城外無邊無際的遼闊草原，面對這蒼茫的大地，他禁不住觸景生情地吟誦即興的詩作。

正當丘處機感慨萬千之時，突然城外沙塵滾滾，馬蹄聲如暴風驟雨般由遠而近，竟然是密密麻麻的蒙古大軍，如潮水般地湧進了長城，西京城很快就被包圍了，一幕慘烈的攻防戰拉開了序幕。原來成吉思汗討伐金國，野狐嶺首戰大捷，便乘勢攻破居庸關直取中都，卻因久攻不克，而轉回來攻打西京，誰知西京城也是城高牆厚，防守嚴密，使蒙古軍蒙受慘重的傷亡。成吉思汗為了鼓舞軍隊的鬥志，下令號角齊鳴，竟然身先士卒發起衝鋒，金國守軍也是擂鼓吶喊，利箭如驟雨般，密密麻麻地從城牆上射下來，成吉思汗突然「啊」的一聲跌下了馬，將士們快速地扶他上馬，他的肩部插著一支利箭，還在馬上大喊一聲「殺啊」才昏了過去，約百來名的蒙古軍簇擁著他離開戰場。

西京地區的黃土高原溝壑縱橫，正當這支馬隊來到一條狹長的走道時，突然殺出一支數約兩百餘人的金國伏兵，雙方展開了你死我活的廝殺，由於對方有備而來，蒙古軍雖然奮不顧身，最終還是全軍覆沒，當然金國伏兵也是傷亡慘重，只剩下二十多人。此時成吉思汗甦醒了過來，他不顧身負箭傷，揮刀殺敵，在砍倒三名金兵之後，因不支而墜馬落地，其餘金兵即刻包圍過來，成吉思汗已無力抵抗，他悲嘆一聲：「天欲絕我乎？」突然一道銀光在包圍圈內閃爍劃過，周圍的金兵盡皆哀叫倒地，一條人影迅即負起成吉思汗，策馬而去。

孤山腳下，蒙古軍的營帳綿綿不絕，天可汗的帳內充滿著緊張和憂鬱的氛圍，成吉思汗躺在鋪蓋著羊毛的大床上，他望著身邊的一名道士說：「多謝道長救我一命，不知恩人高姓大名？」道士呈上一封信說：「貧道乃全真派掌門丘處機，應劉仲祿之邀，前來覲見大汗。」成吉思汗聽後大喜說：「我日夜盼望著你的到來，想不到來得正是時候，否則我命休矣。」丘處機微笑說：「大汗吉人天相，貧道只是適逢其會，舉手之勞罷了。」成吉思汗憂戚地問：「我的箭傷能否治好？還望真人助我脫此一劫。」丘處機略一點頭，便解開行囊，將金創藥，解毒藥，止痛藥，手術刀具等擺在桌面上，又吩咐下人拿來一盆清水，他給成吉思汗喝了一碗麻沸湯，再點他的昏睡穴，便著手為他割肉取箭，刮骨去毒，以酒精清洗傷口，再敷上金創藥，最後才以紗布將傷口包紮妥當，成吉思汗的兒子朮赤、察哈臺、窩闊臺、拖雷等無不緊張地環立帳內，大家見父汗已安然睡覺，才各自散去。成吉思汗醒來時，已是隔天的午時，他發現傷口不痛了，不覺大喜，見丘處機在床邊探視，便拉著他的手，說道：「道長真是神人也！我的傷口不痛了。」丘處機微笑著說：「大汗的箭傷幸虧只及肩骨，而沒有深入內臟，否則就返魂乏術了，不過，今後還須防備復發。」成吉思汗略顯倦意地說：「就請真人教我如何養傷健身吧！」丘處機說：「大汗只要注意修身養性，切忌躁怒，再修練我全真派內功，便可延年益壽，他日有機會，我必前往天竺，為大汗尋找長生不老藥。」在丘處機的悉心護療和成吉思汗的勤習內功之下，不出三個月，他的身體已經完全康復，而且精神飽滿。

成吉思汗問丘處機：「金國頑冥不化，我有意起兵以報一箭之仇，不知真人有何良計？」丘處機答道：「大汗軍隊驍勇善戰，固非金國所能敵，然金國牆高城厚，國內有大河大山重重阻隔，不利大汗雄師縱橫馳騁，若久攻不克，勞而無功又自損兵力，不智也。不如先易後難，蒙古西部盡是廣袤無垠的草原，其地易攻難守，大汗舉兵西征，事半功倍，必可成就空前絕後的偉業。」成吉思汗聽後，連連點頭稱是，說：「真人高見，只是我若西征，唯恐金國乘虛而入，則蒙古休矣。」丘處機答道：「金國當前只求自保，無力出擊，大汗可留下東路軍虛張聲勢，騷擾牽制，便可無憂。」成吉思汗釋然地說：「本汗欲意西征，真人可否隨軍出謀獻策？」丘處機暗喜：此行幸不辱命。於是慨然答道：「大汗西征，貧道必效犬馬之勞。」

這天，正當丘處機在帳內為成吉思汗講道時，大將哲別進來說道：「克烈部王罕之子亦剌褐桑昆，已逃往夏國的方向。」成吉思汗說：「立即派人前往夏國要人。」不久使者回報：「夏國說無桑昆此人。」成吉思汗大怒說：「夏國竟敢庇護我逃犯，出兵懲戒可也。」於是下令道：「窩闊臺與拖雷聽命，爾等率領十萬大軍前往討伐夏國。」蒙古軍南征西夏，在其邊境的瓦拉海城遭受頑強的抵抗，西夏軍終究寡不敵眾，被蒙古軍所消滅，其副將高逸被殺，太傅西壁訛答則繼續固守城池，正當蒙古軍束手無策之時，在拖雷營中，有一個名叫謝睦歡的豐州人，他毛遂自薦地說：「大王，我認識城內的前宋國降將，不如讓我混進城內策反。」拖雷說：「好，只要成功招降，本王重重有賞。」謝睦歡果然不負所托，說服西夏守軍內的原宋國人，開啟城門出降，蒙古軍遂一湧而進，占領瓦拉海城，西壁訛答苦戰不敵而被俘。

隨後成吉思汗揮師進攻中興府，被西夏將軍傀名令公率軍伏擊，死傷慘重，成吉思汗只好暫避其鋒，卻不斷派人偵察敵情，便在西夏軍麻痺鬆怠之時，再度發起進攻，西夏軍敗退入城。成吉思汗久攻不克，正在煩躁，衛兵驚惶地進帳報告：「大汗，不好了，附近的水壩決堤了。」不久，蒙古軍的營地全泡在水中，丘處機對成吉思汗說：「我看西夏的運數未盡，不如議和，下次再來。」成吉思汗嘆了一口氣，說：「道長所言極是。」於是，命衛兵將西壁訛答帶上來，他問道：「夏國為何包庇我逃犯桑昆？」西壁訛答說：「據我所知，中國並未接待桑昆此人，也許他只是路經西夏逃往他處，我可以保證，一旦發現桑昆藏匿於西夏，必將此人獻給大汗。」由於無憑無據，成吉思汗難於追根究柢，只好說：「好吧，我放你回去，你傳令西夏國王獻上其女兒，以示議和的誠意，否則，我們不會退兵。」夏國果然照辦，才消弭了這場戰禍。

成吉思汗回返蒙古，衛兵來報：「梭魯禾帖尼生了一個王子！」成吉思汗對身邊的拖雷說：「快，我們快去看看！」來到帳篷後，成吉思汗把嬰兒抱在懷裡，拖雷問：「父汗，孩子該取何名為佳？」成吉思汗見嬰兒雙目烏黑，臉形豐滿，氣宇非凡，便說：「此子有帝王之相，就取名忽必烈吧！」拖雷對身旁的侍衛孛魯合說：「快下去準備，為大汗設宴慶祝。」孛魯合立即應道：「遵命！」

時光荏苒，正當成吉思汗與丘處機在下棋時，哲別又進來稟報：「大汗，乃蠻本部已被我軍消滅，首領屈出律率其殘部逃入西遼國。」成吉思汗說：「立即派使者前去要人。」誰知前往西遼的使者空手而回，說：「大汗，不好了，屈出律在西遼先被招為駙馬，後弒位為王。」成吉思汗大驚道：「西遼乃蒙古西鄰的大國，屈出律若舉西遼之兵來犯，將威脅我國的安全，如何是好？」大臣耶律楚材說：「屈出律既是弒位，西遼王族必不甘心，大可派人暗地與他們溝通，然後趁其地位未穩，出兵討伐，可以收裡應外合之效。」哲別說：「毗鄰西遼的花剌子模國與我們有友好盟約，可通知該國切斷屈出律南逃之路。」成吉思汗點頭稱是，便下令道：「速不臺和察哈臺聽命，爾等即刻帶領先鋒部隊進攻西遼，大軍隨後就到。」說完，便派遣使者分頭去西遼和花剌子模依計行事。由於權位不穩，屈出律無法組織有效的抵抗而戰死，西遼於是被蒙古軍所滅，成吉思汗聞報後，大擺慶功宴，犒賞三軍。

冬去春來，正當成吉思汗與丘處機在閒聊時，哲別進來說：「稟報大汗，花剌子模國趁火打劫，占領接鄰的西遼領地，擴大其國土。」成吉思汗聽後心中甚怒，由於花剌子模乃橫跨中亞與西亞的大國，只好隱忍不發，此時，大將速不臺突然急衝衝地進來報告：「稟報大汗，蔑兒乞的殘餘勢力已被消滅，但是，在回師途中，卻頻頻受到花剌子模國軍隊的追襲，我軍再三退讓以避戰，對方還是窮追不捨，我軍只好伏擊反攻，將其擊敗，唯恐此舉有損兩國的盟約，特請大汗治罪。」成吉思汗聽後大喜，立即扶起速不臺說：「你立下大功，何罪之有？」於是，表揚一番之後，便令其下去領賞。成吉思汗對丘處機說：「花剌子模商人在我蒙古銷售貨物，經常漫天開價，我本著買賣自由，各從所欲，不加干涉，如今卻變本加厲，不但趁火打劫，奪走我部分西遼的領土，還膽敢追襲速不臺的軍隊，是可忍孰不可忍！」丘處機說：「花剌子模國的確欺人太甚！」成吉思汗憤然對眾臣說：「我想立即起兵攻打花剌子模國，不知大家意下如何？」耶律楚材說：「兩國既有友好盟約，還須先禮後兵，大汗可以一面起兵，一面派遣商團通商以探虛實。」

於是，成吉思汗派了一支四百五十人的商團前往花剌子模國，在抵達該國邊境訛答剌時，把關的兵士上報說：「蒙古商團攜帶大量的珍貴財物進城。」守將海爾汗聞報大喜，心想：「送上門的肥羊，不要白不要。」於是一面以莫須有的罪名，下令逮捕所有的商人，一面向國王摩柯末沙虛報說：「陛下，蒙古以通商為名，派來一群間諜混入我城，要如何處置？」摩柯末沙竟然毫不在意的回覆：「你看著辦吧！」於是，海爾汗惡向膽邊生，處死所有被逮捕的蒙古商人。商團中，有一個假扮商人的蒙古武士，名叫兀忽納，在事發時，施展輕功，藏身於駱駝群中，事後他急忙趕回蒙古，報告此駭人聽聞的消息。成吉思汗聽了勃然大怒，遂齋戒三日，沐浴更衣，登上山崗向天發誓：「長生天，我大軍不滅花剌子模國，絕不回蒙古！」於是，成吉思汗一面遣使發函，譴責花剌子模國背信棄義，無理殺害蒙古國商團，一面親自領軍出征。

國王摩柯末沙見蒙古大軍到來，萬分驚恐，急忙召集眾將商討對策，他的兒子扎蘭丁說：「蒙古勞師遠征，軍隊必定疲乏，我國可以乘其不備，集中全部兵力與其決戰，必可取勝。」其叔叔脫海汗則反對說：「如果成吉思汗分兵攻打別的城池，我國各城豈不任由蒙古軍奪取？」扎蘭丁反駁說：「只要擊敗蒙古軍主力，其分出去的兵力就不足為懼，終究能夠消滅。」脫海汗不屑地說：「與其如此，不如以逸待勞，分兵固守，讓蒙古軍無機可乘，豈不更好？」國王摩柯末沙優柔寡斷，心裡想：「扎蘭丁的主戰對策，過於冒險，脫海汗的固守待敵，比較穩妥。」於是，便將其四十萬大軍，分散到全國各地，而成吉思汗卻集中所有二十萬大軍，一路摧枯拉朽地，攻陷花剌子模國各地的城鎮，守軍不是聞風而逃，便是慘遭屠殺，抵抗蒙古軍的城鎮都被焚毀於盡。

然而，蒙古軍的攻勢，在河中府的撒馬爾干，遭遇頑強的抵抗，戰事陷入膠著狀態，身在城內的國王摩柯末沙暗想：「蒙古軍如此驍勇善戰，一旦攻破城堡，自己豈不成為俘虜？」於是，乘夜黑休戰之時，率領大臣和親兵私自棄城逃亡，守軍獲知消息之後，鬥志隨之崩潰，成吉思汗聞報，一面加緊攻城，一面下令道：「哲別與速不臺聽命，爾等率領五萬大軍速往追捕摩柯末沙。」兩天後，撒馬爾干城被攻破，全城毀於戰火，居民慘遭殺戮。此時，一路逃亡的摩柯末沙，由於隨從意見分歧，而無法組織有效的反擊，他心裡想：「此時戰必敗，降必死，唯一的活路就是逃而已。」然而，蒙古軍緊追不捨，使他成為驚弓之鳥，大臣說：「我們快逃去裏海，那裡有許多小島，可以和蒙古軍在島嶼之間捉迷藏。」果然，蒙古軍在裏海的搜捕，一無所獲，至此，摩柯末沙才安下身來。這天探馬來報：「蒙古軍已全部占領花剌子模國，皇后、王子和大臣都死於屠刀之下。」摩柯末沙聞報之後，痛不欲生，他召集隨從的臣子說：「我後悔沒有聽從扎蘭丁的主張，而落得如此下場，我死後，就由他繼承王位，你們要輔助他匡復家國。」由於憂鬱成疾，最終不治而歿。

新繼位的花剌子模國王扎蘭丁，此人身材魁梧，擅長搏擊之術，據說曾經一拳打死一頭雄獅，如此剛猛的拳術，他只傳給年僅十歲的兒子扎布里，摩柯末死後，扎蘭丁決定回返自己的封地哥疾黎，在途經奈撒時，見這裡只有百來名蒙古駐軍，便對部下說：「今晚我們就偷襲這支軍隊，奪其武器和戰馬，來壯大實力。」果然，偷襲成功，蒙古駐軍被消滅。消息傳開之後，前花剌子模國將領阿明滅里和賽布丁率軍來投，扎蘭丁的勢力驟然倍增。

成吉思汗聞報，下令部將失吉忽突忽：「速領兵前往征討扎蘭丁。」誰知失吉忽突忽的先鋒隊不慎中伏，全軍被滅，而他親自率領的主力部隊也在八魯灣中伏，損失慘重，本人得以僥倖逃脫。

此役使花剌子模國的人民大受鼓舞，各地紛紛揭竿起義，擊殺蒙古駐軍和收復城池，於是，成吉思汗親自率領大軍反攻，在此危難時刻，扎蘭丁的軍隊卻為爭奪戰利品而內訌，結果，被前來鎮壓的蒙古軍打得潰不成軍，扎蘭丁只好率領家眷逃往印度，卻在印度河畔被蒙古軍追上，成吉思汗愛惜扎蘭丁的人才，欲攬為己用，遂下令：「只許活捉，不許放箭。」扎蘭丁見自己已是窮途末路，便將嬪妃、子女和金銀財寶盡投入河中，然後，策馬從懸崖上奔入印度河，成吉思汗見狀，感慨地對部下說：「札蘭丁是真正的勇士，你們要學習他！」

說完不再追擊，只撈起河中的財寶，便撤軍回營。自此，花剌子模國滅亡。

話說丘處機在撒馬爾干目睹焚城戮民的慘禍，心想：「蒙古軍隊暴戾成性，不易教化，自己此行的目的已經達到，再滯留無益。」於是便向成吉思汗辭行說：「大汗在上，此地已近天竺，我欲乘便為大汗尋找仙藥，只要大汗長生不老，蒙古大業必可永垂不朽。」成吉思汗聽後，非常高興地說：「知我者，真人也。」於是，賜丘處機一面虎頭金牌和文書，以及豐厚的盤纏，然後恭送他出城。丘處機此去天竺，卻給中原武林引來一名奇人，欲知詳情，請看下回分解。

傳薪授藝，天造奇才

話說丘處機正在印度河畔雲遊，突然發現有一個小孩，抱著木頭在水中載浮載沉，他即刻向河裡丟出幾段樹枝，然後展開登萍渡水的輕功奔向小孩，一把將他抱入懷中，飛身躍過對岸。他見小孩身著華服，體格壯碩，不像普通人家，便為他壓出胸內的淤水，然後將真氣輸入其體內。不久，小孩吁了一口長氣，悠悠地醒來，見身邊有一名道士向他微笑，他明白是對方救了自己，便想掙扎起來拜謝，但是，虛弱的身體使他無法如願。道士把水壺遞給他，小孩喝了幾口清水，又吃了道士給他的烙餅，過了好一陣子，他終於爬起來叩謝道：「謝謝道長救命之恩。」丘處機問道：「你叫什麼名？今年幾歲？為何在此落難？」小孩答道：「我叫扎布里，今年十二歲，是扎蘭丁的兒子，只因父親戰敗，無路可逃，全家在此投河自盡，不想卻為恩人所救。」

丘處機久聞扎蘭丁驍勇善戰，因此，對扎布里另眼相看，見他筋骨奇佳，敏捷聰慧，兩眼剛毅有神，心中暗喜，便說道：「當前蒙古勢力如日中天，你已國破家亡，若暴露身分，恐怕會遭殺害，不如改名換姓，拜我為師，傳我全真派武學以立足武林，你可願意？」扎布里絕處逢生，自然答應，即行跪拜之禮，丘處機說：「此後你的名字就叫尹志平。」扎布里聽後十分高興地說：「尹志平拜見師父。」丘處機緩緩地說：「師父我姓丘名處機，乃中原全真派的掌門，中土離此數以萬里計，與其曠廢時日，跋山涉水趕回中原，不如就近找個山奇水秀的隱祕之地，待我傳授你師門絕藝。」尹志平高興地說：「我從小隨父親在此地走動，知道哪裡會有師父心儀之處。」丘處機歡欣地說：「平兒，你快領師父前去便是。」

他們沿著河谷往上游走去，但見山高峰峻，風景奇佳，谷內草木茂盛，蒼翠如茵，這裡正是喀什米爾的冰山谷地，仰頭可見白雪皚皚的雪峰，低頭則是蒼翠碧綠的山坡草地，溶化後的雪水在草地間蜿蜒川行。如此美景，在中原也難得一見，頗令丘處機陶醉，他決心在此頤養天年。他們在山崖上找到一個天然洞穴，裡面十分寬敞，山谷涼風不時吹入洞內，看來洞裡必有通風之處，他們安頓妥當之後，便在附近的市鎮購置日常所需，以備長居於此。開始時，丘處機只教導尹志平修練先天氣功和學習漢文化，大約半年後，才教他輕功，尹志平天賦異秉，進展神速。

一年後，尹志平不但內力日益深厚，輕功也不同凡響。這天，丘處機對他說：「平兒，你的內功已經頗有造詣，為師要替你打通任督二脈，令你功力突飛猛進。」尹志平欣喜地說：「謝謝師父的恩典。」丘處機緩緩地說：「你且跪坐於地，要忍受通穴打脈，拗骨扭肌之苦，否則會前功盡廢。」丘處機又從懷中取出一顆「先天九陽丹」讓尹志平吞服，然後便著手打通他的全身脈絡，只見尹志平大汗淋漓，當丘處機展開拔筋洗髓，拗骨扭肌時，他幾乎昏了過去，也不知過了多少時候，尹志平醒來時，卻覺得身體十分輕鬆，奔躍有如天馬行空，他按照丘處機的指示運起先天氣功，覺得氣血執行十分順暢，頭上霧氣騰騰，逐漸由聚而散，由散而聚地反覆循環，也不知執行了多少周天，直至他疲倦地睡去。

尹志平自從打通任督二脈之後，練功的進展可謂一日千里，他覺得內力有如滔滔而來的江水，源源不絕，而且身輕如燕，形意相通，讓他欣喜異常。此時，丘處機走過來對他說：「平兒，你父親的拳法冠絕全國，你將先前所學的先天氣功，打一遍家傳拳法給為師瞧瞧。」

尹志平雖然從小就學會扎蘭丁的拳術，但是，從未使用先天氣功運拳，不覺躍躍欲試，只見運拳時竟然有風雷滾滾之聲，丘處機指示他說：「揮拳擊向那棵樹！」尹志平如是照做，只聽見「轟」的一聲，那棵碗口粗的樹幹竟然應聲而斷，他不由嚇了一跳，心想：「我的拳頭都沒有碰到樹，為何樹幹就折斷了？」丘處機見他一臉茫然的表情，微笑著說：「平兒，在練成先天氣功之前，儘管拳頭孔武有力，也無法打斷此樹，更妄論隔空斷樹了，如今，你的拳術才是真正的威猛剛強，就取名為金剛拳吧！」尹志平高興地說：「多謝師父。」

半年後，丘處機對他說：「拳掌功夫是武學的根基，師父也將本門的『北斗七星掌』傳授予你。」說完，便將全真派的獨門掌法，從容不迫地演練一遍，尹志平過目不忘，很快便領悟其中的精髓。這套掌法，包含「北斗掌」與「七星掌」兩個套路，北斗掌剛猛雄渾，「七星掌」詭異莫測，兩種掌法又互相融合，發揮剛柔互濟的妙用。半年後，丘處機見尹志平的掌法已經嫻熟，便對他說：「你以『北斗轟頂』這招，向洞外那塊筆立的石頭發掌。」尹志平依言發掌，只見「碰」的一聲，石頭的頂部碎裂脫落，丘處機滿意地微笑。

次日，丘處機對尹志平說：「從今日起，為師要傳授你全真劍法，你務必仔細學習。」尹志平喜出望外地說：「徒兒遵命！」丘處機從拔劍、握劍、出劍、走劍、劃劍、刺劍、收劍等基本功夫開始，到劍法招式的演練，都教得非常細緻，尹志平天資聰穎又勤懇好學，很快就掌握了全真劍法的祕奧。轉眼又過了一年多，尹志平已練就一甲子的功力，深厚的內功，使其拳掌功夫威力無窮，全真劍法的出神入化，更令他意氣奮發。這些日子來，尹志平不但學會武功，也學會了中原文化，知道許多中國的歷史和武林典故。

這天，尹志平在洞外練劍時，突聞丘處機呼喚他：「平兒，你進來。」他趕忙應道：「來了。」四年來丘處機已日漸蒼老，眼神日益滯頓，常常是在閉目養神，尹志平問道：「師父，有何教誨？」丘處機微張雙目，緩緩地說：「平兒，你的武學造詣足以闖蕩江湖，若能將天竺與中原的武學融會貫通，必可成就武林奇才，你必須先學習天竺武學，再到中原。」他若有所思地指著長劍說：「這把冷月劍已陪我度過一生，算是師傅給你的信物。」停頓了一會，他叫尹志平開啟行囊，說：「那面虎頭令牌和文書，是當年成吉思汗所賞賜，持此令牌前往中原，當可一路通行無阻。那個小瓶子裡，還有幾粒『先天九陽丹』，你留著備用。為師遺下的盤纏尚有三百兩黃金，足夠你終生受用。」

他吁了一口氣，沉重地說：「為師大限將至，現在我所說的每一句話，你務必牢記，第一，我死後就地火化，骨灰則送返終南山，終南山就在京兆南面，重陽宮位於終南山的半山腰，是師門的所在地。第二，道觀後面有一座墳墓，正是你祖師王重陽之墓，在墓碑前方約三丈遠的地下，埋有一隻鐵盒，取出鐵盒後，就將我的骨灰埋於坑內可也。第三，盒內有一本祕笈名為《全真祕錄》，祕笈中的武功，曾是你師祖縱橫天下的絕技，你務必勤加苦練，以發揚我全真派的武學。」說完丘處機就閉上眼睛不再言語，尹志平緩緩地退了出去，丘處機的話，令他十分震撼而陷入沉思。

第二天的早上，尹志平起來向師父請安，誰知丘處機完全沒有反應，他急忙拉著師父的手叫道：「師父。」此時才發覺丘處機的身體已經冰冷僵硬，慌忙探一下他的鼻孔，已了無氣息，才知道師父已經坐化。尹志平神情哀痛，想起師父的救命之恩，養育之恩，授藝之恩……禁不住放聲大哭，也不知哭了多久才清醒過來，他擦乾了眼淚，依照師父的遺言，將火化後的骨灰安置於甕中，再將骨灰甕藏入隱祕的壁洞內，並作了記號以供將來辨認。他把師父留下的盤纏緊密包好，才翻開虎頭令牌和文書來看，令牌上志明「成吉思汗令」，文書中寫道：「凡我子孫必須厚待持此令牌者，必須賜予豐厚的衣食住行和盤纏，不得違令。」尹志平知道這件護身符非常重要，便藏於內衣中。「先天九陽丹」他曾服用過，知道是武學之寶，便把藏丹的瓶子收入懷中。再看師父的冷月劍，乃玄鐵合金所鑄成，削鐵如泥，確是一把難得的寶劍，於是便隨身攜帶。

他度過孤寂悲涼的寒冬，迎來了暖和明媚的春天。尹志平決定依照師父的交代，先探尋天竺武功，才去中原。此時，喀什米爾的山谷百花盛開，在青蔥蒼翠的綠草中，點綴著五顏六色的小花，今年十七歲的他已經是一個身材魁岸、濃眉大眼、鼻梁高聳、相貌清秀的少年，他背負長劍和包袱，翩翩行走於花間的小徑，不時回頭瞭望那朝夕相處的崖洞，直至看不見之後，才以絕頂輕功向谷外飄然而去。

拉瓦品第是谷外的第一大城，尹志平買了一匹壯碩的白馬，便沿著恆河東去，沿途風光綺麗，一邊是高聳入雲的喜馬拉雅山，一邊是河網交錯，沃野千里的平原。少年人難免意氣煥發，一路縱馬高歌，無拘無束，在無人之地還長嘯幾聲。如此不知走了多少天，來到一個名叫拉禾的大城市，由於街道擁擠不堪，尹志平只好牽馬步行，沿街都是擺攤叫賣之聲，當他轉過一條巷子後，看見前面有一大群人駐足圍觀，便躋身進去看個究竟，原來是一名披髮裸胸、額頭中間點了一顆紅痣的印度漢子，只見他高舉著火把唸唸有詞，豁然將火頭插入口中，取出後又張口將火焰噴出，十分駭人，尹志平看了暗驚：「這是什麼功夫？」日照西斜，人群逐漸散去，才看清此人是在走江湖賣膏藥，兜售預防和治療火傷的藥膏，地上有一盆黑色的油脂，燃燒著熊熊烈火。

尹志平邀請這名江湖漢子一起用膳，他樂乎乎地說：「謝謝你的邀請，我叫蒂凡納，不知閣下如何稱呼？」尹志平報上了姓名，誠懇地說：「很高興和你做朋友，你這藥膏真神奇，竟然能夠護膚避火，究竟是怎麼一回事？」蒂凡納笑著說：「確是如此，此藥乃採集雪山上的冰蓮，然後與這裡盛產的薄荷葉，混合治製而成，我們興都教徒，每年都要舉行踏火節，只要在腳板上塗抹這防火膏，就可以在燒紅的木炭堆上，徒步而過。」尹志平聽了，若有所思地說：「既然這麼好用，我就買一百盒。」蒂凡納樂開了懷說：「閣下既然有此誠意，我另外送你十盒。」尹志平又問道：「你用以燃火的黑色油脂是何物？為何你口中還能噴出火來？」蒂凡納笑道：「這黑色油脂叫石油，遇熱則冒煙，遇火則燃，至於噴火的把戲，點破就一文不值，恕我不便外傳。」尹志平也不好打破沙鍋問到底，於是說：「這個石油膏也拿一百盒來吧！」蒂凡納說：「蒙你請吃一頓，我另外送你二十盒。」蒂凡納一手收錢一手交貨，他興奮地把住址寫給尹志平，說：「我家就在拉禾市郊外的村子裡，歡迎你再來光顧！」尹志平微笑著點頭而去。

尹志平沿著辛拉河向山區走去，河流在一處沒有人煙的谷地內形成了湖泊，在湖岸附近的山崖有不少天然的山洞，尹志平選了一個乾燥的山洞住了下來，他每天都蒐集大量的枯枝幹葉堆放在洞外，晚上就點火取暖和驅走野獸，隔天早晨，就將塗滿防火膏的左手插入炙熱的炭火中，然後提氣運功，日復一日，有一天，當他默運先天氣功，將內力集中於左手時，發現左掌竟然熱氣騰騰，他知道大功即將告成，於是便在掌心塗上一層石油膏脂，然後再行運功，果然左手開始冒煙，而後生出熊熊的烈焰來，他揮掌擊向丈許遠的一棵樹，但見樹幹中掌的部位焦黑冒煙，尹志平欣喜異常地說：「我成功了！就取名為火焰掌吧。」

離開美麗的辛拉河谷，尹志平繼續東行。這天來到一個名叫沙哈拉布的地方，舉目瞭望，盡是無邊無際的田野，青蔥翠綠的稻草在隨風搖擺，正當尹志平一邊欣賞美景，一邊策馬緩緩而行的時候，突然，發現田野裡有一顆人頭在攢動，卻看不見他的身軀，尹志平大驚道：「是誰砍下這顆人頭？」他趕忙下馬看個究竟，仔細檢視之後，發現人頭底下並無血跡，而人頭卻轉動著烏溜溜的雙眼瞪著他，令他心裡直發毛，便問道：「你怎麼只剩下一個頭？」人頭說：「我的身體是埋在土裡。」尹志平憤憤地問道：「是誰如此惡毒地折磨你？」人頭瞪了他一眼，也不回答。尹志平安慰他說：「你別害怕，我幫你挖出來。」那人頭焦急地說：「沒你的事，快走吧！」尹志平堅定地說：「你別擔心，我先救你出來，再找害你的人算帳。」那人頭不滿地說：「你別多管閒事，沒有人害我，你快走吧，煩死人了！」尹志平見好心反而討個沒趣，只好悻悻然地走開。

但是，走不了多遠，又看見田野裡長出一雙人的腳來，卻不見其身軀，心想：「這是怎麼一回事？難道是那人頭的腳被砍下來，插在這裡？那麼，凶手肯定是殘酷無道的殺手。」於是，便上前去拔那雙腳，可是，腳好像在土裡生根似地拉不動，他趕忙攪鬆泥土，才將雙腳抱起來，誰知一看之下，嚇了一跳，竟然拉出一個禿頂老頭來，但見此人年逾六旬，垂耳閉目，雙眉細長，尹志平探其鼻孔，發現已沒有氣息，再俯聽其胸，也沒有心跳，顯然早已死去多時。於是，他轉身去問那地上的人頭：「此人是誰害死的？」那人頭不耐煩地說：「沒有人害他，不過，現在卻被你所害了。」尹志平不解地問道：「他已死去多時，我只是出手拉他出來，何曾害他？」那人頭埋怨地說：「他是我師父，原本是要死七天的，如今還差一天卻被你救活，豈不是害他功虧一簣？」尹志平聽了目瞪口呆。

他再回頭看那「死人」，只見「死人」已經坐了起來，正在對地上的人頭說：「勞勿，休怪他人。」尹志平這才明白他們是在練功，自己則弄巧反拙，忙向老者道歉說：「在下路過，不知前輩在此練功，多有干擾，十分抱歉！」那老者一躍而起說：「沒事，下次還可再練，既然你是路過，不妨到舍下喝杯茶吧！」他轉頭向田裡的人頭說：「勞勿，起來吧！快回去招待客人。」只見人頭四周的泥土開始蠕動，勞勿的身體像陀螺似地向上轉動升起，終於赤著上身衝出地面來，此人身材高瘦，皮膚黝黑，年齡與尹志平相近，他喘了一口氣後，便飛身而去。

尹志平牽著馬與老者並肩而行，老者親和地說：「我叫甘地，不知公子如何稱呼？」尹志平報了名字，便問：「在下孤陋寡聞，不知前輩所練何功？如此怪異。」甘地邊走邊說道：「我們是在練夯土功，練成此功，可壯筋健骨，即使受到拳打腳踢，也可等閒無事。」

尹志平好奇地問：「可是，你把頭埋在土中，如何練功？」甘地笑道：「你我相遇，總算有緣，如果你有興趣，可拜我為師。」尹志平立刻回答道：「前輩不吝賜教，在下就先拜過師傅了。」說完從行囊裡拿出銀子交給甘地說：「這點意思請師傅笑納。」甘地欣慰地收下，說：「從今日起，你就在此安心住下吧！只是鄉下地方簡陋不堪，你可要將就一些。」

原來甘地是印度德高望重的苦行僧，不但精通夯土功，還擅長瑜伽術與輕功身法。

開始的一年，尹志平每天都是練習龜息功法，在這段時間裡，他與勞勿已經混得很熟了，但是，尹志平為人沉著內斂，從未表露自己學過的武功，而苦行之人生性淡泊，也不多問世事，一年來師徒三人只是專心練功，很少談及身外之事。這天，甘地對尹志平說：「你的龜息功法已經練成，從今起可以學習夯土功了。」於是，便帶尹志平到田野裡，那裡有好多練功的現成土坑，甘地指定一個土坑叫尹志平跳下去，然後說：「我要把你的身體埋在地下，只留你的頭在地上，你要執行龜息功法才能堅持下去，七天後我會來看你。」說完便動手掩埋尹志平，直至剩下他的頭才停止，臨走前，他將一個竹筐蓋住尹志平的頭，以免他受到動物的干擾。尹志平悶在土坑中確實不好受，他白天執行龜息功法，晚上則改行先天氣功，兩種功法的交替執行，竟然使他不經意地練成先天混元氣功。七天後甘地來招呼他出坑，他也學勞勿的方式衝出土坑，甘地見他首次入土，竟然沒有虛脫和癱瘓的徵象，反而精神充沛，十分滿意地說：「你且休息七天，再修練全身入土的功夫。」

七天後，尹志平跳入一個沒頂的深坑，甘地認真地對他說：「當我開始填土的時候，你也要開始執行龜息功法，進行內呼吸，否則會窒息而死，千萬不可大意。」說完讓尹志平喝了一壺水，再將布袋套在他的頭上，以防沙土弄傷五官，然後甘地就動手將泥土倒入坑內，直至尹志平沒頂之後，便在夯實了的坑上，插了一個牌子，才返身離去。此時被埋在土中的尹志平，像昏睡似地在做夢，他夢見自己好像跌入萬丈深淵，什麼也看不見，周圍都是黑濛濛一片，沒有光更沒有色彩，他的身體像是飄來飄去，分不清上下左右，更分不清東南西北，時間好像是停頓似的，身體飄啊飄的不知飄了多久，突然，彷彿從遙遠的地方傳來了「喳，喳，喳……」的聲音，聲音似乎越來越近了，好像就在頭的上方。原來尹志平入土已經七天了，今天是他出土的日子，只見甘地和勞勿各拉著尹志平的一隻手臂，將他的身體從土坑裡拉出來，兩人滿頭大汗，而尹志平的身體已經僵化，鼻孔也沒了氣息，和死人沒有差別。

此時，甘地向尹志平的腦後拍了一掌，便聽見尹志平長長地吁了一口氣，他張開眼睛，什麼也看不見，眼前只是一片漆黑，正在吃驚的時候，甘地對他說：「快把眼睛閉上。」甘地取走他頭上的布袋後，才說：「用手遮住眼瞼，慢慢張開眼睛。」片刻之後，尹志平已恢復正常，甘地心頭上的石塊才落了下來，他對尹志平說：「你總算成功了，但是身體虛弱，必須休養一個月，才能再入土練功。」說完叫勞勿揹著尹志平回去。這一次入土和出土，對尹志平而言，不管是去地獄走了一回，他陷入沉思：「萬一入土之後，沒有被人救出，豈不是死定？」於是，他決定下次入土，就以內呼吸執行先天氣功。甘地見他沉思不語，以為他尚未回過神來，便將水壺推給他，尹志平才感覺到十分口渴，舉起水壺就咕嚕咕嚕地往口裡灌，喝罷一躍而起，甘地和勞勿都拍手歡呼。尹志平微笑著說：「此次起死回生，全靠師傅與師兄的鼎力相助。」甘地拍著他的肩膀說：「我也在提心吊膽，深怕你出了意外，總算是順利完成了，接下來是加深功力，訓練自己破土而出。」

尹志平的先天氣功造詣精深，僅三日後，身體就已經恢復正常。這天，又是他入土練功的日子，和上次一樣完全被埋入土中，不同的是：他在轉入內呼吸之後，便開始執行先天氣功。這次的感覺與上次迴然不同，只覺得身體在不斷膨脹，周圍的世界在不斷縮小，然後身體又不斷萎縮，周圍世界在不斷擴大，這樣的過程不知反覆了多少次，感覺時間的巨輪在飛速旋轉，正當他隨著身體的膨脹，感覺自己有無窮的力量，要將這越來越縮小的世界爆炸開來時，突然，「喳，喳，喳」的聲音又來了，尹志平覺得無法再忍受下去而狂叫起來，立即「轟，轟」之聲大作，天地飛沙走石，他的身體隨著一聲狂呼，旋轉著沖天而起，套在頭上的布袋也已經脫落，當尹志平落地時，發現甘地與勞勿雙雙昏倒在地，他們的鐐子也飛落三丈之外，足見他衝出坑穴的威力是如何強大。

尹志平大喜地叫道：「我成功了，我已練成強大的罡氣。」他心想：「既然是由兩種功法修煉成此罡氣，不如就稱為先天混元罡氣吧！」他欣喜地將甘地和勞勿抱進屋裡，用涼水沖醒了他們，勞勿顯然是嚇呆了，仍然張目結舌，甘地則茫然地問：「這是怎麼一回事？」尹志平當然隱瞞真情，也茫然地說：「我聽到你剷土的聲音就醒來了，然後本能地破土而出。」甘地聽後大喜地說：「想不到你只是入土兩次就修成正果，真是了不起！」尹志平謙虛地說：「全是師傅的栽培。」

尹志平只休息幾天就生龍活虎了，他的身體遠比以前更為強壯，兩目精光爍爍，對於尹志平的變化，甘地雖然驚異，只道他是天賦異秉，武學奇才，而不疑有他，心中更有意盡傳所學。此時，尹志平若有所思地問甘地：「師傅，當年我見你入土練功是頭下腳上，為何卻教我頭上腳下練功？」甘地笑著說：「頭下腳上練功，身體的氣血必然逆行，如果不得其法，輕則殘廢，重則血暴而亡。」尹志平聽後十分震驚，甘地則繼續說：「直立運功與倒立運功，兩者各走極端，直立運功的功力是向外輻射，是攻擊外來的對象，倒立運功的功力卻是向外吸納，是吸入外來的功力直至飽和為止。練習倒立功法，稍有不慎便會走火入魔，在天竺練成此功者寥寥無幾。」尹志平聽後，嘆道：「原來如此。」甘地補充道：「若是身受重傷，武功盡廢者，則非常適合練此怪異功夫。」尹志平聽後銘記於心，說：「師傅能否詳述此門功夫的練法，以增長見識。」甘地自然不吝為他詳解。

一個月後，甘地對尹志平說：「你的夯土功已經練成，我再傳授你天竺的輕功身法，名為『幻影迷蹤步』。」尹志平大喜道：「謝謝師傅。」甘地向後退了幾步，說：「好了，我就站在這裡，你來抓我吧！」尹志平於是出手抓向甘地，誰知明明是抓到了，卻撲了個空，反而背後被甘地拍了一下，尹志平大驚，於是他改變抓法，面向甘地卻反手向後抓去，仍然是撲了個空，左肩又被甘地拍了一下，如此數回，都是捕風捉影，連甘地的衣衫也沾不上，尹志平洩氣地停下手來說：「師傅，我服了，請你教我吧！」於是，甘地一步一步地演練給他看，詳細地解釋步法的奧祕，尹志平如此苦練了幾個月，整套幻影迷蹤步，就被他練得滾瓜爛熟了。

這天晚上，他正在屋外練功時，突然，發現空中有一個人浮坐在樹梢上，他嚇了一大跳，不知對方是人還是鬼?於是，他一步步地走向那棵樹，樹梢上的人也緩緩地飄下，原來是甘地，尹志平驚呼地問道：「師傅，這是什麼功夫?太不可思議了。」甘地說：「這叫幽浮神功，與中原武林的凌虛渡步有異曲同工之妙。」尹志平十分羨慕地說：「師傅，弟子很想學這門功夫，可以嗎?」甘地回答說：「你的內功基礎非常精湛，完全可以學這門功夫。」

於是，便向尹志平點破練功的祕訣，起初，尹志平由於心緒不定，總難見效，後來他閉上眼睛，執行先天混元氣功，才逐漸進入忘我的意境，他依照甘地所說的竅門練習，果然身如棉絮似的浮升在空中，當他張開眼睛一看時，「啊」的一聲就跌了下來，甘地微笑著說：「練功的時候要保持忘我的意境，才能進一步以意化形，不過，你能在這麼短的時間內就練成上浮，已是難能可貴，繼續努力吧！」說完就轉身回房去了。尹志平繼續苦練了幾個月，終於對幽浮神功駕輕就熟了。

轉眼間，尹志平在天竺消磨了三年的光陰，心想：「現在正是開春時節，是時候前往中原了。」於是他收拾好行李，隔天，就向甘地辭行說：「師傅，我離家多年，需要回鄉省親，然後前往中土開開眼界。」甘地聽後，雖然不捨，也同意地說：「為人子女，理當回家探望父母，你的武功已臻化境，是應該在江湖歷練了，前往中土，路途雖然險阻難測，我並不擔心，只是聽說蒙古軍隊在中原打仗，兵戰凶危，你單身前往，務必小心。」尹志平從行囊中取十兩金子送給甘地說：「師傅，弟子此去迢迢萬里，今後無法侍奉左右，這點意思請你笑納。」甘地欣慰地收下，尹志平才告別而去。此番中原之行，徹底改變尹志平的一生，欲知詳情，請看下回分解。

故國已逝夢難回，鴛鴦千里締良緣

正在縱馬西行的尹志平，在經過拉禾時，又添購了一批防火膏和石油脂，他問蒂凡那：「有沒有蒙古國的消息？」蒂凡那想了一下，說：「撒馬爾干的來人說，成吉思汗在消滅夏國時病逝了。」尹志平聽了默默地祈禱：「父親，你可以安息了。」其實，當年扎蘭丁跳河並沒有死，還潛往西亞幹了一番事業後，才死於非命。尹志平馬不停蹄地奔向喀什米爾山谷，取走丘處機的骨灰甕後，又繼續前行。

白沙瓦是蒙古軍駐紮的邊城，守軍見他出示虎頭令牌，慌忙迎接他進帳用膳，尹志平問明去歌疾黎的路線，白沙瓦的長官不敢怠慢地說：「小官可以派兵護送你前去。」尹志平回答說：「大人身負邊防重任，不能有誤，在下師傳武學尚能自保，不敢有勞大人護送。」於是，長官為尹志平補充所需的乾糧和水，再送些盤纏才拱手而別。

沿途山路崎嶇，不知走了多少天才抵達哥疾黎，尹志平雖然沒有「近鄉情更怯」，卻有無限的愁悵，眼前物是人非，失去父母和家園的孤苦情緒，油然而生，自從劫後重生，在丘處機的教誨之下，他從未存有復國之夢，卻有闖蕩江湖、叱吒武林的雄心。離開歌疾黎，來到了撒馬爾干，眼前的城垣廢墟，彷彿在訴說當年戰爭的殘酷。為了避免繁文縟節，尹志平沒有與地方長官打交道，而是繼續東行，進入察哈臺的領地。從恆河平原和峻峭的雪山，再來到這遼闊無邊的草原，尹志平花了一年多的時間。

前面便是察哈臺駐軍的城市昔格那黑，城門口的守衛見尹志平出示成吉思汗的虎頭令牌，立刻恭迎他前往驛館歇息，然後上報宗王，隔天尹志平就被引見察哈臺，他單腿行跪拜之禮，說道：「小民尹志平拜見大王。」察哈臺問道：「你怎麼會有我父的令牌？」尹志平答道：「令牌乃先師丘處機的遺物，是成吉思汗所賜，此次東行，是護送先師的骨灰返回中原安葬。」察哈臺聽後，立即親自扶起尹志平，說道：「丘道長乃我父的恩人，如今為了替父汗尋找仙藥，客死他鄉，理當返鄉厚葬。此去星星峽都是我的領地，一路上當可安然無恙。」說完便叫人拿來一小盒珠寶送給尹志平，還賞賜他一輛豪華的雙馬車，一名馬伕，一名侍衛和一名侍女，尹志平初出茅廬受此厚賜，真是感激萬分，慌忙叩謝道：「感謝大王的恩典。」察哈臺說：「辦完事後，就來我帳下任職好了。」尹志平答道：「大王盛情，不勝感激，若是回來，必當效力。」說完再次拜謝而退。

尹志平在驛館裡召見三名隨從，馬伕是個年近三旬，老成樸實的畏兀兒人，他報導：「我名叫買買提。」侍衛是名個頭壯碩，年約十六歲的塔吉克小夥子，他發出洪亮的聲音說：「我叫馬蘇德。」侍女則是身材高挑、瓜子臉、大眼睛、高鼻子，頭髮結成許多辮子的哈薩克小女孩，她以稚嫩的聲調說道：「我的名字叫魯珊。」尹志平見她可愛，便留她下來，其他兩人都各自回房歇息。他問魯珊：「你今年幾歲？」魯珊答道：「我今年十一歲。」尹志平問道：「你會做什麼？」魯珊答道：「大王要我終身服侍你。」尹志平笑道：「好吧，你先回房睡覺，明天才有精神服侍我。」魯珊說：「是。」

尹志平一行離開昔格那黑，馬蘇德騎馬走在前頭，買買提則駕馭馬車，魯珊和尹志平一起坐在寬敞的車廂內，馬車來到艾比湖畔時，日照已經西斜，尹志平吩咐說：「今晚，我們就在此過夜。」於是，他們三人分工紮營，蒐集乾柴，燃燒篝火，燒烤自備的羊肉和煮奶茶等，大家一面吃喝，一面談天，尹志平問魯珊：「你們哈薩克人擅長騎射，你學了多少？」魯珊天真地笑著說：「坐著騎馬不稀奇，我能站著騎馬在草原上奔馳，你能嗎？」尹志平笑道：「還是魯珊的本領大。」魯珊受到稱讚更為興奮地說：「至於射箭，更是我拿手的玩意兒。」說著從腰兜裡取出一具小弓弩，向著在草地上吃草的一隻野兔射出箭來，果然一箭中的。馬蘇德高興得跳起來說道：「太好了，我們有兔肉吃了。」說完，抓起兔子便去湖邊宰殺，然後掛在篝火上燒烤了。尹志平見魯珊很有習武的天賦，便問道：「你願意學劍嗎？」魯珊馬上答道：「只要公子教我，我一定要學。」尹志平微笑地說：「好，你隨我來吧！」便帶魯珊到山坡上的平坦草地，細心向她講述使劍的竅門，然後逐步演練招式，魯珊果然聰慧，很快就領悟全真劍法的奧祕，她越練越精神，尹志平看天色漸暗，便對魯珊說：「好了，該回去營地了，以後一有機會就自己練習，才能運劍自如。」回到營地，兔子已經被吃得乾乾淨淨，魯珊翹著嘴罵道：「馬蘇德，你真饞嘴，連一塊兔肉也沒有留給我。」馬蘇德慌忙賠罪說：「我見篝火已經滅了，你又還沒有回來，閒著沒事，就幫你吃光了。下次有機會，保證抓回一隻兔子賠你便是。」魯珊瞪了他一眼才轉身回去車廂。

馬蘇德回頭對尹志平說：「公子，你教魯珊的劍法，能不能也傳授給我？」尹志平和氣地說：「你是帶刀侍衛，應該專於刀法，不過，我可以教你一套拳術，讓你空手也能攻擊敵人。」馬蘇德聽後，十分高興地說：「謝謝公子。」尹志平指著山坡那棵樹說：「明天早晨，你就在那棵樹下等我。」說完，便轉身回去車內，他見魯珊還未睡覺，便對她說：「來，我教你練內功。」魯珊高興地說：「好啊，」她頓了一下，問道：「內功有什麼用？」尹志平說：「內功是我們內力的基礎，內功越深厚，內力就越強大。」於是便將先天氣功的心法傳授給她，魯珊練到半夜就睡去了，尹志平則練到天明之前，悄然去會馬蘇德。

此時，馬蘇德跑到山坡的樹下，見尹志平不在，正當慶幸自己沒有遲到，誰知背後突然被人拍了一下，他回頭一看，原來是尹志平，不覺驚叫起來：「公子，你是從哪裡來的？為什麼我完全不知道？」

尹志平不答，認真地說：「你能夠守時來這裡，足見你有心習武。」說完運氣出拳，只見兩丈外的一棵樹，「轟」的一聲倒了下來，馬蘇德看到目瞪口呆，回過神之後，驚叫起來：「太不可思議了！如果是打中人的話，豈不是一命嗚呼？」尹志平答道：「說得不錯，但是，要打斷這棵樹，就必須有雄厚的內力，要培養內力就必須修練內功。」於是，便將先天氣功的心法傳授給馬蘇德，並且叫他立即依法練習，尹志平見他已練了十周天，便說：「好了，以後每天的早晨和晚上，都要各練一次，現在我要教你拳術。」馬蘇德立即應道：「是」，尹志平仔細地向他解釋如何運氣出拳，步法要如何配合招式等基礎功夫，然後將金剛拳的招式一步一步地演示出來，馬蘇德聚精會神地觀察和默記，當尹志平叫他跟著練習時，他也就打的似模似樣，尹志平便叫他從頭到尾將金剛拳打一遍，然後不厭其煩地糾正錯誤之處，馬蘇德打了不知多少遍，已是汗流浹背，尹志平才說：「好了，今天到此為止，以後沿途要不斷練習。」他們回到營地時，正好魯珊也練劍回來，他們一起吃完早點，就收拾行李，啟程出發了。

尹志平並不急於趕路，除了途經精河、圖爾固、烏蘇等城市，有停歇下來補充糧食和食水之外，一路上都是野外紮營過夜，為的是讓魯珊和馬蘇德有充足的時間和適宜的地方練功。他們一個練劍，一個練拳，武功都大有進展，尤其是魯珊更為出色，與此同時，尹志平也將先天氣功傳授給買買提，以助他強身健體。這天，尹志平召集他們說：「你們已經學了我的武功，我們之間的關係是師徒而非主僕，因此，從今往後，你們就稱呼我師傅，明白了嗎？」他們齊聲說道：「是，師傅。」尹志平說道：「今天，我要教你們輕功身法。」於是便將運氣提縱、奔馳、騰挪等基本功的訣竅告訴他們，並叫他們各尋一棵樹練習，還是魯珊練得快，買買提就顯得笨拙。接著，尹志平又將幻影迷蹤步傳授給他們，魯珊一學就會，其他人則花了很多天才弄清楚，尹志平見他們學得差不多了，才繼續趕路，路上走走停停，沿途不斷讓他們複習所學的武功，買買提也學會了金剛拳。

由於一路蹉跎，不覺秋去冬來，昨夜的一場雪，使前面的道路白茫茫一片，幸虧買買提老馬識途，才沒有因此迷路，一行人不知不覺地來到烏蘇烏里，這裡的地勢陡然高出平原許多，道路兩旁十分荒涼，令人頓生孤寂，而渴望能見到人煙蹤跡，就在此時，雪地裡突然跳出五名持刀的漢子，他們身著白色皮襖，為首的那人是個年約三旬、粗眉凶眼的虯髯漢子，只見他嘶啞著聲音，咆哮地說：「快把財物和車馬留下，饒你們不死！」尹志平向馬蘇德使了個眼色，馬蘇德便大咧咧地出來答話：「蒙你慈悲，只取財物不取性命，我的財物就先給你吧！」說完，出其不備地一拳擊中虯髯漢子的腹部，只見他「啊」的一聲向後就倒。

其他四名壯漢見狀，齊喊一聲，舉刀砍向馬蘇德，馬蘇德迅即拔刀反擊，可惜敵眾我寡，儘管他施展初學的幻影迷蹤步，難免還是險象環生。尹志平對魯珊說：「你快下去幫助馬蘇德。」魯珊正是求之不得，一躍而去，她身在空中就展開全真劍法，約在百招之後，便有一人的大腿被她劃傷，剩下三名刀客見這個小女孩的劍術如此了得，都不敢戀戰，由一人斷後，其他兩人則扶起受傷的同伴且戰且退。

尹志平叫住魯珊和馬蘇德，說：「別追了，放他們走吧！」馬蘇德問道：「師傅，為何不斬草除根呢？」尹志平說：「人家宣告只取財物不取性命，如今我們財物無殃，何苦取人性命？得饒人處且饒人吧！」馬蘇德不平地說：「若不是魯珊出手，他們四人可饒不過我呢！」魯珊取笑他說：「你得了便宜還賣乖。」尹志平也笑道：「江湖上除暴安良的機會還多著呢！」他略頓了一下，望著天空說：「看來快要下雪了，我們快走吧！糧食今天就完了，天黑之前必須趕到馬納斯，否則大家都得挨凍受餓。」買買提所駕的是雙馬車，腳程還是挺快的，天黑之前便已進入馬納斯。

他們飽餐一頓之後，便找客棧住了下來，魯珊說：「師傅，我不敢自己一個人睡。」尹志平考慮到白天遭受阻擊，也擔心晚上會發生事故，便說：「也好，你來我房裡睡。」由於路途勞頓，除了尹志平在床上打坐之外，其他人都已入夢鄉，約莫三更時分，尹志平被屋頂輕微的聲音所驚醒，急忙運起幽浮神功飛坐屋梁之上，不久，窗門被輕輕地開啟，一抹黑影像棉絮似的飄進屋來，竟然落地無聲，這身輕功讓尹志平大為驚訝。來者是身材嬌細的蒙面人，只見他一手握劍，一手觸控著前進，正當快要摸到枕頭邊的包袱時，蒙面人突然感到背後有股內力，挾著風雷之聲襲來，他迅即伏地閃過，然後倒翻身子越窗而去，尹志平心裡讚道：「此人的輕功著是了得。」

他們在馬納斯逗留了兩天，就繼續趕路，買買提對尹志平說：「只要沒有耽誤，今晚就可以在昌吉過夜。」馬納斯是個平原，但是在離昌吉還有三十里路的地方，地勢卻是越走越高，路的兩旁是銀裝素裹的樹林，尹志平心中突然有不安的感覺，他吩咐買買提和馬蘇德緩慢前進，提防生變不測。果然，馬蘇德所騎的馬差點著了絆馬繩的道，他即刻跳下馬來舉刀張望，買買提的馬車也跟著停了下來，魯珊隨即下車警戒。突然，聽見幾聲「哈，哈，哈」大笑，從樹上跳下了幾個人來，尹志平從視窗望去，竟然又是那五個攔路搶劫的漢子，他心想：「他們又在此地出現，必是有恃無恐。」

只聽馬蘇德罵道：「我道是誰，原來是你們這些手下敗將。」為首的還是那名虬髯漢子，他厲聲答道：「你這渾小子，那天是我陰溝裡翻船，著了你的道兒，有本事來嘗嘗老子的追魂刀吧！」馬蘇德問道：「你是一對一，還是以多欺少？」虬髯漢子說：「就我一個人便可以將你放倒，何必再找幫手？」說完舉刀便砍了過來，馬蘇德急忙拔刀架開，「吭」的一聲，兩刀之間迸發出點點火星，馬蘇德感到虎口有些疼痛，才知道對方的內力遠勝過自己，由於失卻先機，馬蘇德只好左閃右躍，十分狼狽，而虬髯漢子卻越攻越急，追魂刀法果然辛辣，二十多招之後，馬蘇德的刀便被對方擊飛，而虯髯漢子的刀，卻像追魂似的不放過他，若不是有幻影迷蹤步保命，恐怕已成了刀下遊魂。

正當馬蘇德千鈞一髮之際，一縷劍光刺破那漢子的刀網，迫使他抽刀自救，原來是魯珊臨危出手，救走了馬蘇德。虯髯漢子見是個小姑娘，便叱喝道：「你這黃毛丫頭，想來尋死不成？」魯珊二話不說就施展全真劍法，她精湛的招式，頗令虯髯漢子防不勝防，可惜她年紀小，內功尚淺，經驗也不如對方老到，久戰之後，便已香汗淋漓，呼吸急促，顯得體力不支。虯髯漢子卻沒有放鬆對她的進攻，幸虧她善於使用幻影迷蹤步，才沒有敗下陣來，魯珊暗地裡想：「再拖下去，必敗無疑。」於是，她一面走迷蹤步，一面取出小弓弩射出一箭，竟然射中對方的掌緣，虯髯漢子的刀隨即脫手落地。

其他漢子見狀立即持刀來攻，魯珊雖然取巧奏功，自己卻已經氣喘吁吁，在四人的圍攻下，險象環生，全賴幻影迷蹤步化險為夷，馬蘇德急忙拾起自己的刀，重新加入戰局，才緩解魯珊的險惡處境，此時，他們都是以一敵二，看來只能勉強應付。尹志平不敢大意，先天混元罡氣已護住全身，正待出去觀戰之時，忽聞買買提「啊」的一聲，從車上跌了下來，接著有一支長劍刺入車廂，尹志平閃過一旁，反手擊出金剛拳，只聽嬌叱一聲，一抹白影飄出車外，接著，尹志平也從車內衝了出來。

尹志平見買買提站立車旁，看來已經沒事，他才放下心來，再仔細觀察來人，但見他身著雪白的緊身衣服，手持長劍，白色紗巾包頭蒙面。便厲聲問道：「閣下何人，為何三番兩次與我為難？」只聽那蒙面人啞著聲音說：「你們蒙古人盡搶別人的財物，為何我不能搶你的財物？」尹志平沒有辯白，只是沉重地說：「閣下身手不凡，如蒙不棄，大家交個朋友，如何？」蒙面人「哼」的一聲，說：「我什麼朋友都可以交，唯獨不與蒙古人交朋友！」尹志平嘆道：「看來大家是非動手不可了，我有個建議，彼此各受對方一掌，我敗的話，任由你處置，你敗的話，則聽我差使，如何？」蒙面人點頭同意，此時魯珊，馬蘇德和那四名漢子都停下手來，在一旁掠陣。

尹志平拱手說：「來者是客，我就先受你一掌吧！」蒙面人適才偷襲尹志平，知道對方內功深厚，因此，聽後暗喜：「只要他先我而受傷，則輪到他出手時，功力必定會大減，我何懼之有？」尹志平此時已全身布滿先天混元罡氣，只見蒙面人吸了一口長氣，片刻之後，他的雙掌籠罩著一團濃濃的霧氣，約莫凝聚了十成功力之後，他嬌喝一聲：「看掌！」掌隨聲出，寒氣逼人，眾人都禁不住打了一個寒顫，接著「碰」的一聲，蒙面人被彈出兩丈之外，竟以美妙的輕功絕技緩緩落下。尹志平嘆道：「閣下輕功卓絕，掌力更是奇妙，竟然能夠凝氣成霜，凍人心脈，真令人嘆為觀止。」蒙面人則說：「閣下功力非凡，令人佩服。」頓了一下說：「你出手吧！」尹志平憐惜地說：「你可要小心了。」

尹志平除去左掌的手套，然後運功舉掌，只見掌心黑黝黝地冒著煙，繼而是烈焰熊熊，蒙面人和他的同夥見狀大驚，魯珊、馬蘇德與買買提則十分驚奇。白衣蒙面人連續深深地吸了幾口長氣，全身逐漸籠罩在一團白濛濛的霧氣中，周圍紛飛的雪花，逐漸將蒙面人包裹起來，使他成為一樽雪人。尹志平無意傷害對方，只用了七成的功力，即便如此，蒙面人全身所包裹的霜雪，也化作溼淋淋的水珠布滿了身上，尹志平的手掌在地上一抹，掌心的烈焰隨即熄滅。尹志平有意結交對方，於是說：「大家各擅勝場，勝負難分，就此算了吧！如果閣下需要錢用，我可以盡微薄之力。」

蒙面人氣息變粗，顯然是筋疲力盡了，他感激尹志平的謙讓，不覺嘆了一口氣，說：「閣下武功十分驚人，可惜是蒙古人。」尹志平急忙說道：「閣下誤會了，我們四人都不是蒙古人。」蒙面人心存疑慮地問道：「既不是蒙古人，為何會有蒙古官家的馬車？」尹志平答道：「說來話長，在下尹志平，乃全真派掌門丘處機的弟子，此行是前往中土，以安葬師父的骨灰，蒙古宗王因感先師的功德，便賞賜在下車馬以壯行罷了。」蒙面人聽後「哦」的一聲，說：「在下冒昧，多有得罪，若不嫌棄，且到舍下歇息，如何？」尹志平高興地說：「閣下盛情，恭敬不如從命，只是不知閣下如何稱呼？」蒙面人答道：「我姓李，住在昌吉城內的李家莊。」說完，轉頭對那五名漢子說：「你們帶領尹公子一行回府歇息，不得怠慢。」然後向尹志平拱拱手說：「在下先行一步。」說完飛身而去，那名領頭的虯髯漢子恭恭敬敬地說：「公子請！」然後轉身帶路，尹志平一行也尾隨而去。李家莊就坐落在昌吉城中，外表上只是普通的大戶人家，但是，莊內布置精巧，裝潢講究，頗具党項人的特色。尹志平一行人在客廳稍坐之後，便有侍女前來待茶，正當他們在品茗時，聽到一男一女在對話，男的發出稚嫩的聲音說：「姐姐，他們會不會是蒙古的奸細？」女的信心滿滿地說：「我相信不是。」聲音圓潤甜美，話才說完，腳步聲卻已近前。只見一群人出現在客廳中，尹志平一行急忙站起來，為首的是一名年約十八，身穿西夏公主服裝的少女，但見她長髮披肩，紅潤的鵝蛋臉上，閃耀著一雙明亮如水的眼睛，嘴唇豐滿，兩頰掬著迷人的酒窩，尹志平目不轉睛地望著眼前的少女，彷彿已經忘了自己身居何處，少女含羞帶笑地說：「真抱歉，讓尹兄久等了。」尹志平才如夢初醒地說：「原來是李兄，哦，不……是李姑娘……」他結結巴巴地回答道，少女掩口一笑地說：「尹兄，請別見外，以後就叫我明珠好了。」尹志平也笑著說：「既然你叫我尹兄，我就該叫你珠妹了。」

李明珠不覺臉紅，含羞地轉過頭去，扶著一名容貌慈祥、年逾五旬的婦人柔聲地說：「尹兄，這位是家母。」尹志平慌忙起立鞠躬，說：「尹志平拜見伯母。」李明珠的母親原是西夏國的太后，莊裡的人都尊稱他為太夫人，她親和地問道：「你的名字是漢名，可相貌不像是漢人。」尹志平忙解釋道：「小姪原是花剌子模國的族人，只因國破家亡，巧遇恩師，才改取漢名。」太夫人說：「你師父是中原的一派宗師，果然強將手下無弱兵。」尹志平謙虛地說：「小姪初出茅廬，幸得珠妹幾番承讓，才沒有獻醜。」太夫人微笑不語，李明珠掩嘴偷笑，慌忙指著母親身旁的一位婦女說：「她是我的嫂子，也是我的師姐秋月。」尹志平見秋月外表端莊，是年近三十的少婦，便近前施禮，說：「嫂子好！」秋月略微欠身回禮。

接著，李明珠向秋月身旁的少年招手，說：「強弟，快來拜見尹大哥。」少年年約十六，相貌清秀瀟脫，氣宇非凡，他向尹志平行禮說：「李強拜見尹大哥。」尹志平拉著他的手說：「強弟少年俊逸，真是英氣逼人啊！」李強不好意思地說：「多謝尹大哥的誇獎。」李明珠又指著母親後面的男子說：「這位是我的師叔步天涯，也是強弟的師傅。」尹志平見他是年近四十，相貌肅穆，身材清瘦的中年人，便向前施禮說：「拜見步前輩。」步天涯微笑點頭。

李明珠指向那四名年僅二十的「剪徑強盜」說：「他們都是我們的莊丁。」然後，向尹志平介紹他們的名字：李光、李復、李河、李山，尹志平心想：「莊丁的武功尚且不俗，明珠師門親屬的武功自然不是泛泛之輩了。」李明珠又指著手掌纏著紗布的虯髯漢子說：「他叫李翔昆，是莊裡的總管，號稱追魂刀。」尹志平和他互相拱拱手說：「幸會！」尹志平也介紹自己一行人的來歷。

太夫人早已通知下人備好晚宴，在彼此認識之後，便帶領眾人進去內堂用膳。晚宴上，太夫人對尹志平說：「賢姪如果不嫌棄的話，且在莊上住些日子再繼續東行，如何？」尹志平暗喜地說：「伯母盛情，自當從命。」李明珠聽了更是欣喜萬分。由於時候不早，客人又顯得疲倦不堪，晚膳之後，太夫人便吩咐大家回房歇息。馬蘇德和賈買提由李翔昆招待，尹志平和魯珊則由李明珠安排。

李強得知魯珊擅長騎術，一早便約她去郊外遛馬，馬蘇德和賈買提在李翔昆的介紹下，也和莊裡的兄弟們結識，彼此冰釋前嫌，自然越談越熟絡，李翔昆說道：「老弟，你的拳頭真厲害，若非我內功已有根底，恐怕就沒命了。」馬蘇德不好意思地說：「李兄笑話了，我只是乘你不備，僥倖得手罷了，論真功夫的話，就過不了你三十招，這才丟人呢。」李翔昆笑著說：「老弟，你還年輕，往後的成就只強不弱。」馬蘇德說：「是啊，李兄的刀法，真令人佩服，能否教我幾招？」李翔昆說：「沒問題，來日方長，總是有機會的。」以後馬蘇德在李翔昆的指點下，刀法頗有進步，這是後話，表過不提。

李明珠則攜尹志平去清幽的後院聊天，他們在庭榭中一面品茗，一面談心，李明珠羨慕地說：「尹大哥，你的功力非常深厚，我十分佩服。」尹志平乘機問道：「珠妹，你的武功也十分卓絕，不知師出何門？」李明珠微笑著說：「我這是家學淵源，我母親乃逍遙派掌門，我們的劍法、掌法和輕功身法都是本派的絕學。」尹志平真誠地說：「此次東行，真是大開眼界，才知道天外有天。」李明珠微笑不語。

尹志平押了一口茶，問道：「珠妹，你怎的如此痛恨蒙古人？」李明珠說：「我本是夏國的公主，只因國破家亡，才逃來此地隱居避難，我近百萬夏國軍民，在抵抗蒙古侵略的戰爭中犧牲了，這血海深仇真是罄竹難書，叫我們如何不痛恨蒙古人？」尹志平說道：「據我所知，蒙古在消滅夏國時，已經殺盡李晛的族人，為何你們得以倖存？」李明珠哀傷地說：「當時，母親指示我哥哥，要求成吉思汗寬限一個月，才要投降，否則玉石俱焚。蒙古接受了請求，我母親便利用這個月的時間，部署重要人員的疏散和潛伏，同時運走大批宮裡的財物，最後，我們這班人才喬裝偽扮，從祕道潛逃出城，輾轉來此隱居。我哥哥則帶領一班假扮我們的下人，前去投降，蒙古人發現宮內可掠奪的財物不多，一怒之下，便將皇城焚毀，所有投降的人，也都按照成吉思汗的遺言趕盡殺絕。」

尹志平聽了感慨萬分地說：「我們同是天涯淪落人，我本是花剌子模國的王子，十二歲那年，我父兵敗國亡，全家跳河自盡，我幸得恩師相救，並撫養長大和傳授武功，五年前，師父壽終正寢，遺命要我將骨灰送回中土安葬，才會有此一行。」尹志平略頓了一下，繼續說：「先師生前有恩於成吉思汗，而授予虎頭令牌，其子孫見此牌如見其人，自然對我優待有加，我的車馬、侍從和財物都是察哈臺宗王所賜。」李明珠聽了才恍然大悟。

他們閒聊到李翔昆時，尹志平好奇地問：「翔昆兄看來不像是西夏人，何以也和你們姓李？」李明珠解釋道：「當年，亦刺褐桑昆受蒙古追捕，路經夏國時，要求夏國收留其子，為了隱蔽其身分，便取名李翔昆，西夏亡國之時，在李翔昆的協助下，我們得以逃亡來此避難，昌吉的長官原是他的親戚。」正當他們談得興致濃厚時，突見太夫人閒步走來，便起身向她請安，太夫人微笑著說：「坐下來吧！反正無事，大家一起閒聊也能增長見識。」尹志平問道：「根據蒙古人長子主政，幼子守產的傳統，為何成吉思汗死後，繼承汗位的卻是三子窩闊臺，而不是長子朮赤？」太夫人緩緩道地出其中緣由。

原來成吉思汗當年出征花剌子模國之前，他的寵妃也遂問他：「此次遠征，若有不韙，四子中誰堪當汗位？」成吉思汗的心裡是屬意最小的兒子拖雷，為了表示公平，他還是徵詢其他兒子的意見，他首先問朮赤，朮赤尚未開口，就被察哈臺粗暴地羞辱：「你是蔑兒乞人的孽種，不配繼承汗位。」事由他們的母親孛兒帖，曾經被蔑兒乞人搶走，九個月後又被成吉思汗搶回來時，孛兒帖就生下了朮赤，究竟是誰的種？的確困擾成吉思汗，但是，他深愛孛兒帖，寧可相信朮赤是自己的親生子，於是，他告誡察哈臺說：「你們都是我的兒子，你如此說，是會傷害你慈愛的母親。」察哈臺才說：「我們兩人都退出，由窩闊臺繼承汗位。」後來，在攻打花剌子模皇都玉龍傑赤之時，兩兄弟又因吵架而久攻不下，成吉思汗便派窩闊臺去協調，才攻下城來。他見窩闊臺果然能夠總攬大局，便宣布他為汗位的繼承人，而拖雷則繼承他的大部分遺產。尹志平聽完後說：「原來如此。」

李明珠問道：「母親，女兒最近聽說，成吉思汗的幼子拖雷突然暴斃，不知何故？」

太夫人微笑著道出其中的內幕。原來窩闊臺雖然繼承汗位，但是，對拖雷擁有大部分遺產和軍隊芒刺在背，皇妃乃瑪真·脫列哥那獻計說：「你不妨派拖雷領兵滅金，好讓他戰死沙場。」誰知事與願違，拖雷節節勝利，於是，脫列哥那又獻議說：「你在最後勝利之前，立即收兵回返汗庭，然後在中途與我會合，我自有妙計令他自尋死路。」窩闊臺依計行事，皇妃的寵臣法蒂瑪便給他喝大量的瀉藥，使窩闊臺在撤兵時，中途病倒，目的是引來拖雷。果然，拖雷聞報之後，中計前來，皇妃便勾結薩滿（巫師）施法，要求拖雷為窩闊臺喝下有毒的「洗病水」，拖雷依言喝下，立即暴斃帳內。這些內幕消息，都是來自嫁去蒙古的夏國公主。尹志平和李明珠聽了恍然大悟地說：「原來如此。」太夫人說：「法蒂瑪是呼羅珊的女巫，擅長使毒，皇妃如此寵愛她，據說是吃了上癮的藥物，蒙古帝國有她興風作浪，必定難得安寧。」

李明珠岔開話題問尹志平：「那天你攻我的那一掌，怎地會烈火熊熊？」尹志平自謙地說：「那只是我自創的雕蟲小技，名曰火焰掌。」李明珠撒嬌地說：「既然是你自創而非師們武功，是否可以教我？」太夫人連忙責罵道：「丫頭，不可胡鬧，這種陽剛掌法只適合男人修練，女人屬陰，你又已經練了玄冰功，這兩種武功是互相克制的，學了反而會令你原來的功力大減，得不償失。」李明珠聽了冒出一身冷汗，從此不敢再有此念頭。

尹志平在李家莊住了一年多，這天，他在堂內用膳時對太夫人說：「我們師徒在此打擾了這麼久，現在已是開春時節，我想擇日啟程東行。」李明珠聽後心情沉重，便向太夫人撒嬌說：「母親，我要追隨尹哥哥一起去！」太夫人微笑著說：「你和強兒都長大了，理當出去見見世面，才能有所長進。」尹志平心中暗喜，他所以在此滯留，全因捨不得離開李明珠，心想：「看來，太夫人是答應珠妹的要求了。」

晚膳結束之後，太夫人留下尹志平單獨談話，她問道：「賢姪，你覺得明珠如何？」尹志平心中忐忑地回答道：「珠妹天生麗質，聰慧賢淑，很令人喜歡。」太夫人安下心來說：「一年來，你們形影不離，如今你要東行，她必然捨命相隨，我萬難阻止。只是你們一起行走江湖，如果沒有立下名份，恐怕會多有不便，因此，在出行之前，我想為你們擇日完婚，不知你意下如何？」尹志平欣喜莫名地說：「此乃夢寐以求之事，但憑伯母做主便是。」說完，將察哈臺所賜的那盒珠寶作為聘禮，交給了太夫人，選定良辰吉日之後，尹志平和李明珠就此喜結良緣。轉眼又是一個春天，尹志平再和岳母商討前往中土之事，太夫人說：「此去終南山，必然途經夏國故土，我想順路讓珠兒帶你去探訪親友，也安排我們回返故里的事宜。」尹志平說：「母親有令，自當奉行。」太夫人緩緩地說：「為了避人耳目，我們莊上的所有人，將會分批返鄉，你和珠兒兩人先行開路，後頭的人就會接踵而至。」尹志平新婚燕爾，太夫人的安排正合他意，便點頭稱是。

臨行前的晚上，太夫人把李明珠叫來房內密談，並交給她一張標誌人名與地點的圖紙，然後說：「這是當年部署下來的潛伏據點，你就按圖索驥吧！」李明珠說：「當年逃亡時，我只有十四歲，他們還會認得我嗎？」太夫人說：「我們接頭的口令是：『留得青山在，不怕沒柴燒』，只要口令對上了，就可以表明身分。」她又吩咐說：「我打算先在肅州居住，你向西壁訛答傳我口諭，要他在市郊為我建一座府第安身。終南山在京兆，你們夫婦就在那兒安個家吧。」李明珠點頭說道：「一切謹遵母親的指示。」

出發之前，尹志平也召集他的徒弟來說話，他說：「我即將和你們的師母先去中原，你們要按照太夫人的計畫前來與我會合，我不在時，要勤於練功，將來到中原才能幹大事。」三人齊聲答道：「遵命！」此去中原數千里，尹志平和李明珠能否完成使命？請看下回分解。

留得青山在，不怕沒柴燒

尹志平帶上盤纏、骨灰甕和寶劍便和李明珠上路，次日的黃昏時分，抵達吐魯番，這裡白天炎熱，晚上卻十分涼快，街上的小吃攤目不暇給，他們住了幾天，補充了大量的乾糧和食水之後，便啟程而去。春天原本是多姿多彩的季節，但是，沿途所見的色彩卻越來越單調，環境也越來越荒涼，尤其是過了鄯善，除了遠處起伏的禿山，幾乎不見人煙。李明珠指著條紋分明，熱氣騰騰的禿山說：「那就是聞名遐邇的火焰山了。」

正說間，背後忽然傳來急促的腳步聲，他急忙拉一下李明珠說：「小心！後面有人偷襲。」李明珠向前奔出兩丈外才回頭出劍，尹志平則就地幽浮拔升，見是十多名手持彎刀，滿臉凶神惡煞的漢子衝了過來，尹志平略一盤旋，舉劍刺向兩名正在奪取馬匹和行李的強盜，兩人哀叫一聲立即倒地，頸部血流如注，李明珠也殺開一條血路，向尹志平靠攏，地上又多了兩具屍體，匪徒大驚失色，尹志平厲聲質問：「你們是何人？意欲何為？」帶頭的強盜狂叫道：「你大爺是鑽地鼠賽胡先，要命的話，快把財物留下！」尹志平把劍插回劍鞘，匪徒以為他肯就範，正當要一湧而上時，尹志平早已揮起金剛拳打了過去，這夥強盜雖然與他相距兩丈遠，卻是「哎喲」之聲此起彼伏，最後，歹徒全部臥倒在地，呻吟不已，尹志平罵道：「這回饒過你們，下次再落到我手裡，必取你們的性命。」說完便和李明珠騎馬而去。

李明珠嘆道：「西域地廣人稀，王法難及，這裡的強盜，十之八九是殺人越貨，謀財害命。」尹志平點頭說：「尤其是戰亂年代，人命更不值錢。」他們不知不覺地來到一口井旁，李明珠說：「平哥，我們就在此處補充水源，可好？」尹志平皺著眉頭說：「這裡是荒無人煙的不毛之地，何處可以取水？」李明珠指著井口，笑道：「你看，這就是炊兒井，其下有暗河相通，這裡的人都是住在井底，因此，有炊兒井之處必有人煙。」尹志平好奇地俯首張望，井下深不見底，卻有潺潺的水聲。李明珠對尹志平說：「你且在此看守馬匹，行李和上下井的繩索，我下去取水就上來。」說完縱身一躍，已失去蹤影，逍遙派的輕功揮灑自如，真令尹志平折服。他無聊地四處張望，眼前除了荒涼貧瘠的土地，沒有任何賞心悅目之處。

也不知過了多久，李明珠還沒有上來，尹志平開始焦急了，他心想：「明珠可是出了意外？」他很想馬上跳下去看個究竟，又擔心坐騎丟失，只好無奈地再等下去。過了好一陣子，還是不見李明珠上來，他決定無論如何先找到李明珠再說，正當他準備往下跳時，看見一條人影飛快地攀繩而上，果然是李明珠。只見她鬢髮散亂，香汗微灑，便問道：「珠妹，出了什麼事？」李明珠將水袋交給尹志平，用手整理一下頭髮，才說道：「又在底下碰到那夥強盜，這些井底蛙見我落單，以為可以占便宜，便喊著要為他們的弟兄報仇，就一起揮刀砍殺過來，不出三十招，便有三人倒地不起，其他人都嚇得落荒而逃，我怕你等得不耐煩，才急忙取水上來。」尹志平抱歉地說：「都是我留下的後患。」

他們途經哈密，休息了兩天，品嘗了著名的哈密瓜，也補充了大量的糧食和水，又出發了。一路上，雖然也是荒山野地，偶爾還能遇到往來的商旅。這天，他們過了星星峽，騎馬緩緩而行，此時，陽光已經西斜，李明珠無奈地說：「此地距離沙洲還有三百里之遙，今夜只好露宿野外了。」可是，眼前是漫漫無垠的沙漠，想找個宿營地也非易事。正當他們在茫然失措時，見沙丘後升起裊裊輕煙，便催馬前去檢視，原來是一群過路商旅的紮營地。

尹志平於是上前打招呼，說：「兄弟，我們錯過了宿頭，可以加入你們的營地嗎？」商旅們見是夫婦兩人，外表正派，都沒有人反對，於是，一名肥胖的中年商人說：「沒問題，兩位自便吧！這裡有篝火，可以烤肉取暖。」不久，夜幕很快就籠罩了大地，西北的氣溫變化特別快，篝火旁的人群無不毛裘裹身。正當大家圍著篝火在談天說地時，尹志平精湛的耳力，已經聽到遠處傳來滾雷似的馬蹄聲，其他人卻毫無知覺，不久，李明珠也覺察到了，她低聲對尹志平說：「大概是馬賊來了，西北的馬賊殺人不眨眼，常常利用快馬衝殺，不留活口。」於是，尹志平大聲對大家說：「兄弟們，快把篝火熄滅，大批馬賊正向這裡衝來，大家快快準備應付。」他話未說完，篝火就已經滅了，這些商旅看來是經驗豐富的行路人，他們很快就各自挖好沙坑埋藏財物，然後自己再藏身坑內，商旅中的武師，也各自選擇有利的攻擊位置，藏匿坑中，各為其主，尹志平和明珠則瀟灑的立身馬旁，靜觀其變。

馬蹄聲越來越近，果然，沙漠上出現了大批執火持刀的馬賊，他們衝到這裡時，由於失去篝火的蹤跡，馬群踟躕不前，領頭的高喊道：「大家分散開來尋找，一有發現就呼叫。」片刻之後，有人高喊：「這裡散落了許多駱駝和馬匹。」於是，馬賊們「嗚」地呼叫起來，正當他們衝向尹志平這邊時，便聽到「碰，碰，碰……」的聲音不絕於耳，接著是一片哀叫聲，許多賊人被尹志平的金剛拳擊倒而紛紛落馬，而躲在一旁的武師，見賊人滾到面前，舉刀便砍，落馬的馬賊不死則傷，慘叫之聲此起彼伏，由於見不到敵人，而夥伴卻紛紛被殺，馬賊們都心驚膽顫，以為是中了陷阱，急忙「扯呼」地長嘯一聲，各自拉起受傷的同伴迅速撤離，這場「暴風雨」來得快，去得也快，那些被殺的馬賊所留下的馬匹，成為商旅們的戰利品，他們害怕馬賊捲土重來，都不敢回營睡覺，尹志平夫婦則泰然無事地進入夢鄉。次日，商旅們滿臉疲憊，他們各自向尹志平贈送食物、水、禮品和銀子等。

夫婦倆目送商旅遠去之後，才策馬趕路，大約走了三十多里路，突然前面沙塵滾滾，尹志平心想：難道是昨天的馬賊前來尋仇？他和李明珠互相使了個眼色，便手握劍柄，靜觀待敵，前方來的馬隊越來越清晰了，原來是一支軍容散亂，疲態畢露，為數百餘人的蒙古軍，走在前面的一名兵士問尹志平：「兄弟，出星星峽走哪個方向？」尹志平指著來路說：「從這裡前去四十里路便是了，兄弟，我是從察哈臺大王哪裡來的，你們是誰的部下？」兵士說：「我們也是察哈臺大王的軍隊，只因班師返回時與大部隊失散，輜重被盜賊劫走，又迷了路，才如此狼狽。」說完轉頭就去追部隊了。

李明珠對尹志平說：「我們的第一個目的地是沙州，既然此處有盜賊為患，不如先將其剷除，以免我們的下一班人誤受其害。」兩人策馬急行，在三十里外的背風處，果然有百多人在那裡歇息，這些人都是蓬頭垢面、衣衫不整的漢子，山坡上還有幾百頭羊和馬在吃草。尹志平夫婦的出現，即刻引起他們戒備的眼神。雙方靜靜地對峙著，終於一名三旬左右、長髮披肩、粗眉細眼、臉有疤痕、腰佩彎刀的漢子緩緩地走來，他向李明珠凝視了一會，高聲喊道：「留得青山在」，李明珠忙回應道：「不怕沒柴燒」，突然響起一片歡呼聲，李明珠跳下馬來仔細辨認對方，不覺大叫：「你可是籍剌思義將軍？我是明珠公主。」其他漢子聽聞是公主駕到，都下跪齊呼：「參見公主。」李明珠慌忙說道：「大家不要拘禮，都起來說話吧！」漢子們齊聲說道：「謝公主。」

李明珠轉頭對籍剌思義說：「思義將軍，這些日子真苦了你們。」籍剌思義說：「自從沙州淪陷，我們就在疏勒河一帶打游擊，依靠劫掠蒙古軍的輜重過日子，居無定處。」李明珠的眼眶不覺紅了起來，籍剌思義見狀不敢再訴苦，轉而笑道：「昨天截殺了一支掉隊的蒙古軍，不但將他們殺得落荒而逃，還俘獲大批羊和馬，真是痛快！」他稍停了一下，說：「公主，這裡恐怕不安全，我擔心蒙古軍會回來圍剿，不如我們轉移去安全的地方說話，如何？」尹志平說：「蒙古軍是不會回頭了，我們在路上遇見他們，原來是察哈臺的部隊，而這裡是闊端的地盤，他們取走這裡的財物又丟失，只好啞巴吃黃蓮了。」籍剌思義這才注意到尹志平，忙問李明珠：「這位兄弟是……」李明珠急忙為他們介紹，然後向籍刺思義說道：「現在已經是國破家亡，以後別再拘禮，就稱呼我小姐，稱呼他為尹公子好了。」籍刺思義點頭稱是。

接著，李明珠轉達太夫人的口諭說：「太后要你們休養生息，放棄打游擊，先找個地方創辦牧場，以後再去瓜州開設羊馬市場來過日子，她要你們長期潛伏，以待時機。」籍刺思義說：「疏勒河一帶水草豐美，適合創辦牧場。」李明珠交給籍刺思義一筆錢，說：「這些錢先拿去辦事，太后命你擔任沙州和瓜州的總管，三個月後派人去昌吉報告情況。」籍刺思義嚴肅地說：「屬下遵命。」李明珠緩緩地說：「總管，從今以後，你們要改取漢名，隱藏身分，你就叫李思義吧！」李思義說道：「謝謝小姐賜姓名，屬下遵令從事。」為了不耽誤他開展工作，夫婦倆便告辭離去。

他們在傍晚時分過了嘉峪關，肅州城便已遙遙在望了。李明珠按照母親的圖示找到了悅來客棧，進門之後，廳堂的夥計小明子前來招呼說：「客官，要住房嗎？」李明珠答道：「給我們西壁的上房。」小明子愕了一下，馬上機靈地說：「客官請隨我來。」他領著尹志平夫婦來到後院一座獨立式套房，內有睡房和客廳，片刻之後，一名自稱小黑子的夥計捧著茶水進來，他的後面緩緩走來一名年近五旬、鬚髮皆白，但是雙目炯炯有神的老者，他等小黑子走後才進門來，李明珠見面就說：「留得青山在，」來人即刻欣喜地回應：「不怕沒柴燒。」李明珠緊緊地握著老者的手說：「西壁將軍！」西壁訛答應道：「你真的是明珠公主！」李明珠問道：「七年不見，還好嗎？」西壁訛答說道：「七年來，你都長大了。」李明珠向他介紹尹志平，西壁訛答說：「我現在的名字叫王老吉，當年化名來此開客棧，經營至今已有八年了。」

王老吉是青海北溟派的傳人，夏國的瓦拉海城被攻陷時，他被俘拒降，成吉思汗放他回來傳話，才消弭了一場戰禍。此後，他就賦閒在家，不被重用，太后便安排他在肅州開店，他和四名弟子就此隱蔽至今。李明珠向王老吉傳達母親的口諭說：「太后打算回來肅州定居，令你在城郊為她建造府第。」王老吉說：「老臣謹遵太后之命。」接著，李明珠問道：「當年，甘州三十六勇士的後人，如今怎樣了？」王老吉答說：「他們還在野牛溝，阿卓的兒子阿凡是他們的首領，偶爾也會來此互通消息。」李明珠十分欣喜，便告辭前往甘州。原來蒙古軍攻打甘州時，守將曲也卻律意欲投降蒙古，而被副將阿卓等三十六名將士所殺，他們頑強抵抗至糧盡城破，力戰而死，幸虧其家眷已被太后派人救走，而且安排在野牛溝避難。

西北的冬天似乎來得早，尹志平已身著棉襖，李明珠因身具玄冰內功，不懼寒凍，仍然輕裝上馬。甘州位於河西走廊的中段，祁連山與龍首山南北夾峙，這裡土地肥沃，林木茂盛，市內店鋪林立，商品琳瑯滿目，他們來到一間名為「錦繡絲綢布莊」的店門口，夥計迎了出來，說：「客官，我們有新到的江南綢緞，進來看看好嗎？」倆人隨他進入店內後，李明珠便說：「我要黑水城的棉布。」掌櫃正在打算盤，聽見後就停下手來，他是一個年近三旬，身材略胖的漢子，他舉頭向李明珠凝視片刻之後，便臉露笑容地說：「客官，貨在裡面，請隨我來。」李明珠邊走邊低聲對尹志平說：「他名叫高雲，原是黑水城名將高逸的兒子，其父兵敗身亡，他突破重圍潛逃來京，被太后收容為徒，並留在宮內擔任侍衛，說起來我們是同門關係。亡國之前，他被安排在此開設布莊店。」李明珠也向高雲介紹尹志平，雙方寒暄一陣之後，高雲說：「在這裡七年了，終於等到你們來。」

說話間，房外進來了兩個人，高雲趕忙介紹說：「她是內人，名叫歐陽娟，那是犬子高慶。」然後嚴肅地說：「快來拜見公主。」母子倆人齊向李明珠施禮，李明珠趕忙截住說：「我和高雲是同門師兄妹，嫂子直接叫我明珠就行了。」歐陽娟年約二十四，乃蘭州飛鷹堡堡主的女兒，擅使單刀，家傳飛鷹刀法也享譽西北武林。李明珠頗為親熱地問歐陽娟：「姐姐娘家在何處？」歐陽娟答道：「老家在蘭州郊外的飛鷹堡。」李明珠關心地問道：「可常回家探親？」歐陽娟回答說：「我們全家每年都會回去一次，平時則以飛鷹傳訊。」李明珠聽了很感興趣，細問她傳訊之法，然後向高雲詢問前往野牛溝的路途，高雲說：「祁連山在甘州西南有一狹谷可騎馬直達野牛溝。」尹志平夫婦準備幾天的糧食與食水之後，便向野牛溝出發了。

巍巍的祁連山，像屏風似的臥躺在河西走廊的身邊，山頭皚皚的白雪，終年不化，綿綿的山脈在甘州裂了一個缺口，從這個山口騎馬進去，是一條崎嶇險惡的山路，山路在峽谷中輾轉曲折，兩旁是怵目驚心的陡崖峭壁，谷內光線昏暗，灰濛濛一片，他們在山崖的洞內，度過了漆黑的一夜，清晨出洞，才發現昨夜下了一場雪，為了趕路，他們繼續馬不停蹄地踏雪而去，在日照西斜時，見前方有一條河流，橫切山谷而過，阻斷了去路，這條河寬不過五丈，他們放馬在河邊吃草，便背起行囊，以卓絕的輕功躍過對岸。

離岸不遠有一座藏傳佛寺，寺門上的匾額寫著「黃番寺」三個字。當他們步入寺廟時，迎面來了一名小沙彌，他單掌施禮地問道：「施主可是來進香的？」尹志平答道：「我們路過此地，由於天色將黑，想在此借宿一宵，不知師父可否行個方便？」小沙彌答說：「施主稍待，讓我稟報住持，才回你的話。」說著轉身而去，沒多久便和一名年約二十來歲的年輕和尚出來，小沙彌說：「施主，住持來了。」尹志平忙拱手施禮說：「在下尹志平，見過住持師父。」住持問道：「施主從何處來？」尹志平道：「我們來自肅州。」住持又問道：「施主來此荒山野地，所為何事？」尹志平答道：「我們是來探訪當年夏國的甘州守將，阿卓的兒子阿凡。」

此言一出，住持神色一震，李明珠便大聲說道：「留得青山在，」住持忙接著說：「不怕沒柴燒。」李明珠欣喜地說道：「我是夏國公主李明珠，你可是甘州三十六名勇士的後人？」住持欣喜地答道：「正是，我就是你們要找的阿凡。」李明珠問道：「你怎的出家當和尚了？」阿凡說：「我當年拜老住持為師，學習藏傳大手印武功，他去世之後，便繼承其衣缽，擔任寺裡的住持。」頓了一下，問道：「太后還好嗎？」李明珠答道：「太后即將返鄉，我是奉命先來聯繫西夏舊部。」阿凡激動地說：「我們終於和太后聯繫上了。」原來，當年太后逃難去昌吉，三十六勇士的後人也隨行，在途經野牛溝時，太后覺得此地相當隱祕，便將他們留下，約定聯繫暗語，並吩咐王老吉代為照顧，至此，三十六勇士的後人，便在野牛溝開荒安身，而太后一行則翻越祁連山，繞道去昌吉。

次日，阿凡帶領他們前去野牛溝，當年逃亡來此的人不及百名，經過這些年的繁衍生息，已建立了兩百多人聚居的山寨，依靠耕種，畜養，採礦，製作鐵器為生。他們聞說太后派人來了，都高興地敲鑼打鼓，紛紛出來迎接。李明珠走訪夏國遺民，親切地問候，她對阿凡說：「你派人隨我去甘州開鐵器店，如何？」商量一番之後，決定由潑風刀阿忠和追風劍阿義前去當差。兩人收拾好行李，便隨李明珠回返黃番寺。李明珠對阿凡說：「這裡地點隱祕，十分適合舉辦集會，我想在黃番寺擴建一個集會場所，以召集夏國舊部，你的意見如何？」阿凡說：「很好。」李明珠把建造費交給他，然後，定下後會之期，便帶上阿忠和阿義離開了黃番寺。

他們回到高雲的店內，歐陽娟遞來一封信，說：「你們經過蘭州時，可以去飛鷹堡作客，這是我的介紹信。」李明珠趕忙道謝：「謝謝嫂嫂的關照。」李明珠也向他們介紹了阿忠和阿義，在高雲的幫助下，他們很快就買下一間空店鋪，取名「甘州鐵器店」，大約忙碌了一個月，店裡的貨品都齊全了，阿忠和阿義也把家眷帶來做幫手，李明珠見他們的生意已經上了軌道，便和尹志平告辭離去。

冬去春來，前往涼州的路，兩邊伴隨著截然不同的風景線，一邊是蜿蜒起伏的長城，和城外無邊無際的沙漠，另一邊卻是巍峨挺拔，白雪皚皚的祁連山，西北的風強勁而凜冽，令人產生無限悲涼的心境，也許是國破家亡，也許是人生漂泊……夫婦倆不知不覺地已經來到涼州。這裡不但水草豐美，還盛產中草藥，戰爭雖然奪走了過去的繁華，但是，眼前厚重的歷史遺跡，還是令人禁不住緬懷過去。

他們走到一間名為「回春堂」的中藥店，夥計熱情的招呼道：「客倌，要買什麼藥？我們這裡應有盡有。」李明珠說道：「給我一斤銀州塔海。」夥計甚感驚愕地說：「對不起，此藥我不熟悉，你們隨我去見掌櫃吧。」在內堂，一名年約三旬的漢子凝望李明珠片刻之後，說：「留得青山在，」李明珠隨即答道：「不怕沒柴燒。」掌櫃的笑著說：「果然是明珠公主，都長大了，我還擔心認錯人。」李明珠欣喜地說：「多年不見，太傅可好？」掌櫃的答道：「自從和御醫畢回春，奉命來此開店，已經七年了，今天終於等到你們來。」李明珠照例為尹志平介紹，彼此都寒暄了一句：「幸會。」原來掌櫃名叫塔米，他的父親塔海在銀州保衛戰中，寧死不降而被蒙古人殺害，太后感其忠勇，而委任其子塔米為李強的太傅。晚飯後，畢回春過來與李明珠會面，李明珠向他們傳達太后的消息，次日，便前往蘭州。

位於黃土高原的蘭州城，被黃河穿城而過，一年四季花果飄香，尹志平夫婦在客棧住了一夜，問明飛鷹堡的所在後，便策馬前去。城外的黃河邊沃田遍野，他們向農民問明去路，便沿著阡陌，穿過果林來到一座黃白色的莊堡，堡門上的匾額正是「飛鷹堡」三個字，守門莊丁見是陌生人前來，便問道：「來者何人？有何貴幹？」李明珠答道：「我們是貴堡小姐歐陽娟的朋友，路經此地，特來拜會莊主。」莊丁聽後不敢怠慢，說道：「貴客請隨我進來。」

他們在廳堂稍候片刻，見一名年近五旬的華服老者緩緩走來，他向尹志平夫婦拱拱手說：「在下歐陽雄，貴客如何稱呼？」尹志平施禮說：「在下尹志平，這位是內人李明珠。」李明珠於是將歐陽娟的信遞給歐陽雄，歐陽雄閱畢後說：「既然是小女的至交，也不是外人，就在這裡玩上幾天吧！」李明珠表明來意說：「我們是對貴堡的鷂鷹傳訊，深感興趣，不知能否聞其詳？」歐陽雄頗為興奮地說：「我們馴養的鷹可以日行數百里，是遠途聯繫的好工具。」尹志平說：「我們可否參觀馴鷹的實況？」歐陽堡主慨然允諾。看完之後，李明珠便買下十隻，然後說：「我先帶走兩隻，剩下的你幫我送交歐陽娟保管，行嗎？」歐陽雄十分爽快地答應，李明珠付清款項，便領著兩隻鷂鷹前往秦州了。

秦州是前去京兆的必經之地，尹志平夫婦在此過了一夜，就去市郊三十里外的雲山牧場，場主是西夏老將巍名令公的兒子巍名令浦，當年是太后安排他在此地開設牧場。場內的莊丁見有外人前來，便迎上去問道：「客人是來看馬的嗎？」尹志平答道：「我們是來拜會場主的。」莊丁慌忙領他們進入帳內待茶，過了不久，便有一名年約二十的華服青年進來，他拱手道：「在下魏令郎，是這裡的場主，不知貴客何人？」尹志平答道：「在下尹志平。」魏令郎問道：「貴客到此有何指教？」李明珠隨即接口說：「我們是來拜訪巍名令浦。」魏令郎說：「家父不在此地，不知找他有何貴幹？」李明珠說道：「令祖巍名令公與我們淵源極深，此番前來有事與令尊相商。」魏令郎說：「既然如此，今夜且在舍下歇息，明日我派人帶你們前去。」次日早上，魏令郎對一名莊丁說：「阿財，你帶領他們去拜會老爺，不得有誤。」尹志平夫婦策馬相隨，據阿財說：「老場主如今在崆峒山修道。」在曲折迴腸的山道上走了半天，才抵達半山腰的問道宮。道觀坐落於崆峒山的前峽，涇水的北岸，依山面水，十分幽靜，此時正當夏末，山青水綠，風景十分優美秀麗。觀裡出來一名小道士，阿財說明原委之後，他就入內稟報，沒多久，一名年逾四旬的道士迎了出來，他與李明珠對望片刻，李明珠說：「留得青山在，」道士遂答道：「不怕沒柴燒。」李明珠笑道：「果然是巍名令浦。」巍名令浦說：「你就是明珠公主吧！七年來都長大了，幾乎認不出來。」李明珠介紹他和尹志平認識後，魏名令浦說：「我的名字已經改作魏令浦，現在是崆峒派掌門，自號玄通道人，雲山牧場已交由犬子魏令郎掌管。」李明珠向他說：「太后將要返回故土，屆時將召集舊部會商國是。」魏令浦說道：「屬下隨時待命。」他們在崆峒山盤桓數日之後，就告辭離去。尹志平與李明珠繼續東行，他們能否在中原立足？請看下回分解。

全真祕笈重出世，亡國魂聚中秋盟

金國初滅，沿途都是凱旋回歸的蒙古兵，大都來自察哈臺、闊出、闊端和朮赤，留下來的都是拖雷家族和東道諸王的軍隊，尹志平和李明珠在鳳翔只過了一夜，就繼續上路，入夜時分才抵達京兆。次日，兩人便上街遊逛，李明珠是第一次來中原，看到這裡的城牆高大堅厚，巍峨壯觀，是西夏所無法比擬的。城中心高聳筆立的大雁塔，令她嘆為觀止，禁不住讚道：「漢人在歷史上的雄厚實力，果然令人敬畏。」尹志平雖有同感，卻感慨地說：「儘管如此，也難逃蒙古鐵蹄的蹂躪。」此時，秋風瑟瑟，街上行人還是不少，他們在館裡吃著牛肉麵，旁邊有食客在交談說：「這裡是忽必烈管轄之地，局勢雖然還未穩定，社會秩序已經恢復正常。」另一名食客說：「今天忽必烈出巡時，軍隊井然有序，絡繹不絕。」尹志平聽後，低聲對李明珠說：「既然忽必烈在此，明天你留在客棧，我前去拜會宗王。」

李明珠點點頭。

次日，尹志平整裝之後，便持著虎頭令牌與文書，前去拜見忽必烈，他單腿跪說：「小民尹志平，乃全真派丘處機的傳人，拜見大王。」忽必烈年少英武，身材健壯，他比尹志平小五歲，雖然沒有見過丘處機，卻知道是爺爺的摯友，他見尹志平與自己年齡相近，又是丘道長的徒弟，自然刮目相看，他問道：「你的樣子不像是漢人？」尹志平答道：「小民是花剌子模人，因得師傅收容而取名尹志平，此番東來，是為了安葬師傅的骨灰。」忽必烈釋然地說：「丘道長對我爺爺有恩，又為爺爺尋找仙藥而客死他鄉，理當厚葬。」尹志平說：「小民也奉師父遺命，重整門派，因此，需要在此地安身立命。」忽必烈說：「沒問題，這裡是我管轄之地，你就在此安心住下吧！城郊有一片荒蕪的莊園，如今已沒收在冊，我就賜予你居住，以紀念丘道長的功德。」尹志平聽後，慌忙跪謝道：「謝謝大王的恩典，今後，莊園就取名『全真山莊』以紀念師父。」忽必烈微笑著說：「既然你要重振師們，就專門為我種糧吧！以後有空置的土地，我會招呼你。」尹志平稱謝不已，忽必烈又送他安身的經費，然後，命令官員為他辦理接收莊園的文書。

這意外的收穫，令尹志平和李明珠欣喜萬分，由於莊園是現成的，次日，他們就直接搬進去住了。莊園雖然古舊，偏離京兆城，然而面積十分廣大，屋宇層層疊疊，有幾十座之多，每座之間都有迴廊連線，莊內花園庭榭，池塘假山，花草樹木，小橋流水，布局優美，景色怡人。這片產業還包括莊外兩千多畝良田，和面積廣大的山坡草地。尹志平暗想：「蒙古人大概沒收了不少產業，這座莊園應該是前朝官員所遺棄，忽必烈恐怕是沒見過，否則，怎麼會輕易送給我？」其實，當時的蒙古人喜歡住帳篷，不習慣住屋子，只會放牧不會種糧，這裡又是戰爭前線，才給初來乍到的尹志平撈個便宜，李明珠完全陶醉在新的家園中，她忘我地緊抱著尹志平，深怕煮熟的鴨子會飛走似的，他倆商量之後，決定先整頓莊園，再去終南山。

由於中原兵燹連年，京兆地區每天都有大量流民湧入，當尹志平在街上打起招工務農的牌子，應徵的人龍望不見盡頭，他們只挑選年紀較輕，身體健康，有務農經驗的難民進入莊內工作，並且借錢給他們安家，總共僱傭了近百戶，每戶二十畝田，佃戶家的孩子，男的受僱為莊丁或侍童，女的則受僱當侍女，也僱傭一些有專長的難民在莊內工作，包括廚房火工，莊園維修，打掃清洗和打雜等。時已入冬，莊園的生活已規範化，「全真山莊」的牌子也掛了上來，只等來春，農地就可以播種了。

隨著炮竹聲響起，春天終於來了，夫婦倆每天都騎馬出外巡視。這天，尹志平遙望南邊的終南山，對李明珠說：「我該去安葬師父的骨灰了。」李明珠同意說：「是應該盡快了結此事。」尹志平憂慮地說：「偌大一個莊園沒有人掌管是不行的。」李明珠安慰他說：「你放心去吧！我留下來看守家業好了。」尹志平寬心地說：「好，明天我就去終南山，大約個把月就回來。」尹志平補足了一個半月的乾糧和幾天的食水，和李明珠依依惜別之後，就上馬而去。

走南五臺方向是上終南山的捷徑，他抵達南五臺的寶光寺時，已近黃昏，只好在寺內借宿一宵，並向住持問明上終南山的路，和重陽宮的位置所在，然後取出十兩銀子給他，說：「這點香油錢請師父笑納，我的馬就寄放在這裡，麻煩師父代為照料。」住持笑逐顏開地說：「施主請放心，老衲照辦就是。」隔天的清晨，尹志平繫好骨灰甕、劍、乾糧和水，便攜帶鏟子，展開絕頂輕功飛奔而去。

由於任督二脈已通，儘管是一陣狂奔，卻猶似閒庭漫步，來到終南山的山腰，他見到了道觀，道觀看來已是年久失修，觀門上仍然掛著「重陽宮」的匾額，觀內塵埃聚集，寂靜無聲，觀後隱約可見一條長滿雜草的小徑，小徑的盡頭便是王重陽之墓，尹志平除去墳墓周圍的雜草，然後虔誠地跪下，肅穆地說道：「弟子尹志平叩見祖師爺。」說完叩了三個響頭才起立，墓碑前方果然是石板道。他依照丘處機的交代，向前走了三丈遠，然後將腳下的石板翻起來，用鏟子掘出泥土，就在地下三尺深之處，發現一個扁形的四方鐵盒，他用劍撬開盒子，盒內藏著一個由厚油紙密封著的包裹，尹志平開啟包裹一看，果然是一本寫著「全真祕錄」的羊皮冊子，他急忙納入懷中，然後將丘處機的骨灰甕就地埋在土坑內，填平泥土和蓋回石板之後，他用劍刻上：「全真派第二代掌門丘處機」。

他依照師父的遺命，決定在此苦練祕笈上的武功。他把王重陽的臥室打掃乾淨，房內的睡床桌椅竟然是上等木料所製，至今完好無損。他輕輕地翻開祕錄來看，首頁就是「一陽指神功」，這門武功至剛至陽，完全符合尹志平的功底，祕錄寫道：「中指筆直，拇指扣食指，無名指與尾指內勾，先天罡氣，運轉全身，彙集中指，以指代劍，洞穿碑石……」尹志平已經練成先天混元罡氣，在領會運氣於指的要訣之後，便走出屋外向一塊石頭發出一指，但聞「嘶，嘶」之聲大作，石頭果然現出一個深可一尺的指洞，他轉頭向三丈外的一棵樹幹發出一指，在「嘶，嘶」之聲後，樹幹已被洞穿。他暗想：「如此以指代劍，當可取敵之命於瞬息之間。」由於他是使用先天混元氣功來發出指力，便將這門武功取名為「先天混元指」。

祕錄的第二篇是「摘星手」，附有人身穴道全圖，講述各穴道的功能，以及如何使用點、捏、按、拂、切等打穴手法，祕錄還解釋如何移穴換位，以避開被敵人點中穴道之法，同時也說明如何運氣衝穴以自解的竅門，這門武功對尹志平而言是頗為新鮮的武學，他反覆揣摩之後，也就領會其精要，他明白：「既然已練成先天混元指，要破空點穴就輕而易舉了，差別只是力道的把持而已。」

祕錄的第三篇是「擒龍手」，共三十六式，每式蘊含攻守各一招，實際上是七十二招擒拿手法，招招制敵於不可思議的擒拿搏鬥中。尹志平苦練一個多月，才基本掌握了祕錄的武功，由於他身具幻影迷蹤步的身法，更使祕錄的武功發揮得神奇莫測，這令其武學造詣出現驚人的飛躍。

尹志平回到全真山莊時，已是夏初，李明珠像久別重逢似的，緊緊地擁抱著他，他見莊內的事務打理的井然有序，十分高興，李明珠偎依在尹志平的懷中，突然聲音沉重地說：「平哥，我們離開昌吉已經兩年多，也不知後頭的來人怎麼樣，我打算往回走，以便和他們碰頭，你可要留下來看好家業。」尹志平點頭說道：「說得也是，理應盡快與母親取得聯繫，才不會誤事。」李明珠說：「我帶走一隻鷂鷹給魏令浦，以後你就可以直接與崆峒山傳訊。」尹志平說：「母親年紀大了，我的馬車就留給她使用，只叫我的三名徒弟快點來此，幫我做事就行了。」兩天後，李明珠帶著最近收下的徒弟司徒紅，依依不捨地離開全真山莊。

司徒紅是年僅十二歲的侍女，原是莊內佃戶的女兒，李明珠見她聰明伶俐，反應敏捷，甚為喜愛。當尹志平上終南山之後，她對司徒紅說：「紅兒，你可願意拜我為師，學習逍遙派的武功？」司徒紅歡喜地說：「能拜主人為師，是我莫大的幸福，豈有不從？」說完就跪下叩頭，李明珠高興地說：「起來吧！師父就先傳授你逍遙派的內功心法，你每天晨昏都必須練習一遍。」於是，便將練功口訣傳授予她。此次出門，李明珠決定帶她出去歷練，以便在路途上，繼續傳授她武功。她們在鳳翔過了一夜就前往秦州，李明珠見司徒紅的內力已初具功底，便在路上把逍遙派的輕功「飄渺身法」傳授給她，司徒紅對輕功情有獨鍾，進步神速。

師徒倆來到崆峒山，魏令浦微笑著迎了出來，說：「小姐，來得正是時候，有人要找你。」說完領著李明珠進入內堂，只見三名男女在喝茶聊天，正是尹志平的三名徒弟，他們見李明珠到來，都即刻起立行禮，道：「參見師母。」李明珠高興地問：「太夫人怎麼樣了？」魯珊答道：「我們是和李公子前來，他還在涼州等待步前輩，我們則來此等候師父的消息。」李明珠指示他們前行的路線，並交給他們一份全真山莊的位置圖，說：「快去吧！你們的師父在焦急地等著呢。」三人遂告別離去，李明珠將鷂鷹交給魏令浦，當場就教他把魯珊等人的消息傳送出去，隔天就收到尹志平的回信。魏令浦見狀，讚道：「妙哉！」李明珠說：「今後你就負責與尹志平的聯繫。」次日，師徒倆前往蘭州，直接去了飛鷹堡，買了幾隻鷂鷹又續程去涼州了。

時已入秋，她們抵達涼州已是夜晚，在畢回春的帶領下，她們在後院見到了李強和塔米。李明珠忙問道：「弟弟，母親怎樣了？」李強說：「母親在肅州，要你快點去見她。」李明珠問道：「那麼，你要和我一起去嗎？」李強說：「不，母親要我在蘭州安家，我是在此等候師父一起去。」於是李明珠給李強和塔米每人兩隻鷂鷹，次日，就匆匆趕往甘州。歐陽娟一見到李明珠，就說道：「你向我爹買的鷂鷹全養在後院裡，要怎樣處理呢？」李明珠說：「你分一隻給阿義，一隻給阿凡，以後你們和黃番寺的聯繫，就無須長途跋涉了。」高雲說：「阿凡叫我告訴你，黃番寺的聚會場所快要落成，明年中秋之前可以啟用。」李明珠點頭稱是，她留下一隻鷂鷹給高雲，讓他與太夫人聯繫。其餘五只她全部帶去肅州。

李明珠從來沒有離開母親這麼久，心裡的確十分想念，她們來到肅州的悅來客棧時，王老吉就對她說：「太后來此一年了，你快隨小妹子去見她吧！」建立在臨水河畔的逍遙山莊，背靠著白雪皚皚的祁連山脈，臨水彙集了雪山消融的冰泉，緩緩地向肅州流淌而去，風景極為優美。李明珠進入莊內之後，便把鷂鷹交給李翔昆，告訴他養鷹和傳訊之法，並吩咐他說：「兩隻留在山莊使用，兩隻送給瓜州和一隻送給沙洲。」

李明珠在內堂見了太夫人，喜形於色，母女噓寒問暖了一陣，才回到正題，李明珠將此行的經歷，從頭到尾說了一遍，太夫人聽後很高興地說：「你們此行的成果豐碩，尤其是平兒，這麼快就能立足中原，出乎我意料之外。」李明珠說：「我們夏國舊部的力量，已經重新凝聚，是該有個形式召集大家，商討未來之路。」太夫人微笑道：「這就是我急著召你回來的原因了。」他押了一口茶，說：「既然黃番寺的集會場所即將落成，我們就訂明年的中秋節，在黃番寺召開西夏舊部的聚會吧！現在已是冬至，明春回程時，你沿途通知各地的人員就行了。」母女促膝長談至深夜，才倦然回房。

冬天是修練玄冰掌的重要季節，此時正當入冬，為了不讓司徒紅失去練功的機會，李明珠便開始傳授她這門武功。她對司徒紅說：「玄冰掌武功可分三層：第一層功力，只能化氣為風，勉強可以傷敵。第二層功力，可化氣為霜，令周圍的空氣變成冰冷的霜霧，足以傷殘敵人。練成第三層功力，可化氣為冰，中掌者其心脈血管會在瞬間被凍僵和破裂，輕則終身殘廢或武功盡廢，重則即時斃命。」冬去春來，司徒紅已經熟練玄冰掌的招式，然而，由於功力尚淺，勉強只能達到化氣為風。

李明珠度過了雪花紛飛的冬天，迎來了絢麗的春天，她心裡不自覺地掛念著尹志平，巴不得馬上飛回全真山莊。「珠兒，在想什麼？如此魂不守舍？」母親的聲音突然在背後響起，她才如夢初醒似的說：「母親，我想明天就啟程返回京兆。」太夫人沉思了一會，說：「也好，平兒寄託在此的財物，你就順便帶回去給他。」李明珠說：「平哥交待我，馬車留給母親使用。」太夫人點頭接受，然後說：「這一趟，我叫秋月陪你回去，也好讓她歷練江湖。」明珠同意說：「有嫂子相陪，路上就不會寂寞了。」次日，秋月帶上她年僅十三歲的弟子小菊同行，一行四人告別太夫人，策馬而去。

在甘州，李明珠將中秋聚會之事，傳達給高雲夫婦、阿忠和阿義，然後補足來回的口糧，一行人便續程前往黃番寺，中途在山中野宿時，李明珠又把逍遙劍法傳授予司徒紅。由於有小菊互相切磋，司徒紅的劍法進步神速。第二天的下午，一行人抵達黃番寺，為了避免無謂的禮節，李明珠只介紹秋月是她的師姐，阿凡帶領她們參觀新建的場所，說：「中秋前肯定能夠啟用。」她對阿凡說：「中秋的聚會，參與者大都是西夏舊部，就由你主持聚會。」阿凡說：「遵命。」李明珠把聚會的經費交給他，次日，一行人就告辭離去。她們直奔涼州，通知有關中秋聚會之事，塔米拿了一張紙給李明珠，說：「這是李強傳來的字條。」李明珠張開來看，原來是李強在蘭州的住處簡圖。

兩天後，她們抵達蘭州城，就按圖索驥，果然找到李強新置的府第，規模雖然比不上逍遙山莊，在城內也算是大戶人家了。屋子的大門緊閉著，也沒有立匾，他們敲了好一陣子門，才聽見傳來腳步聲，不久，大門微啟，一個人頭向外張望了一下，叫了起來：「啊，小姐來了。」原來是隨步天涯前來的家丁李壯，他慌忙帶領大家進入屋內，屋內的廳堂院落層層而入，她們與李強和步天涯在大廳會面，李明珠便傳達有關中秋聚會之事。隔天，又趕往崆峒山通知魏令浦，然後匆匆回京兆了。

＊　＊　＊　＊

且說魯珊、馬蘇德和賈買提三人回到全真山莊，尹志平十分高興地問道：「這些日子來，你們可有勤加練功？」他們齊聲答道：「有。」尹志平欣慰地說：「今後我們就在此長住，這裡是漢地，為了避免被人問長問短，你們需要改用漢名。」他略停了一下，對馬蘇德說：「你的名字就叫馬思德。」然後轉向買買提說：「你的名字就叫馬萬提。」然後嚴肅地說：「你們兩人負責管理莊外的佃農和牧民，每天必須到莊外巡視他們的工作，有問題要隨時向我或師母稟報。」他們兩人齊聲說道：「是。」

尹志平看了魯珊一眼，見她已長成標緻的姑娘，便問道：「魯珊，你今年幾歲了？」魯珊說：「十六歲。」尹志平說：「你已經長大，可以辦大事了，今後你就負責管理侍童侍女，廚房的夥計，和負責清洗、打掃、修護等的雜工，也要負責飼養鴿鷹和傳訊，做得來嗎？」魯珊信心滿滿地說：「沒問題。」尹志平溫和地說：「那些侍童侍女年紀都比你小，空閒的時候要教導他們練武。」魯珊應道：「是。」

然後，尹志平帶他們去兜了一圈，讓他們認識所要管理的人。回來後，尹志平說：「我們莊園的屋子很多，你們各自選一座住下吧！」魯珊欣喜地說：「我要靠近花園的那一座。」

一年後，馬思德和馬萬提都相繼娶佃戶的女兒為妻，在此成家了。

這天，尹志平帶著三名徒弟巡視莊園，魯珊問道：「師父，你還沒有替我取新的名字。」尹志平笑道：「你就姓魯名珊。」魯珊驚奇道：「怎麼我還是我？」尹志平道：「不錯，魯珊也可以是漢名，何必再改呢？」魯珊聽了歡笑起來，尹志平對大家說：「我們到後院去，你們把武功練一遍給我看。」他們齊聲應道：「是，師傅。」於是，馬萬提演練幻影迷蹤步，馬思德演練金剛拳，魯珊則演練全真劍法，只見她一絲不苟地展開招式，很巧妙地結合幻影迷蹤步，使劍招撲朔迷離，快時如閃電，慢時如鬼魅。

尹志平見魯珊的劍法已出神入化，高興地說：「劍法已得上乘之妙，然而，如果手中無劍，怎麼辦？」魯珊說：「就以幻影迷蹤步躲避對方的進攻。」尹志平點頭說：「這是不得已之舉，卻無法制敵，現在，我教你們空手入白刃的武功，以奪取對手的武器來進行反攻。」魯珊拍手叫道：「太好了，以後不怕沒有隨身帶劍了。」尹志平對三名徒弟說：「這門武功名為擒龍手，除了奪取對手的兵器，也能巧妙地擒拿對手，將其制服。」尹志平緩慢地演示九式「擒龍手」，他們三人都勤習苦練，馬萬提和馬思德在擒拿對手方面，進展比較快，魯珊在奪取對方兵刃上，則學得最快。

當晚，尹志平來到魯珊的房內，說：「師傅想教你一門新奇的輕功，可以讓你在空中浮游。」魯珊聽後，高興得跳起來，說：「好啊，以後我就可以當仙女了。」尹志平說：「要練這門輕功，必須先學會龜息功法。」於是，便將練功心法告訴魯珊，並吩咐她利用睡覺的時間修煉龜息神功，魯珊說：「我怕練錯了醒不來，師傅，你今晚就在我房內過夜，為我護法可以嗎？」尹志平沉思一會，說：「也好。」魯珊說：「師傅，我的床挺大的，我靠裡邊睡，你睏的話就睡下來好了。」尹志平說：「我在床上打坐就行了。」尹志平就這樣打坐了六個晚上，第七個晚上他已不支地躺下來睡去，也不知睡了多久，感覺有人在親吻他的臉頰，他知道是魯珊在頑皮，便翻身朝外，裝睡了一陣子，才起身離開，此後，他吩咐魯珊自己練功。

三個月後的一個晚上，月色明亮，尹志平把魯珊叫來後院，對她說：「你的龜息功法已經有成，可以修練幽浮神功了，為了避免驚世駭俗，只能在晚上練習。」魯珊聽說要傳授她新的武功，心裡十分高興地說：「謝謝師傅。」初練時，尹志平怕她跌倒，總是在旁守護，當魯珊初次幽浮上升時，由於好奇而張開了眼睛，便由空中摔了下來，幸虧被尹志平接住，魯珊嚇得臉色青白，緊緊地抱著他，尹志平說：「別怕，練習的時候要全神貫注，心無旁騖，才能成功。」大概抱了幾次，魯珊就會自己浮游了。

尹志平對她說：「以後就自己學吧，有空時我會來看你。」魯珊說：「師傅，我怕根基不穩，你還是常常來吧。」可是，每次尹志平來，魯珊總是掉下來讓他抱，尹志平奇怪地問：

「你怎麼越練越退步？是不是我沒來，你就偷懶了？」魯珊說：「沒有啊，只是你來了，我就不知不覺地掉下來。」尹志平心想：「一定是在耍頑皮了。」的確，魯珊已經練成了神功，她初次幽浮時的驚喜是難於形容的，此時的她，不再是當年稚嫩的小丫，而是亭亭玉立的少女，這些日子來，她對尹志平已種下難捨的情懷。

＊　＊　＊　＊

由於莊上的大小事務都有徒弟代勞，尹志平的生活十分愜意，這天他閒來無事，正想念著李明珠，突然魯珊匆匆進來說：「師母回來了，還帶了秋月和小菊一起來。」尹志平吩咐她去準備客房和膳食，然後就出去迎接，他見面就說：「歡迎嫂子到來作客。」秋月笑道：「你們全真山莊的氣派果然恢宏。」尹志平傻笑說：「這些都是託先師之福。」用膳過後，秋月與小菊都回去歇息，尹志平則拉著李明珠的手進房去。

分開一年，兩人小別勝新婚，難免纏綿悱惻，不知過了多久，彼此才冷靜下來談話，只見李明珠撲在尹志平的懷裡說：「平哥，我太想念你了。」尹志平吻著她說：「我也是。」李明珠便將此行的經歷向他述說，尹志平則告訴她，已經為徒弟改了名字和分配好職務，李明珠聽後點頭同意，不過，她建議說：「我已經收司徒紅為徒，不如讓她協助魯珊的工作，如何？」尹志平十分贊同地說：「好啊，我也覺得魯珊的工作太繁瑣了。」於是，便叫她們兩人進來說話，尹志平對魯珊說：「司徒紅是你師母的徒弟，今後她就當你的助手，她年紀還小，你可要關照她。」魯珊忙答道：「是。」李明珠微笑地說：「你們下去吧！」魯珊拉著司徒紅的手出去了。

時光荏苒，很快就是秋天，尹志平和李明珠在商議中秋聚會之事，他說：「中秋聚會與莊園的秋收都十分重要，我們要做好兩全其美的安排。」李明珠點頭說：「莊裡的運作都已立下規矩，即使我們兩人不在，也不至於出大的差錯。」尹志平沉思一會，便召集魯珊、司徒紅、馬思德和馬萬提前來開會，說：「後天，我和師母要出門去，你們四人要管好莊裡的事務，現在是秋收時節，糧食入庫是頭等大事，你們必須全力以赴，不可疏怠。」四人齊聲應道：「遵命！」尹志平又繼續說：「我們不在時，以魯珊為總管，有事須與她商議。」其他人都回答：「是！」尹志平對魯珊說：「如有急事，就以鴿鷹傳訊。」魯珊應道：「是。」

兩天後，尹志平夫婦領著秋月與小菊，離開了全真山莊。他們在崆峒山與魏令浦父子會合，就匆匆趕往蘭州。李強的府第已經掛上了匾額，上書「歸唐府」三字。李明珠解釋道：「我們的李姓乃唐皇朝所賜，歸唐有飲水思恩之義。」府內已經有侍女家丁，不再是李壯一人。次日，李強交待李壯看家，便和步天涯、李明珠一行上路了。為了避免引人注目，他們決定分成兩批前進，尹志平夫婦帶領魏令浦父子和李強先行，步天涯、秋月和小菊則前往會合塔米和畢回春，兩批人都先後抵達黃番寺。

接著是阿義引領李思義和他的六名部下到來，這六名部下都是年約二十左右的年輕人，如今每人都衣著整齊，與當年的落魄樣子，不可同日而語。李思義向李明珠一一介紹他的部下：斷魂刀林義勝、穿心劍郭清明、飛龍鞭江濤、鷹爪手鐵雲、霹靂拳楊天和流沙掌吳法建。李明珠見他們都取了漢名，深感欣喜。第二天，阿忠帶領太夫人和門下弟子春花、兩個侍女、兩個家丁和李翔昆前來，最後是阿義的妻子阿月帶領高雲夫婦、王老吉和他的四名弟子到來。

外來的人加上野牛溝三十六勇士的後人，廣場上座無虛席。阿凡以主持人的身分向大家講話：「各位戰友，今天是中秋佳節，也是我寺擴建落成的好日子，我敬大家一杯！」於是，眾人高呼「乾杯」，就舉杯痛飲，接著是李思義站起來說話：「今天是中秋月圓之夜，也是我亡國子民劫後重聚的日子，讓我們為今天的團圓乾杯！」他一講完，在座的人都歡呼地高舉酒杯，一飲而盡。接下來，是李明珠站起來說：「各位戰友，我們已經國破家亡，為了哀悼在戰爭中犧牲的同胞，讓我們一起肅立，為他們的亡魂默哀吧！」一陣起立的騷動聲之後，全場很快就鴉雀無聲，過了一陣子，李明珠沉重地說：「請大家以酒灑地，敬我亡魂！」儀式過後，晚膳也陸續上桌。中秋的月亮又大又圓，照在廣場上是人影焯焯，劫後重逢，令在場的人都有說不完的話，他們一面吃一面談，氣氛十分融洽。

酒過三巡，太夫人召集李明珠、尹志平、王老吉、李思義、阿凡、阿忠、阿義、步天涯、魏令浦、高雲、塔米和秋月共十三人進入內堂開會，會議由太夫人主持，他對大家說：「我們雖然亡國，但是國魂未滅，蒙古帝國雖強，靠的是燒殺掠奪的恐怖統治，這種暴政肯定會引發各地的叛亂，何況成吉思汗死後，蒙古帝國的內訌日益明顯，總有一天會四分五裂，直至滅亡。」王老吉說：「窩闊臺雖然消滅了金國，但是，南征宋國卻舉步維艱，遭受激烈的抵抗，最近，在孟珙、余玠和李庭芝等宋將的反擊下，蒙古軍已陷入苦戰的泥沼。」阿忠問道：「既然宋國有能力抗拒蒙古帝國，我們何不與宋國裡應外合，發動起義，推翻蒙古的統治？」太夫人說：「宋國重文輕武，朝廷腐敗墮落，現在軍民的反抗，只能讓它苟延殘喘，最終是難逃被消滅的宿命，我們為這種沒有前途的國家發動起義，只會成為犧牲品而已。」李思義也說：「當年拖雷假道關中滅金，原本只是抱著試探和擄掠的目的，不想宋國主動作出棄關中五州，保巴蜀三關的決定，令蒙古人在不經意之間『假途滅虢』，殊不知蒙古人貪婪無厭，肯定還會得隴望蜀。」太夫人說：「蒙古人要啃下宋國這塊骨頭，也會大傷元氣，再加上蒙古帝國內訌不斷，我們的子孫就會有翻身的機會了。」

大家聽了，雖然點頭稱是，卻是一臉茫然。高雲問：「既然推翻蒙古帝國，只能留待子孫去解決，那我們又能做些什麼？」王老吉說：「擱置爭議，和平共存。」阿義問道：「蒙古是虎狼之國，如何與之和平共存？」太夫人說道：「只要堅持『韜光養晦，積蓄力量，站穩陣腳，絕不當頭』，就能和平共存。」也許太夫人的哲理太深奧，眾人聽後還是神態茫然。於是，塔米解釋說：「韜光養晦，就是要隱蔽自己的實力，不要讓蒙古人發現我們真正的意圖。」步天涯接下去說：「積蓄力量，就是利用和平共存來繁衍生息，以圖未來。」王老吉又補充地說：「要積蓄力量，大家就得廣收門徒，以繼承我們未竟的事業。」魏令浦也說：「現在我們的力量太小，不足於與蒙古人對抗，必須先站穩陣腳，不要冒險強出頭，作無謂的犧牲。」阿凡問道：「即使我們韜光養晦，所積蓄的力量能夠推翻蒙古帝國嗎？」太夫人解釋道：「當然不能，我們夏國地貧人少，難於成就此大事，中原區域地靈人傑，物華風茂，人口眾多，才是推翻蒙古統治的希望所在。」李翔昆說：「既然如此，我們只有融入漢人之中，才能和他們共同反抗蒙古的統治。」李明珠說道：「要融入漢人之中，大家就必須取漢名，入漢俗，化身為漢人，繁衍華夏子孫，讓蒙古人再也找不到夏國之人，時機到來時，就由我們的子孫去完成未竟的事業。」大家聽完這些高論，眼界豁然開朗，尹志平站起來說：「要行動就必須先有組織，今天是中秋，我建議成立中秋盟，由在座各位組成本盟的核心，太夫人擔任本盟盟主。」尹志平的建議正是眾望所歸，大家都齊聲贊成，太夫人也當仁不讓，她站起來說：「好，中秋盟總舵就設在肅州的逍遙山莊，我建議李明珠擔任副盟主，王老吉擔任右護法，駐守總舵，步天涯擔任左護法，負責外巡，其他人回去之後，要儘速成立中秋盟分舵。」李明珠站起來補充說：「今後每年的中秋聚會，就在黃番寺舉行，盟會之間的聯繫口令為：韜光養晦，百年不變。」

散會後，大家紛紛回返原地。臨行前，太夫人對尹志平說：「平兒，你們的分舵地處中原，未來的發展就靠你們了。」尹志平堅毅地說：「母親放心，中原的發展，小婿必定全力以赴。」說完，尹志平夫婦便與塔米，畢回春同行離開黃番寺，到達涼州時，李明珠突感不適，屢有嘔吐之狀，畢回春隨即為她把脈，然後對尹志平說：「恭喜公子。」尹志平莫名其妙地問：「何喜之有？」畢回春笑著說：「是小姐有喜了。」尹志平聽後歡喜若狂，抱著李明珠狂吻，羞得她無處藏身。臨別時，塔米送給李明珠一大盒烏雞白鳳丸，說道：「這些藥品有助於小姐補身養胎之用，順便告訴你們，我的名字已改為趙塔米。」李明珠懷孕了，尹志平能否獨立完成開拓中原的任務？請看下回分解。

英雄末路仇未解，雙怪啟釁鬥丐幫

回到全真山莊，尹志平對李明珠更是呵護備至，李明珠依偎在他的懷裡說：「平哥，現在我懷孕了，母親交待我們前出中原之事，怎麼辦？」尹志平說：「你既是有孕在身，自然不便遠行，此事交由我去進行可也，明年開春，我就前去中原探路。」李明珠問道：「成立京兆分舵之事，如何處理？」尹志平說：「分舵的成員除你我之外，應該包括司徒紅，魯珊，馬思德和馬萬提。你是副盟主，按理是應該為總舵辦事，可是，現在你不便奔波，何況我又不在家，莊裡的事務都需要你來掌管，看來只能留在分舵了。」明珠點頭同意地說：「好，我去召集他們四人來開會。」

大家齊集之後，尹志平說道：「為了把我們的力量組織起來，中秋盟已經成立，全真山莊便是中秋盟的京兆分舵。我是舵主，師母是副舵主，你們四人都是分舵的成員。今後大家要同舟共濟，奮發圖強。」他們都齊聲應道：「是。」尹志平問魯珊：「今年的收成如何？」魯珊說：「比去年增收了一成。」尹志平欣喜地說：「很好，我們還是按去年的收成報稅，以免來年收成欠佳時，想要少報稅都難。」李明珠說：「不錯，稅額不增不減，皆大歡喜，增後再減，反被生疑。」魯珊也說：「與其老實，不如取巧。」

這天清晨，尹志平來到後院，看見魯珊在練功，發現她對九式擒龍手，不但練得滾瓜爛熟，還熟能生巧地以幻影迷蹤步配合出擊，足見她對武學頗有創造力。此時，魯珊已看到了尹志平，便停下來向他請安：「師傅早。」尹志平微笑地說：「那九式擒龍手你已經熟練了，我再傳授你另外九式。」魯珊高興地說：「謝謝師傅。」尹志平緩慢地演示這九式新的手法給她看，魯珊反覆練習之後，就觸類旁通了，尹志平說：「掌握這十八式擒龍手，要空手入白刃就輕而易舉了。」魯珊柔順地說：「是，師傅。」

尹志平說：「明年開春，我要前往中原，需要兩名侍童相隨，你手下有誰可以隨我前去？」魯珊想了一下，說：「張勇和林敢，他們先天氣功的功底比較好，輕功也不錯。」尹志平說：「好吧，你帶他們來見我。」不多久，張勇和林敢前來報到，尹志平問道：「你們幾歲了？」兩人齊聲說道：「十三歲。」尹志平端詳了一會說：「即日起，我收你們為徒，你們要苦練武功，明春隨我出門去歷練。」兩人喜出望外地跪下，即行拜師之禮。尹志平對魯珊說：「從今日起，你就代我傳授他們全真劍法。」魯珊應道：「是。」

飄雪的日子終於過去了，全真山莊裡的梅花還在盛開，尹志平拉著李明珠的手，深情地說：「珠妹，此次遠行，大概中秋之前才能回來，你要保重身體。」李明珠柔情地說：「你和蒙古方面的關係特殊，有些事不方便管的要盡量避開。」尹志平安慰她說：「珠妹且放心，凡事我會有分寸。」說完便上馬，李明珠張著情意綿綿的眼睛說：「平哥，保重。」尹志平揮了揮手，就領著張勇和林敢策馬而去。

午後，他們來到了華陰鎮，正當三人在飯館裡用膳時，旁邊的桌位也來了三個人，一個是年約三旬的年輕人，另外兩個都是四旬開外的中年人。其中一名高瘦的中年人問道：「史兄弟，武仙敗走唐州之後，果真藏身華山？」年輕漢子名叫史添福，他肯定地說：「七天前，我親眼見他與華山弟子一起上山，才急著召你們前來助陣。」另一名矮胖的中年男子點頭說：「既是如此，應該不會有錯。」史添福說：「董兄，武仙與我有殺父之仇，此次絕不能讓他逃脫。」原來這兩個中年人是董氏昆仲，高瘦的那個名叫董文進，矮胖的那個名叫董文義。董文進說：「史兄弟與我們有八拜之交，你的事我們絕不會等閒視之。」董文義則問：

「不知武仙與華山派有何淵源？」史添福說：「此事我也不清楚。」董文義說：「華山派畢竟也是武林一大門派，我們應該先禮後兵，問明武仙是否還在華山，以及他與華山的關係才好動手，以免妄結武林恩怨。」董文進說：「既然如此，我們就在此過夜，明早再上山，一時半刻，武仙也跑不了。」三人吃完飯就走了。

尹志平決定即刻上華山通知武仙，便帶著張、林二人上馬而去。華山派的所在地，是位於山腰的華山山莊，掌門人郭求仁與武仙有八拜之交，此時，兩人正在品茗閒談，忽見弟子進來說：「掌門，莊外有一名公子求見，這是他的拜帖。」拜帖上寫著：全真派傳人尹志平。郭求仁向武仙使了個眼色，對該名弟子說：「請。」武仙也離座而去，尹志平一行被領入廳內，他立即向郭求仁拱手說：「在下全真派傳人尹志平，路過寶地，特來拜候。」說完，揮一下手，林敢向郭求仁呈上一封禮金，尹志平謙虛地說：「微薄之禮，敬請掌門笑納。」郭求仁收下之後，微笑道：「尹公子太客氣了，全真七子享譽武林，不知公子是誰人門下？」尹志平肅然答道：「在下乃前掌門丘處機門下。」郭求仁又問道：「丘道長還健在否？」尹志平答道：「家師十年之前已經仙逝。」郭求仁嘆道：「丘道長俠名遠播，可惜當年我還年幼，無緣識荊。」尹志平也嘆道：「全真派的先輩都已過世，留下的弟子也失散無蹤。」郭求仁問道：「不知尹兄弟此行何往？」尹志平道：「奉家師遺命重振門派，此行是為了結識中原武林人士，增進交誼。」郭求仁說道：「說來大家都是鄰居，既然尹兄弟路過此地，不妨在此歇息，以便求教。」尹志平答道：「求教不敢，掌門盛意，在下自當從命。」

郭求仁正要呼喚弟子招待客人，尹志平若有所思地說：「今日在華陰鎮，我意外獲知有三人要上華山興師問罪，掌門不可不防。」

郭求仁頗為吃驚地問道：「可知是何人？」尹志平便將事情的原委說了一遍，然後問道：「在下孤陋寡聞，不知此三人是何來歷？」郭求仁感激地說：「謝謝尹兄弟的報訊，史添福乃史天倪之子，號稱北霸天，以黑砂掌縱橫武林，董氏昆仲乃河北董俊之子，擅長八卦劍法。」尹志平說道：「既然他們意在武仙而非華山，只要表明武仙不在此地，當可消弭誤會。」

郭求仁略向房內望了一眼，只見一名年約三十來歲的漢子，大笑著走了出來，他豪邁地說：「在下正是武仙。」尹志平也笑著說：「幸會。」於是，三人歸座而談，武仙說道：「這幾條蒙古走狗是衝著我來的，與華山無關。」郭求仁說道：「武兄，不如你暫且離開華山，由我應付便是。」武仙堅決地說：「大丈夫一人做事一人當，與其明日連累華山，不如今夜，我就前去與他們了斷。」說完拱拱手就轉身回房，郭求仁憂慮地說：「武兄生性硬朗，敢作敢為，待我與他相商，你們權且回房歇息吧！」尹志平點頭離席，在華山弟子的引領下，回房歇息。

約莫二更時分，武仙緊身束裝，背負大刀與一名蒙面人策馬而去，此時，另有一名蒙面人也展開絕頂輕功，不即不離地緊跟在他們的後頭，前面二人來到鎮外時，便齊齊下馬，他們互相打了一個手勢後，武仙就獨自飛身入鎮，同來的蒙面人，將馬匹系在樹幹旁，然後藏身於樹上。

且說史添福與董氏昆仲三人同房，正當要吹滅燭火上床時，忽聞屋頂有踩踏瓦片的腳步聲，三人立刻輕輕招呼一下，便越窗而出，果然見到一名夜行人急掠而去，三人隨後緊追不捨，來到鎮外那棵繫著馬匹的樹附近，夜行人突然停下腳步，回頭喝道：「史添福，你這條蒙古人的走狗，為何如此陰魂不散？」史添福定睛一看，竟然是踏破鐵鞋無覓處的仇人，大喜地說：「武仙，你這逆賊，天堂有路你不走，地獄無門你進來，今夜看你往哪裡逃？」武仙鄙視地說：「你父史天倪，甘心為虎作倀，死有餘辜，你何苦糾纏不清？」史添福怒道：「你不也一樣投降過蒙古人嗎？」武仙「哼」了一聲，說：「我的投降只是權宜之計，豈是和你們一樣甘心當奴才？」史添福怒不可遏地說：「你這反覆無常的逆賊，還我父命來。」

史添福話音方落，一句黑砂掌便無聲無息地印向武仙，武仙原是中原鐵掌幫幫主，掌上功夫非同小可，只因黑砂掌劇毒難防，武仙不敢硬碰，便側身避過，左手順勢掃向史添福的右肋，史添福右手揮架，左手卻擊向武仙的胸部，武仙只得以右手相抗，只聽「碰」的一聲，兩人各向後方倒退，史添福後退五步，臉色蒼白，武仙則後退兩步，臉色微紅。史添福猛吸一口長氣後，高舉長刀，董氏昆仲見狀，便齊齊拔劍而上，三人試圖圍攻武仙，武仙也拔出背上的大刀，正當雙方吆喝、衝殺之時，藏身樹上的蒙面人，即刻飛身出劍，董氏昆仲發現背後突然遭人突襲，急忙各向兩側避開，然後轉頭聯手圍攻蒙面人。蒙面人左攻右閃，前刺後挑，竟然以一對二打成平手。史添福則揮刀砍向武仙的頸部，卻被武仙的大刀架開，此時，武仙突然覺得握刀的右手劇痛難忍，而無法使力化解史添福的攻勢，雖然保住了頸項，左臂卻被滑下來的長刀砍傷，武仙的左手在不斷滴血，正當史添福要向武仙的腰肋再補上一刀時，突然覺得肩井穴一麻，全身已動彈不得，此時，武仙正拚盡全力舉刀劃過他的喉嚨，即時鮮血四濺，史添福「砰」的一聲倒在地上，緊接著，武仙也不支倒了下去。

蒙面人與董氏昆仲見狀都停下手來，蒙面人急忙負起武仙，翻身上馬而去。董氏昆仲俯身探了一下史添福的鼻孔，發覺了無鼻息，見是死在武仙的刀下，十分悲憤，兩人只好就地掩埋了史添福的屍體，然後黯然返回河北。而蒙面人救走武仙之後，便在路上找個隱蔽的地方，為他止血和包紮傷口，與此同時，另外一名蒙面黑衣人，卻悄無聲息地越過他們，上了華山，不久之後，背負武仙的蒙面人也上了華山，直接將武仙送入房內，才卸下自己蒙面的紗巾，不問可知，正是郭求仁。

隔天早上，尹志平前來看望，他見郭求仁憂愁滿面，便問道：「郭掌門，是否還擔心史添福一夥來尋釁？」郭求仁說：「他們不會來了。」便將昨夜之事敘述了一遍，然後帶尹志平去探望武仙，武仙中刀的傷口已經清洗過，也重新包紮妥當，看來並無大礙。郭求仁說：「他已經服了華山的解毒藥百毒回魂散，但是，手掌所中的毒卻依然未解，不知何故？」尹志平視察武仙腫脹的手掌，說：「武兄所中的黑砂掌是外毒而非內毒，主要是皮膚被灼傷所造成。」說完，隨即為武仙清理手掌，然後，從懷中取出天竺治療火傷的藥膏，仔細地塗抹在他的手掌上，武仙感覺手掌一陣冰涼，原來的炙熱感突然消失，手掌也逐漸在消腫，約莫一個時辰，他才清醒了過來。

武仙向兩人道謝說：「感謝兩位救了我一命。」尹志平說：「武兄傷勢不輕，恐怕要修養數月。」武仙說：「此事頗為蹊蹺，當時史添福砍中我的臂膀，正順著刀勢砍向我的腰肋，我因為手掌中毒無力使刀，眼看必死無疑，不知何故，他卻握刀不動，使我有機會拚力割斷他的咽喉。」郭求仁聽後茫然不解，其實，另一個蒙面人正是尹志平，他笑著說：「當時我藏匿於草叢之中，見武兄有性命之危，便暗中出手點中史添福的肩井穴，使他動彈不得。」郭求仁聽後大驚，暗想：「他一路尾隨，我卻一無所知，可見他的輕功已臻化境，破空點穴更是高深莫測，武林中能有此武功者，可謂鳳毛麟角。」於是，驚嘆地說：「尹公子的武功，看來已得令師祖王重陽的真傳。」

尹志平笑而不答，武仙則感激萬分地說：「大恩不言謝，公子但有差遣，赴湯蹈火，在所不辭。」尹志平謙虛地說：「小事一樁，卻莫掛齒。」略頓了一下，又說：「武兄與蒙古人的仇隙甚深，不如隱姓埋名，掩人耳目，以避禍事。」武仙也有同感地說：「尹兄弟所見甚是，今後我就叫金不歸，如何？」大家都讚好，郭求仁叫弟子備上酒菜，閒聊武林的人物事蹟，尹志平怕耽擱行程，酒過三巡，便告辭說：「在下有事在身，不便久留，如蒙不棄，明年春節，可否來我全真山莊一敘？」他們兩人都爽快地允諾說：「不見不散。」尹志平給了他們一張全真山莊的指示圖，便領著張勇和林敢策馬離去。

在路上，尹志平不忘調教徒弟的武功，兩人的輕功和劍法都有不俗的進步，頗令尹志平欣慰。出了函谷關，時已春末，他們來到了洛陽城，但見巍峨壯觀的城牆，聳立在大地上，進入城門後，裡面竟然還有一座內城，必須穿過內城的城門，才算進入洛陽城，城內熙熙攘攘，商店樓館林立。尹志平聽武仙說，洛陽的「水席」，別名「三八席」，享譽中原，不可錯過。於是一上酒樓，就喊小二上三八席，果然，從頭到尾來了二十四道菜餚。

正當三人酒足飯飽之時，隔壁座來了兩名江湖人物，兩人都是年約三旬的北方胡人，其中一個是滿臉橫肉的虯髯漢子，他開口說道：「刁兄，今夜在周公廟有戲好看，切莫錯過。」那姓刁的是個臉龐尖長、身材瘦削的漢子，他說道：「橫兄，不過是叫化子在選頭兒，有何看頭？」尹志平曾聽郭求仁說，漠北雙怪一個叫刁贊，另一個叫橫兵，近來常在中原出沒。尹志平暗想：「難道就是他們？」只聽橫兵哈哈大笑說：「要選幫主，非我們莫屬。」刁贊也附和說：「不選我們，誰也別想當幫主。」尹志平下榻後，便單獨出外打探周公廟的所在，但見廟的周圍，有丐幫弟子在暗地布哨，他視察一遍場地，就回返客棧。

入夜之後，周公廟前的曠地上，已燃起熊熊的篝火，十丈之內亮如白晝，二十丈之外仍是黑沉沉一片，篝火的周圍擠滿了四五百名江北的丐幫弟子。他們每人手中都握有一根竹棒，竹棒不斷地敲打著地面，「篤，篤，篤……」之聲響成一片，突然，一聲鑼響，全場寂靜下來。只見一名年約三旬的丐幫長老走了出來，說：「各位兄弟，我魯元明代表洛陽分舵主持本次江北大會，事因前幫主宋思，在光復中原的戰爭中犧牲了，我們除了哀悼死去的幫主和兄弟，也必須選出新幫主來領導丐幫。」

眾人沉默幾分鐘後，便有一名八袋長老出來說：「我周同代表濟南分舵，主張新幫主必須能領導我們驅逐韃虜，恢復宋國故土，我們推舉泰安分舵的華百峰為新幫主。」緊接著，另一名八袋長老出來說：「我文必武代表濟寧分舵，主張以武功高低來選幫主，才能保護我丐幫的生存，因此，我們推舉益都分舵的馬不群為新幫主。」馬不群是河套老人的嫡傳弟子，擅長迴風掌和圓月彎刀，華百峰則是少林寺了因大師的俗家弟子，以般若掌和羅漢刀法縱橫江湖。兩人年齡都是二十來歲，魯元明見沒有其他人上來說話，便大聲對眾人說：「我們先請華百峰與馬不群各抒己見，再以武功決高下，如何？」大家聽後，都歡呼贊成。

華百峰首先發言，他說：「蒙古在聯宋滅金時，窩闊臺曾答應宋國勝利後歸還河南，但是，過後卻自食其言，繼續霸占我宋國故土，而且還對兩淮地區出兵挑釁，可見蒙古滅金，意在滅宋，若不反蒙，大家都會被蒙古鐵蹄所蹂躪。」眾人聽後高呼：「驅逐韃虜，還我河山！」在那個動盪的時代裡，江北的丐幫大多數是亡國流民，幫會成員十分複雜，當中不乏為了隱藏身分的前朝遺臣遺將，但是，更多的是家破人亡的戰爭難民。因此，幫會中反蒙的情緒相當激烈，馬不群緩緩地站起來說：「各位兄弟，據我所知，宋國將領孟珙與蒙將塔察兒所達致的協定，是以蔡州、信陽至襄樊一線為界，並無河南歸宋之議。如今這裡是淪陷區，驅逐韃虜非一朝一夕之事，我們都有反蒙之心，卻不宜冒然行動，做無謂的犧牲。」他說到此處，便有一些丐幫弟子喊了起來：「不反蒙，難道就降蒙？」馬不群沉重地說：「我們幫主在光復中原的戰爭中犧牲了，丐幫兄弟也死傷不少，結果中原地區還是被蒙古人奪回，因此，聯宋抗蒙要審慎而為，不可冒進。」又有人喊道：「為什麼反抗金國的統治，卻要接受蒙古的占領？」

此時，尹志平蒙面黑衣，正藏匿在十丈外的一棵樹上，雙方的言辭他都聽得一清二楚，想不通有何差錯，為何丐幫弟子反應如此激烈？只聽鑼聲一響，大家才靜了下來，魯元明長老出來說話：「各位兄弟，華百峰與馬不群都已發表了各自的看法，現在請他們在武功上決高低，大家才選邊站。」頓了一下，他大聲喊道：「開始！」華百峰以伏虎拳猛攻馬不群，馬不群失卻先機，左避右閃，華百峰突然化拳為掌，以雄渾的般偌掌力擊向馬不群，馬不群被震退三步，站穩腳跟之後，便朝華百峰的左右兩側各發一掌，與此同時，華百峰正朝他攻來，他招抵不上，被推翻倒地，正當眾人齊聲喝采時，卻聽見「碰，碰」兩聲，華百峰也撲倒在地，顯然是中了馬不群的迴風掌。幸虧雙方的內功不俗，而且是比武而非仇殺，彼此都未盡全力，雖然倒地，也只是輕傷罷了。尹志平見了，對華百峰剛猛雄渾的少林武功，暗自讚賞，也對馬不群詭異的掌力甚為佩服。

在場的弟子見華百峰無故倒地，便喊了起來：「有人暗算華長老！」於是眾人齊喊道：「抓姦細！」丐幫弟子即刻向周圍分散搜尋。不久便有人喊了起來：「凶手在此！」於是眾人都圍了過去，原來是「漠北雙怪」，魯元明厲聲問道：「來者何人？為何破壞我丐幫大會？」橫兵不屑地說：「你們這些叫化子算什麼？還不夠我蒙古鐵蹄的踐踏。」眾人聽後，知道他們是蒙古奸細，無不義憤填膺，便有人高喊道：「把他們殺掉，以慰宋幫主的亡魂。」即刻有人衝向雙怪，卻被橫兵的狼牙棒所擊倒，於是丐幫弟子群起而攻，只見刁讚的毒龍鞭橫掃一遍，圍攻的人群紛紛倒地，臉上都留下鞭痕，橫兵則揮舞狼牙棒，擊飛圍攻而來的竹棒，雙怪一陣猛攻之後，不少丐幫弟子受傷倒地。

馬不群和華百峰見狀，各自拔刀衝向前去，華百峰攻向橫兵，單刀雖然靈活，無奈狼牙棒沉重，橫兵又力大無窮，不利於單刀硬碰，更由於剛受迴風掌之傷，功力減弱，因此，應付橫兵的攻勢難免守多攻少。馬不群與刁贊對陣也不討好，刁讚的毒龍鞭屬於軟兵器，擅長捆卷對手的兵刃，馬不群的彎刀幾次差點失手，刁讚的鞭勢飄忽不定，時而如急雨，時而如閃電，馬不群難於近其身，結果篤是守多攻少。此時，「卡朗」的一聲，華百峰的單刀已被狼牙棒擊飛，他慌忙後退，橫兵則得寸進尺，狼牙棒順勢掃向華百峰的下盤，華百峰立即向上拔起，同時運掌擊向橫兵的門面，橫兵向下一矮，華百峰一招落空，正想翻身跳開，橫兵的左掌突然伸出，擊中華百峰的背部，正當他大笑著要下毒手時，一條黑影閃電式地掠走華百峰，並把他交給丐幫長老魯元明。

橫兵見是一個蒙面黑衣人，便問道：「你是何人？竟敢破壞大爺的好事。」蒙面人說道：「得饒人處且饒人，何必趕盡殺絕？」橫兵聲色俱厲地說：「此事與你無關，識相的快點離開。」蒙面人說：「路見不平，拔刀相助。」橫兵聽了大怒，道：「順我者昌，逆我者亡。」不由分說，舉棒就擊向蒙面人，眼看已擊中對方，落棒時卻是空蕩蕩，一連幾次都是如此，橫兵大驚，正當暈頭轉向時，手中的狼牙棒突然脫手而去，原來是被蒙面人巧妙奪走，只見他略一使力，狼牙棒已被抛入篝火之中，蒙面人冷笑地說：「還有什麼本事都使出來吧！」橫兵惱羞成怒地喝道：「看掌！」橫兵的大力神掌原是漠北一絕，蒙面人舉掌相迎，只聽「碰」的一聲，橫兵竟然被震出兩丈外，仰倒於地。刁贊大驚，不敢戀戰，一鞭逼走馬不群之後，負起橫兵就飛奔離去。

馬不群和諸長老都趕來向蒙面人致謝，蒙面人忙說：「先看看華百峰的傷勢再說吧！」他在華百峰的身上連點數穴，又往他的靈臺穴輸入先天真氣，不久，華百峰便清醒了過來，蒙面人說道：「華兄的傷勢已無大礙，修養半個月即可復原。」華百峰得知是蒙面人出手相救，急忙道謝，說：「前輩救命之恩，華某感激不盡，不知恩人高姓大名？」尹志平低聲對他們說：「在下姓尹名志平，現居洛陽會賓客棧，歡迎前來一敘，此地不宜久留，漠北雙怪敗退回去，必然帶領蒙古兵來掃蕩，大家應該儘早離開。」說完，身影一閃，已經沒入黑沉沉的夜色之中，丐幫大會也隨即解散。

次日，馬不群與魯元明前來客棧拜訪，見尹志平只是而立之年的翩翩公子，甚為驚訝，尹志平微笑地請他們入座，說道：「在下乃全真派傳人尹志平，歡迎兩位來訪。」馬不群說：「昨夜蒙公子仗義相助，特來致謝。」尹志平客氣地說：「舉手之勞，何足掛齒？」魯元明說道：「昨夜散會之後，蒙古兵果然前來掃蕩，結果是撲了空。」尹志平持重地說：「先師丘處機與成吉思汗交情甚篤，在下不便與蒙古人正面衝突，才不得已蒙面行事，請諸位切莫見怪。」魯元明說：「令師當年為了禍水西引，而結交成吉思汗，中原武林大多知情，可惜蒙古乃虎狼之國，堵得了一時，堵不了一世，要來的終歸還是會來。」馬不群也說：「蒙古人看似滅金，其實意在宋國，當年宋國聯蒙滅金，結果，失去金國為屏障，反而直接面對更為強大的蒙古帝國，可謂自食其果。」尹志平冷靜地說：「馬兄和華兄對蒙古人的看法並無衝突，只是華兄強調反蒙的立場，馬兄則強調反蒙的時機，兩人若能協調，就能團結一致，壯大丐幫。」魯元明點頭說：「公子所言極是。」

尹志平對馬不群說：「馬兄的迴風掌果然奇妙，尊師河套老人是否安康？」馬不群回答道：「恩師已經逝世多年。」尹志平與他們閒談有關中原武林之事，並表示有意拜訪少林寺。尹志平意欲邀請他們前去酒樓用膳，魯元明辭謝說：「我們叫化子難登大雅之堂，公子身分隱祕，公開來往多有不便。」說完告訴尹志平與丐幫聯繫的方法，便與馬不群告辭而去。這天早上，正當尹志平一行準備上路時，客棧來了一名丐幫的五袋弟子，他拿了一封信給尹志平，說：「在下洛陽分舵弟子王從善，華長老聽說公子要造訪少林寺，特地寫了一封介紹信給你。」尹志平聽後大喜說：「華長老真是思慮周到，請代我向他致謝。」王從善允諾而去。尹志平此去少林，不但揚威武林，還間接為未來歷史的轉變，埋下伏線，欲知詳情，請看下回分解。

密宗蕃僧逼少林，孝女招親為父仇

從洛陽去少林寺，騎馬也得半天多，因此，尹志平抵達少林寺已近黃昏。寺門前，有一名沙彌正待關閉寺門，見有人前來，便迎上去說：「施主，天時已晚，不宜上香，敬請回府吧！」尹志平說：「我們是來拜會少林寺方丈海雲禪師的。」說著將拜帖遞上，小沙彌說：「施主且在此稍待，我進去稟報方丈。」約一盞茶的功夫，小沙彌帶了一名中年和尚前來，和尚向尹志平雙手合十，施禮道：「貧僧了清，乃本寺的知事，方丈有請尹公子。」說完，吩咐小沙彌照料客人的馬匹，便領著尹志平一行進入寺院。少林寺的寺門不大，進門之後卻有豁然開朗的感覺，只見梯級沿山而建，上上下下也不知走了多少級，才抵達大雄寶殿。

此刻，方丈已在殿內迎接，尹志平對林敢說：「快將禮金和華長老的介紹信呈上。」海雲禪師讀罷，忙請尹志平入座待茶，關懷地問道：「令師丘處機道長還健在否？」尹志平答道：「恩師在十年前已經仙逝。」海雲禪師感嘆地說：「令師生前曾經造訪少林寺，當時老衲只是羅漢堂的武僧，想不到丘道長的弟子卻如此年輕。」尹志平謙虛地說：「末學後進，還需方丈多多指教。」海雲禪師微笑說：「公子虛懷若谷，漠北雙怪豈是等閒之輩，公子仗義行俠，令人敬佩。」尹志平慌忙說道：「大師謬讚，比之少林浩瀚武學，在下的微末之技，卻是貽笑大方。」

海雲禪師喝了一口茶，嘆氣道：「佛家向來與世無爭，不想還是難於擺脫俗世的煩惱。」尹志平奇道：「大師此言何解？」海雲禪師緩緩地說：「不瞞公子，前天有四名蕃僧來此下書挑戰，強逼我少林寺改奉密宗，聲稱若不遵從，則血洗少林，而明天就是他們前來踐約的日子。」尹志平聽後，心裡深表不平，他問道：「這些蕃僧有何能耐？如此驕橫跋扈，竟敢強逼少林改宗換寺。」海雲禪師說：「他們自稱是轉輪法王的四大護法，轉輪法王的密宗大手印武功，據說已練到第九層。」尹志平說：「既來之則安之，少林有難，在下不會袖手旁觀。」海雲禪師說道：「謝謝公子仗義，明日再敦請公子掠陣便是。」說完叫來一名沙彌，吩咐他說：「好生招待公子一行，不可怠慢。」沙彌答道「是。」便領著尹志平等人回房歇息了。

次日早晨，尹志平一行正要去給海雲禪師請安，突聞寺外傳來「哦，哦，哦……」的呼號聲，聲音雄渾幽深，由遠而近，如雷貫耳，寺內的沙彌無不掩耳滾地，張勇和林敢也表情焦躁，尹志平連點他們的聽會穴後才安靜下來，說明來人的功力非同小可。此時號聲已畢，大雄寶殿則傳來威嚴洪亮的聲音：「本法王遵約而來，不知方丈可願歸我密宗？」海雲禪師也莊嚴地說：「本寺自達摩以來，篤信禪宗，歷代祖師的宗旨豈可背棄？敬請法王莫要強人所難。」此時尹志平已經步入殿中，只見一名頭戴法冠、身材高大而壯碩的蕃僧，目無表情地盯著海雲禪師，左右各立著兩名護法蕃僧。他聲色俱厲地說：「難道你們敬酒不吃，要吃罰酒？」海雲禪師雙手合十，念道：「阿彌陀佛，善哉！善哉！」方丈左右也各立著兩名中年和尚，知事了清也在其中，他們不言不語，都在靜觀其變。

法王轉身對左邊一名體格粗壯的蕃僧說：「歐珠次仁，給他們一點顏色看看。」歐珠不由分說，舉刀便向殿內的一群和尚砍去，當中一名悟字輩的和尚舉刀相迎，然而十招之後，他的戒刀便被擊飛，歐珠更是得勢不饒人，順勢一刀，一隻血淋淋的手臂便落在地上，立在方丈右旁的了空和尚，立即飛身上前扶住受傷的弟子，為他點穴止血，然後命其他和尚扶下去敷藥。

此時歐珠次仁正在威嚇道：「有誰敢不從者，就如此人。」了空怒道：「野地蕃僧，竟敢在我佛門聖地行凶，看刀！」說完戒刀向歐珠的胸膛砍去，歐珠次仁揮刀架開，兩刀碰撞出點點火花，了空和尚覺得虎口微痛，才知道對方的功力果然深厚，雙方你來我往，勢均力敵，然而百招之後，了空漸顯頹勢，到了近兩百招時，了空的戒刀終於失手被擊飛，手臂還被劃了一道血痕，鮮血涓涓而滴，正當歐珠還要痛下殺手時，一條灰影突然飄進，以迅雷不及掩耳的擒拿手法，奪走歐珠的單刀，並且以其人之刀還治其身，歐珠哀叫一聲，大腿被劃出長長的血口，他拖著血淋淋的腳退出戰圈。

飛身救走了空的，是立在方丈左邊的了塵和尚。法王大怒道：「無恥和尚，竟敢偷襲！」轉頭對一名蕃僧說：「多札堪布，把這名鼠輩給剮了。」法王身旁即刻跳出一名身材比歐珠短小的蕃僧，從身法看來，此人輕功顯然十分高超，了塵和尚正想先下手為強，卻突然不見多札堪布的身影，他急忙揮舞戒刀護住全身，但見刀光突閃，多札堪布的單刀已從空中飛砍下來，只聽「噹～噹～」數聲，兩人一觸即發，了塵握刀的虎口一陣疼痛，戒刀險些脫手而去，多札堪布並沒有停止攻勢，他的單刀隨著詭異的身法削向了塵的下盤，了塵急忙向上躍升，多札堪布卻已奔向其後方，舉刀便砍，了塵向後揮刀架開，同時反身擊出一掌，多扎堪布卻失去了蹤影，了塵隨即揮舞戒刀，護住全身，誰知多扎堪布的刀法詭異難測，了塵防不勝防，當他感覺背後有破空之聲，間不容髮之下，他往地上一滾，雖然避開了要害，大腿還是被對方的刀劃出血口來，鮮血涓涓而滴。

正當多札堪布欲乘勝攻擊時，方丈身旁的一名監事和尚了因，立即衝出來，以禪杖架開他的單刀，並施展羅漢杖法進行反攻，杖影像天羅地網似的罩向對方，多札堪布憑藉怪異的身法，雖然擺脫了因的進攻，但是想要出手傷敵，卻始終無機可乘。雙方交鋒已過了兩百招，還是難分勝負，此時，多札堪布瞄準了因和尚的招式即將用老，便揮刀刺向他的胸口，無奈被了因側身避過，了因和尚迅即以左手擒拿他的刀柄，右手的禪杖則順勢前推，只聽多札堪布哀叫一聲，口吐鮮血，被禪杖撞倒在地。法王身旁一名身材魁梧的藩僧，立即出掌逼退了因，救走多札堪布。

法王臉色鐵青地說道：「松贊干布，給我拿下這名狂僧。」救走多札堪布的那名藩僧，隨即邁步出來，他鐵塔式的身影矗立在了因和尚的面前，只見他「哼」的一聲，一掌便擊向了因的胸前，雄渾的掌力，迫使了因連退七步才站穩，可見其功力的深厚遠勝多札堪布。了因和尚慌忙揮舞羅漢杖法，護住全身，松贊干布的掌風越來越凌厲，使了因的杖法時而呆滯，時而失控，於是，松贊干布乘了因招式用老之際，以空手入白刃的擒拿手法，化掌為爪，緊抓住了因的法杖不放，雙方透過杖身以內力相搏，了因的內力明顯不如對方，片刻之後，法杖便脫手被奪走。松贊干布以其人之道還治其人之身，用力將法杖擲向了因和尚，其力道之猛使了因不敢迎其鋒，急退數步之後，才出手頂住杖頭，雖然卸去一半的力道，還是被杖頭擊中腹部，海雲禪師見了因跌翻在地，急忙對了清說：「快護著了因退下。」

他吩咐完畢便舉掌運功，只見他頭頂霧氣騰騰，雙掌內力匯聚，朝松贊干布發出雷霆一擊的大般偌神掌，松贊干布也揮起他引以為豪的大力金剛掌，雙方的掌風都令周圍的人倍感窒息，在一聲有如雷爆似的巨響之後，雙方都向後倒退五步，只見松贊干布不支地坐倒在地，嘴角流出一絲鮮血來，海雲禪師雖然站立不動，卻已臉色蒼白，氣喘吁吁，顯然已經筋疲力盡，難以為繼了。法王臉無表情地說：「好一個大般偌掌，且讓你見識本法王的大手印神功。」說完，將法杖交給身旁的弟子，便靜立運功。

此時，尹志平向前走來，拱手對法王說：「在下全真派尹志平，有請法王賜教。」法王不屑地說：「自從成吉思汗逝世後，你們全真派已經沒有地位了，何必自討苦吃？」尹志平笑道：「只要法王不吝賜教，在下什麼苦都願吃。」海雲禪師對尹志平在危難時刻為他擋陣，十分感激，但是，也對他能否抵擋法王的掌力，深感憂慮。法王見尹志平不知進退，恨恨地說：「既然不見棺材不流淚，本法王只好成全於你。」說完，一前一後略舉血紅的雙掌，尹志平也運起先天混元氣功，片刻之後，左手掌就已熱氣騰騰，正當法王的大手印掌力排山倒海地湧來時，尹志平才不慌不忙地伸出烈焰熊熊的左掌與法王的右掌對抗，眾人見了無不目瞪口呆，法王更是大驚失色，臨時想要收手已經來不及，一陣「嘶，嘶」之聲後，法王的右掌心焦黑一團，原本血紅的手掌已經變成紫青色，而且手掌正在腫大，他嚎叫一聲，飛奔而去，其他蕃僧也相隨退出少林寺。

尹志平雖然有罡氣護身，法王的功力非同小可，若不是他怯於火焰掌，而突然收縮內力，勝負恐怕還難以逆料。海雲禪師雙手合十，虛弱地說：「善哉，公子的絕技，驚世駭俗，為本寺化解了此次的劫難，貧僧感激不盡。」尹志平籲了一口氣，說道：「在下的火焰掌，只能取巧傷敵，若論功力，恐非法王之敵。」海雲禪師嘆道：「法王功力已臻化境，若非公子相助，本寺難逃此劫。唯恐法王去而復返，再造殺孽。」尹志平想了一下說：「法王的大手印武功暫時已廢，恐怕得休養幾年，才能恢復原來的功力，少林寺當可暫時無憂。」

海雲禪師說：「即使如此，也非長治久安之計。」尹志平說：「大師佛法高深，何不前往漠北布道，只要蒙古統治者接受禪宗佛法，諒轉輪法王有天大的膽子，也不敢再逼少林了。」海雲禪師點頭說道：「公子所言極是，釜底抽薪才是治本之道。」尹志平在少林寺逗留數日，臨別時，方丈送他兩粒少林大還丹，尹志平謝道：「多謝方丈的餽贈，將來若雲遊京兆，請來全真山莊一敘。」

尹志平一行來到汴京，已是盛夏時節，這裡城高牆厚，氣勢恢宏，當年，若非西面元帥崔立裡應外合，叛金降蒙，蒙古要攻破汴京確實需要一番苦戰。尹志平邊看邊想，不知不覺已進入城中，他們看到街口的空地上，臨時立了一個高臺，臺邊掛著一塊布條，上書「比武招親」四個字，臺下圍觀著黑壓壓的人群，尹志平一行便近前看個究竟。只見臺上立著一名四十多歲的披髮漢子，和一名身材苗條、緊身束裝、年約雙十的少女。少女秀麗甜美的瓜子臉上，鑲著兩顆水汪汪的大眼睛，她背負雙刀，不言不語。尹志平聽旁人在議論說：「這麼漂亮的女孩，想出嫁都不容易，已經兩天了，還找不到對手。」另一人說：「是啊，上去的人走不上十招就滾下來了。」

此時，披髮漢子拱手向臺下說：「今日是小女招親的最後一天，如有意者，可上臺較量，勝者只需完成小女的一個心願，就可與她成親。」片刻之後，便有一名青年漢子翻身上臺，此人約二十來歲，手握長劍，向少女拱手說：「在下鄧州一劍陳廣才，有幸向姑娘討教。」少女微笑不語，不知何時已手握雙刀，陳廣才擺了一個起劍式，才運氣出劍，開始他還想憐香惜玉，不敢全力以赴，待到少女的雙刀舞出一片銀浪，陳廣才已失卻先機，只能左避右閃，劍勢呆滯，毫無反攻的能力，果然不出十招，「噹」的一聲，長劍已脫手而去，陳廣才無顏留在臺上，便轉身跳下臺去。披髮漢子拱手向臺下說道：「我代小女謝謝這位青年才俊的賜教，有誰自信能與小女走上十招以上者，不妨上來試試。」

大約過了一盞茶的時刻，才有一名年約四旬、滿臉橫肉、敞胸握刀的虬髯漢子躍上臺來，粗聲粗氣地說道：「小妮子，俺是黃河蛟龍孟大，今天就要娶你做第十個老婆，來吧！」少女厭惡地橫了他一眼，也不答話，雙刀立即掀起一片銀浪，鋪天蓋地地罩向孟大，幸虧孟大擅長地趟刀法，以什麼「蛟龍滾浪」、「浪裡白條」、「渾水摸魚」等招式，專攻少女的下盤，少女的輕功也著實了得，騰空跳躍，沾地而起，讓孟大在地上翻滾到汗水淋漓，卻始終難以親近美人。此時，少女雙刀由上而下猛攻，三十招之後，孟大已經在地上滾得不三不四了，終於被少女的刀鋒劃過大腿而鮮血直流，少女更不容情地補上一腳，孟大便翻到臺下去打滾了。披髮漢子向臺下拱手說：「我代小女謝謝孟大俠的賜教，各位江湖才俊，自信比得上黃河蛟龍者請不吝賜教。」

過了好一會，才有人跳上臺去，隨即引發臺下一片轟然的笑聲，原來上臺的是一名年輕的光頭和尚，披髮漢子問：「大師是……」和尚慌忙答道：「我乃遊方和尚，法號思塵。」披髮漢子嚴肅地說：「大師既是出家人，何苦上來與我們俗家人開玩笑？」思塵和尚說：「我法號思塵，自然是思念紅塵，今天是姑娘招親，也許是我重返紅塵的良機。」披髮漢子說：「你是說比武勝了就蓄髮還俗？」思塵和尚說：「正是。」少女憤憤地望了他一眼，說：「亮兵器吧！」思塵和尚笑著說：「出家人慈悲為懷，不帶兵器。」

少女「哼」的一聲，雙刀掀起排山倒海的銀浪，思塵和尚遽急後退，少女的雙刀有如暴風雨似的猛攻過來，思塵和尚的輕功果然高超，在刀縫中左縱右躍，在刀浪裡上騰下落，身法不徐不疾，確如行雲流水，尹志平暗讚此和尚的輕功不凡，不知不覺已過了五十招，少女的雙刀始終難於近其身，百招之後，少女已是香汗淋漓，刀勢逐漸趨緩，思塵和尚乘機鑽了一個空子，以空手入白刃的功夫，擊落少女左手的刀，少女急忙右手揮刀出擊，無奈思塵得手之後立即後退，失去一把刀後，少女的攻勢已大不如前，思塵和尚以逸待勞，近兩百招時，他又伺機以空手入白刃的功夫奪走少女手中的單刀。少女氣紅了臉，幾乎哭出眼淚來，思塵和尚雀躍地說：「我可以還俗了！」

此時，臺下觀眾突然爆出「譁」的喝采聲，思塵和尚還以為眾人是在為他喝采，不覺志得意滿，少女卻見到一個人影像棉絮似的飄向臺上，這樣的輕功真是匪夷所思，不覺驚奇地望向來人，只見對方是個而立之年的錦衣公子，心中暗喜。錦衣公子拱手向思塵和尚說：「在下尹志平，願向大師討教一二。」思塵和尚斜了他一眼，說：「小子，你不去讀聖賢書，來此與出家人較什麼勁？」尹志平笑道：「你不在寺裡唸經，卻來此攪亂紅塵，人說『小和尚唸經，有口無心』，你想攀這門親，也得看佛祖答不答應？」思塵和尚想了一下，說：「說得也是，只要我打敗你，佛祖就無話可說了。」尹志平微笑地說：「你是出家人，不宜動刀槍。」

思塵和尚欲點頭稱是，話未出口，手中搶來的單刀已不翼而飛，明明還站在眼前的尹志平，此刻正捧著雙刀送還少女，少女含羞地接下兵器。思塵和尚懷疑是自己花了眼，卻見尹志平轉過頭來對他說：「大師，出手吧！」思塵和尚暗想：「這小子有點邪門，還是先下手為強，攻其不備為妙。」於是，默默將全身功力聚集於右掌中，然後大喝一聲，揮掌擊中尹志平的胸部，少女「呀」的驚叫起來，與此同時「碰」的一聲，思塵和尚被尹志平的先天混元罡氣彈出兩丈外，落下臺去了。

這一身驚世駭俗的功夫，再不會有人敢上來獻醜了，披髮漢子欣喜地上前與尹志平說話：「尹公子武藝超群，小女心誠悅服，只是有一要求……」尹志平未待他說完，忙道：「兩位可否隨我前去酒樓用膳，詳談內情？」中年人與少女互望了一眼，點頭同意。在酒樓裡，尹志平要了一間廂房的座位，大家入座之後，他自我介紹地說：「在下乃全真派傳人尹志平，不知兩位如何稱呼？」披髮漢子撫鬚而答：「在下李伯淵，原是銀刀門的掌門，她是小徒強曉芳。以父女之名在此比武招親，實有不得已的苦衷。」強曉芳含羞地低下頭來，李伯淵繼續說：「小徒原是金國參知政事強申之女，洛陽淪陷之後，其父逃往鄭州，繼續抵抗蒙古軍，不料守將馬伯堅叛國，竟然殺害其父，獻城投降。後來宋軍北伐河南失敗，馬伯堅因助蒙古軍光復河南有功，而出任汴京守將。在下因門派沒落，力量單薄，無望為小徒報仇，只好求諸江湖，今得公子抬愛，此乃小徒之幸。」尹志平說道：「馬伯堅之事，我可以效勞，婚嫁之事容後再議，不知兩位現居何處？」李伯淵答道：「落難之人，四處漂泊，居無定所。」尹志平爽朗地說：「既然如此，就和我們一起住客棧，如何？」李伯淵答道：「恭敬不如從命。」

尹志平在汴京的悅賓客棧訂了四間客房，張勇和林敢兩人一間，其他每人一間。入夜之後，李伯淵師徒前來尹志平的房內，商談報仇之事，李伯淵說：「馬伯堅吸取崔立被殺的教訓，在府宅的四周建有圍牆，門外和門內，都部署家丁嚴密守衛和巡邏，外人不易潛入，府內又屋宇層疊，若被發現，勢必難以脫身，這就是我們長期難以下手的原因。」尹志平安慰道：「有我開路，你們當可如入無人之境。」李伯淵師徒見識過他的武功，自然深信不疑。

三更過後，三人換上了夜行衣，越窗而出，在李伯淵的帶領下，很快就來到馬伯堅的府邸。果然，門外有衛兵站崗，尹志平以破空點穴的手法，點中守衛的肩井穴，使他們矗立不動。於是，三人快速越牆而入，遇見衛兵就如法炮製，對付巡邏的家丁則點其昏睡穴，然後將人置於暗處。接著層層而入，逐房搜尋，竟然如入無人之境，終於在一間布置豪華的睡房中，找到了馬伯堅。尹志平讓李伯淵去門口把風，他則與強曉芳進入房內，此時，馬伯堅正與妻妾臥睡在床，尹志平施展幽浮神功，悄無聲息地落在床邊，立即點了兩人的昏睡穴，交給強曉芳。然後，他自己則忙著翻箱倒櫃，搜刮房內的金銀珠寶，再悉數納入囊中。強曉芳是仇人見面，分外眼紅，滿懷悲憤地揮刀猛砍，血濺滿床，她將馬伯堅的首級裹入布囊內。完事後，三人立即施展輕功撤離馬府。在強曉芳的帶領下，他們來到強申之墓，她把馬伯堅的首級擺在墳前，禁不住嚎啕大哭地說：「父親，女兒已親手殺了馬伯堅，為你報仇了。」尹志平勸慰了一番，強曉芳才止住哭泣，向墓碑連叩三個頭之後，才立起身來，三人遂聯袂回返客棧。

次日早晨，李伯淵帶著端莊婀娜的強曉芳來見尹志平，他說道：「小徒已經為父盡了孝道，她的終身，今後就託付於公子了。」尹志平看了一眼強曉芳，見她含羞答答，甚為可人，無奈地說：「在下乃有婦之夫，唯恐難以匹配，有誤強姑娘的青春。」強曉芳含羞地說：「小女子得公子仗義相助，感激莫名，今後做妾做侍，都得報答公子的大恩大德。」李伯淵嘆氣說：「我落魄半輩子，實在無法為曉芳辦嫁妝，十分歉疚。」尹志平說：「強姑娘的嫁妝我已經收下了。」李伯淵摸不著頭緒地問：「是哪一位好心人如此慷慨？」尹志平說：「馬伯堅。」強曉芳聽了，不覺吃吃地笑。李伯淵也笑著說：「他叛金投蒙，難免趁火打劫，掠奪鄭州與汴京兩地的財物，慷他的慨也是問心無愧。」

尹志平對他們說：「既然你們師徒居無定所，不如就來舍下一起居住吧！」李伯淵欣然允諾：「悉聽公子的安排。」此時，小二送來早點說：「客倌，聽來往客商說，蒙古軍久攻宋國不下，軍隊調動頻繁，唯恐道路阻塞，你們想要出城的話，就得趕早。」尹志平說道：「謝謝你的通報。」尹志平早已將掠奪來的財物分成兩袋，交由張勇和林敢攜帶，然後對大家說：「我們儘速離開汴京吧！以免夜長夢多。」李伯淵說：「此去許州，可以順路探望拜兄金刀關天雄。」尹志平高興地說：「有賴前輩的安排。」於是，一行人即刻啟程，前往許州了。

一路上強曉芳很細心地侍候尹志平，尹志平頗難為情地說：「強姑娘，你是官宦人家的千金，讓你來侍候，令我過意不去。」強曉芳低聲說：「公子，你太過見外，以後叫我曉芳就行了。」尹志平說：「既然如此，你也別老是叫我公子了，我們就以兄妹相稱好嗎？」強曉芳即刻高興地叫道：「平哥哥。」尹志平見她一掃路上鬱鬱寡歡的心情，也同樣高興。沿途入住客棧時，李伯淵都主動與張勇、林敢同房，而讓強曉芳陪著尹志平，兩人不知是如何磨合，從拘謹到同床，一路上水乳交融，親密無間了。

在許州，金刀門掌門關天雄也是四十多歲的人，他和李伯淵有八拜之交，早年，兩人行走江湖時號稱「中原雙絕刀」，如今，銀刀門已經瓦解，金刀門也沒落成小門派，兩人見面，不免唏噓。李伯淵向關天雄介紹尹志平，雙方拱手施禮，關天雄說：「難得見面，你們就在舍下多待幾天吧！」在閒話中原武林事蹟的日子裡，尹志平獲益不淺，同時，李伯淵也道出了他曲折的經歷。

原來金國被消滅之後，宋國大臣之間，對是否出兵河南意見相左，封疆大臣史嵩之對皇帝宋理宗說：「宋蒙之間已有協定：滅金之後以蔡州為界，從蔡州、信陽至襄樊為兩國國界，出兵河南必啟戰端。」朝中大臣鄭清之則反駁說：「我使者鄒伸之面見窩闊臺時，對方親口說『許矣成功，以河南地歸宋』，如今，金國已滅，我出兵收回河南，名正言順。」史嵩之則反對說：「鄒伸之所獲乃口頭承諾，不足為憑，而塔察兒與孟珙所達成的協定，卻是有文書為證，豈可違約？」鄭清之說：「窩闊臺可是蒙古大汗，一言九鼎，豈有戲言？收復故土，理所當然。」初為人君的宋理宗，確實想有一番作為，他心想：「有此良機重振國威，何樂而不為？」於是說道：「鄭卿言之有理，就派兵接收吧！」

李伯淵原來是崔立麾下的都尉，只因不滿他叛金投蒙，而與志同道合的同僚劉整商議，劉整年少氣盛，說：「我們殺掉崔立，然後投宋，如何？」李伯淵畢竟年長，他持重地說：「此事宜周密部署，你南下聯宋，我在此伺機刺殺崔立，方可裡應外合。」兩人商議妥當後，便分頭行事。恰好此時，鄭清之在準備北伐，見劉整前來，大喜不已，下令道：「本相封你為參將，隨先鋒全子才北伐河南。」然後又對趙葵下令道：「你率領主力大軍緊隨而上。」各人領命而去。李伯淵獲知劉整引領宋軍前來，便帶了數名精幹的士兵，硬闖元帥府，他對守衛說：「我有緊急軍情要密報大帥！」守衛說：「待我進去稟報！」李伯淵說：「不必了，軍情十萬火急，我們自己進去！」於是，便和隨從硬闖過去，進入內堂，恰好崔立迎面走來，他厲聲問道：「你們來此何事？」李伯淵一面向隨從揮手示意，一面大聲說道：「大帥，宋軍已經兵臨城下！」崔立聞報大驚，此時，李伯淵和隨從已包圍了上來，崔立見狀，驚悸地說：「你們……」話未說完，李伯淵的銀刀早已出鞘，崔立的人頭隨即落地。接著，李伯淵召集將士們說：「崔立叛國，已被處死，現在宋軍前來光復中原，我們開門迎接吧！」眾人齊聲說好，於是，守軍敞開城門，宋軍的先鋒部隊，輕而易舉地進占汴京。全子才對李伯淵和劉整說：「你們獻城有功，朝廷晉升李伯淵為襄陽守將，劉整為信陽守將，即刻赴任。」李伯淵和劉整遂應道：「遵命。」原來鄭清之奪權心切，中原才光復，就迫不及待地在各地爭奪兵權，李伯淵和劉整也就平步青雲。

話說宋軍北伐的消息傳來，原丐幫幫主宋思便率領弟子前來投奔，坐鎮汴京的全子才對他說：「你率領貴幫弟子與我先鋒部隊挺進洛陽，我大軍隨後便到。」洛陽的蒙古軍不戰而退，宋思率軍入城，豈料城內已堅壁清野，無糧補給，結果，宋軍不守而退，蒙古軍則乘機施襲，宋思力戰而死。此時，北伐主將趙葵已經坐鎮汴京，潰逃回來的宋軍報告說：「將軍，糧食補給斷絕，蒙古又大軍來襲，我軍寡不敵眾，只好退回來。」趙葵與全子才聽後懼戰，便派人前去報告鄭清之，說：「史嵩之沒有提供後勤補給，我軍雖攻下洛陽和汴京，糧食卻無以為繼，如今蒙古大軍又捲土重來，我軍只好且戰且退。」未等覆函，兩人就撤兵回國，一場得而復失的領土收復戰，僅僅維持一個多月的時間，就如此狼狽地結束了。

其實，他們撤退半年之後，蒙古軍才開始大舉南下，兵分三路討伐宋國，由闊端進攻四川，闊出進攻漢中，口溫不花進攻淮河。鄭清之由於收復河南失利而被罷職，朝廷重新啟用史嵩之，於是，史嵩之的勢力全面回潮。劉整年少豁達，與原信陽守將孟珙關係甚好，因此，當孟珙恢復原職之後，劉整也情願為他效力。李伯淵則因年長孤僻，頗受擠壓，處境艱難，恰好蒙古軍前來攻打襄樊，他心想：「現在靠山已倒，宋國看來難以立足，不如棄城而去。」於是，李伯淵命人放火燒掉倉庫，堅壁清野之後，才獻城給蒙古軍，自己則北歸中原。不到兩年，襄樊城內的糧食補給便已斷絕，宋將孟珙又展開猛烈的進攻，蒙軍守將劉義再獻城投降，這些都是後話，表過不提。

且說李伯淵離開襄陽之後，對投靠蒙古還是宋國已經心灰意冷，決定去探望老友強申，來到鄭州才知道他已被殺害，於是就前往汴京探望其家眷，其女兒強曉芳見李伯淵到來，便哭著說：「馬伯堅殺害我父，請叔叔為我父報仇。」李伯淵見強曉芳已有武學根底，毅然地說：「父仇子報，我傳你銀刀絕技，將來你親手報父仇。」於是，便收她為徒，三年後，強曉芳的武功已成，然而，馬伯堅防守嚴密，卻苦無下手的良機，才設下擂臺招親之局，求諸江湖死士。

尹志平聽完李伯淵的故事後，不勝感慨地說：「李前輩也是血性漢子，只是命運乖舛而徒勞無功。為了避人耳目，是否換個名字以避禍為佳？」李伯淵點頭說道：「我也有此意，今後我就叫李伯樂吧！」尹志平微笑地說：「常言道『伯樂相馬，萬無一失』，前輩過去總是投錯國，改名伯樂，或可改變未來的際遇。」李伯樂晾然一笑地說：「在下已經心灰意冷，只求平靜度日而已。」

離開許州之後，尹志平打算經南陽回返京兆，雖然是遠途跋涉，一行人有說有笑，也不覺得寂寞，李伯樂與張、林兩人相處甚篤，尹志平與強曉芳則並駕齊驅。此時，他們來到裕州山區，山口處傳來兵器打鬥之聲，一行人不約而同地策馬前去檢視，原來是一群凶徒在圍攻一對少年男女，男的正當不支倒地，女的則護著他在極力頑抗，情勢岌岌可危。尹志平吩咐其他人說：「你們在此看護行李，我和曉芳前去救援。」轉頭對強曉芳說：「我去阻擊惡徒，你設法救走他們兩人。」說完立即下馬衝去解圍，他展開幻影迷蹤步，遊走於惡徒之間，片刻之後，便有一半的人群被他點中穴道，而動彈不得，強曉芳對那女的說：「快把你的男友帶走，我為你斷後。」

那群凶徒見尹志平武功奇高，十分驚駭，一名粗眉凶眼的裸胸漢子，前來問道：「來者何人，我過山虎謝七，自問與閣下素不相識，為何要與我為難？」尹志平答道：「你們以眾欺寡，有失道義，我路見不平，拔刀相助。」謝七說：「那男的與我有殺弟之仇，此番打鬥只為生死，不為比武，自然不計眾與寡。」尹志平說：「你們若喜歡以眾欺寡，有膽量就全部過來吧！」謝七知道對方十分邪門，卻不能就此罷手，於是呼嘯一聲，舉刀齊湧而上，尹志平幽浮上升，斜落在他們的背後，隨即運起金剛拳朝人群出擊，只聽哎叫之聲此起彼落，謝七也倒地呻吟不已，尹志平厲聲地說：「我與你們無冤無仇，不願妄開殺戒，如果不知進退，休怪我手下無情。」說完轉頭離去。

那對少年男女正與強曉芳等人在一起，男的臥倒在地，顯然是昏迷不醒，李伯樂已經為他包紮好外傷，女的則俯身在哭泣。尹志平問她：「你們二人如何稱呼？為何會在此遇襲？」女的止住眼淚，說道：「我叫葉素素，家住獨樹鎮，這位是我的師兄，名叫劉世光，家住南陽，我倆自幼同門習武，已定終身。那天謝七的拜弟變色狼王八，帶領幾個手下路過獨樹鎮，妄圖調戲於我，被我打了一個耳光而惱羞成怒，便對我群起而攻。恰好劉師兄到來，一番鬥毆之後，王八被師兄所殺，他的手下逃回去報告謝七。我們不知謝七在此紮寨，更不知他與王八的關係，我們在前往南陽的途中，便在此地遭遇截殺，敵眾我寡，劉師兄被他們群毆重傷，都是我害了他。」說完放聲大哭，尹志平查視劉世光的傷勢後，覺得很嚴重，馬上點了他若干穴道，然後說：「葉姑娘，事不宜遲，快快帶路，前往劉公子的府上治傷。」葉素素遂止哭，應道：「好。」張勇拉來他們的馬，把劉世光安置在馬背上，一行人立刻急奔而去。

兩個時辰後，便抵達南陽城外的鐵劍山莊，莊主劉齊勝是鐵劍門的掌門，他見兒子受此重傷，十分悲痛，素素將事情的原委訴說了一遍，也介紹了尹志平等人。尹志平讓劉世光服下一顆少林大還丹，此丹有續命回魂之效，與此同時，又將本身的先天真氣輸入劉世光的體內，約莫一盞茶光景，劉世光的呼吸聲漸漸由無而有，由細而粗，片刻之後，眼睛微張，有氣無力地低呼：「素素！素素！」葉素素忙答道：「劉大哥，我在你身邊。」劉世光閉上眼睛，聲音微弱地問道：「我們在哪裡？」素素回應道：「已經到家了。」劉世光聽後，鬆了一口大氣，不再言語，顯然是太累，又昏睡過去了。

劉齊勝問道：「尹大俠，我兒可有性命之憂？」尹志平平靜地說：「他已經服了一顆少林大還丹，又獲得我所注入的先天真氣，性命已無大礙，只是七經六脈已經傷殘，從此難於運功。」劉齊勝聽後，嘆道：「如此說來，我兒武功盡廢，從此不能習武了。」尹志平安慰道：「天竺有一門武功，倒是非常適合他修練道：「此事不急，他必須休養一年之後才能習練武功。」

劉齊勝殷勤地招待尹志平一行，他們在此住了半個月，劉世光已經能進食和說話了，他對尹志平的救命之恩十分感激，只恨無法起身叩謝，尹志平讓眾人出去之後，單獨將龜息神功的口訣傳授給他，然後說：「你要利用夜間睡覺時練習，以免驚動他人。」接著又教導他如何恢復清醒，並約定明年正式拜師，傳授他天竺奇功。又過了半個月，尹志平見劉世光能夠自己坐起來，又證實他已掌握練功的竅門，便與劉齊勝約定後會之期，才離開鐵劍山莊。

從南陽回返西安是一條崎嶇險峻的山路，平原兩天的路程，在這裡，通常就得走上三天。尹志平利用這段時間，傳授強曉芳幻影迷蹤步，以提升她自衛的能力，同時，也傳授張勇和林敢九招擒龍手。他們都巴不得路更長一些，張林兩人是希望多學些功夫，強曉芳則希望雙棲雙宿的日子，不要太快結束。

這天，一行人來到了武關，地勢更為險要，兩側盡是懸崖峭壁，突然呼嘯一聲，有一群人出來堵住去路，帶頭的大聲喊道：「此路是我開，此樹是我栽，打從此路過，留下買路財。」尹志平叫林敢上去答話，林敢未脫少年調皮的習性，嬉笑著說：「有飯各自吃，有路眾人踩，若想保住命，快快滾開來。」這夥強徒見林敢如此答話，氣得怒火高漲，高喊一聲「殺啊」，便持刀衝了過來，張勇和林敢自從學會全真劍法以來，一直盼望著能有對敵的機會，此時躍躍欲試，不必尹志平下令，便已持劍而上，儘管敵眾我寡，兩人初生之犢不畏虎，仍然奮勇決鬥，李伯樂和強曉芳擔心他倆會有閃失，便持刀而上，眾強徒見來人武功高強，便呼嘯一聲，有如潮水般退走了。尹志平喊道：「別理他們了，繼續趕路吧！」

正當他們一行要通過關隘時，突然有一名年約三十歲、蓬首虬髯、相貌威嚴、背負大刀的漢子走了上來，他拱手向眾人說：「諸位武藝高強，兒郎們有眼不識泰山，多有得罪，還望諸位包涵則個。」尹志平爽朗地笑道：「所謂不打不相識，不知閣下何人？」來人答道：「在下楊沃衍，不知各位如何稱呼？」尹志平不敢怠慢，立即下馬拱手說：「在下全真派傳人尹志平。」楊沃衍問道：「丘道長還健在否？」尹志平答道：「家師已經去世多年。」楊沃衍道：「家父生前與丘道長頗有交誼，如不嫌棄，且到山寨稍息，如何？」尹志平爽快地允諾。武關寨依山而建，地形險要，易守難攻。

楊沃衍一面敬茶，一面說：「在下原是金國的鈞州守將，只因城破淪陷，孤掌難鳴，便和兄弟們匿居於此，蒙古人忙於伐宋，見我們沒有叛亂，也不再理睬，如此相安無事已經七八年了。兄弟們都接家眷過來同住，依靠開荒種植，飼養家禽和牲畜等過日子，一些兄弟偶爾會向過路商賈討點生活費，一般都不會傷害人命。」尹志平讚許說：「將軍帶領屬下自力更生，確實令人敬佩！」楊沃衍早已吩咐下人準備膳食款待客人，他歉然地說：「山中簡陋，粗茶淡飯，切莫見怪。」尹志平忙說：「楊兄盛情款待，不勝感激，何怪之有？」說完，叫張勇呈上一封禮金，說道：「微薄之禮，不成敬意，望請笑納。」楊沃衍推卸不過，只得收下。尹志平向他介紹李伯樂之後，說道：「楊兄之名如雷貫耳，是否換個名字以避蒙古人的耳目為好？」楊沃衍說道：「尹兄弟說得是，我就改名叫楊河山吧！」用膳之後，尹志平說：「在下有事在身，不便久留，如蒙不棄，請楊兄來年春節到全真山莊相聚，如何？」楊河山爽然允諾：「好，不見不散。」尹志平率眾告辭，楊河山也恭送至山下才返回。

由夏入秋，在山中蹉跎了不少時日，一行人才回到全真山莊。尹志平此行，為中秋盟奠基中原創造了條件，而未來的發展又將如何？請看下回分解。

韜光養晦，與時俱進

全真山莊聞說莊主回來了，人人雀躍不已。尹志平對張勇和林敢說：「你們將那兩袋財物放進我的房內，等我來了，你們才可以離開。」兩人應道：「是，師傅。」此時，李明珠懷抱一名女嬰迎了上來，她對尹志平說：「平哥，這是我們的女兒，還等著你取名呢！」尹志平抱過女嬰問道：「多大了？」李明珠說：「兩個月大了。」尹志平說道：「那就取名雙月吧！」李明珠聽了讚好，尹志平也向她介紹李伯樂和強曉芳，李明珠見強曉芳嬌美可人，頗有好感，強曉芳也伶俐體貼，上前躬身說道：「曉芳見過姐姐。」李明珠甚喜地說：「芳妹免禮。」強曉芳從尹志平手中抱過尹雙月，一面在懷中親撫，一面隨大家進入內堂。尹志平喚來魯珊，他向強曉芳介紹說：「這位是我的大弟子魯珊。」然後對魯珊說：「這位是強曉芳姑娘，你叫人清理西廂房給她住，並叫月蘭侍候。」魯珊神情顯得古怪，李明珠也覺得困惑，此時，卻不便多言，尹志平又交代魯珊為李伯樂安排住宿後，便與李明珠攜手回房去，張勇和林敢也告辭走了。

在房內，尹志平先點算那兩袋財物，除黃金白銀之外，還有耀目的珠寶首飾，總值近千兩黃金。李明珠驚奇地問：「平哥，你何來如此多的財富？」尹志平說：「這是託了強曉芳之福。」於是，緩緩地向李明珠敘述這趟中原之行的經歷，她聽完這番引人入勝的江湖事蹟後，微笑地說：「真是匪夷所思。」尹志平說：「馬伯堅的這批財物，相信是搜刮而來的國難財。」李明珠說：「既是他的不義之財，取之無愧。」

李明珠是一個知大義、明事理的女強人，對於強曉芳之事，她並不反對，她曉得中秋盟欲入中原，強曉芳可以發揮有利的作用。因此，便主動去找她說：「你的事，平哥都對我說了，你安心住下來吧！有什麼需要，儘管吩咐月蘭好了。」強曉芳寬慰地答道：「謝謝姐姐寬容大量，收容苦命的曉芳。」李明珠微笑著問道：「芳妹今年貴庚？」強曉芳低聲道：「小妹今年二十有一。」李明珠含笑著說：「我痴長你四歲，今後你我就以姐妹相稱好了。」強曉芳見李明珠樂於容納她，心中十分感激，此後對她總是言聽計從。

這天，尹志平夫婦與李伯樂師徒一起品茗，尹志平說：「現在，我們都是一家人了，我就坦白說開來，我們這裡是中秋盟京兆分舵，我是分舵舵主，你們可願意加入本盟？」強曉芳斬釘截鐵地答道：「當然。」李伯樂也點頭示意，李明珠鄭重地說道：「你們雖然是初來乍到，今後彼此可是生死與共，都必須為中秋盟盡心盡力。」他們都點頭稱是。

中秋盟在各地的基業都有了發展，今年在野牛溝的中秋節尤勝往年，除了尹志平帶來李伯樂和強曉芳之外，高雲夫婦也把飛鷹堡的歐陽父子都帶來了。尹志平先向太夫人彙報有關中原的經歷，太夫人說：「平兒此行，收穫豐碩，將來的發展大有可為。」在中秋盟會上，太夫人對大家說：「蒙古伐宋，勞師遠征，至今勝利已越來越渺茫，宋軍正逐步在收復陣地。」趙塔米笑道：「窩闊臺現在才知道，宋國這塊骨頭是不好啃呵！」高雲說：「宋國的襄樊失而復得，確是不簡單。」李伯樂聽了心裡很不是味道，王老吉則說：「蒙古軍也迅速收復河南，控制巴蜀地區，和鞏固了關中的占領。」步天涯說：「其實，如果窩闊臺不是又同時發動『長子西征』的話，宋國就大禍臨頭了。」

太夫人對大家說：「前進中原之舉已有眉目，我打算將總舵遷往蘭州，以配合未來的發展。」大家都表示同意，過後，太夫人召集李思義、王老吉、步天涯、高雲等人開會，她對李思義說：「沙州牧場人手過多，只夠餬口而無結存，長此下去，不是辦法。」李思義說：

「我打算在瓜州開設客棧和食館。」太夫人說：「此議可行，但是，最多也只能消化整十人，無法改變現狀，當然，牧場的人手只能逐步減少，才不會斷了兄弟們的生計。」她略頓了一下，繼續說：「你讓江濤主管沙州牧場，吳法建主管瓜州分舵，楊天接管肅州的悅來客棧，我將遷往蘭州，逍遙山莊不得空虛，你帶領幾名兄弟進駐山莊，同時擔任這三地的總管。」李思義堅毅地說：「屬下絕不辱命。」太夫人又說道：「你命令鐵雲、郭清明和林義勝三人，各領十名弟兄隨我下蘭州，另有差遣。」李思義應道：「是。」然後太夫人對高雲說：「你們一家也隨我下蘭州，在市內開設客棧，或者布莊等業務，同時與飛鷹堡組成蘭州分舵。」高雲應道：「是。」太夫人轉向王老吉說：「你和你的弟子就接管甘州的錦繡綢緞布莊，同時也設法在甘州開設客棧，人手就直接從野牛溝調遣，你就留在甘州兼管黃番寺和野牛溝。」王老吉應道：「是。」最後她對步天涯說：「你先回蘭州布置一番，我回莊收拾妥當就會前來。」

太夫人將工作分配完畢之後，便走去尹志平的房間，李明珠、強曉芳和李伯樂都在場。她十分高興地對尹志平說：「我打算派強兒到中原歷練，回程時，你們帶他一起回莊，明年就派他去中原創業。」她轉向李伯樂說：「歡迎李掌門加入我中秋盟，我盟將來的發展，有賴李掌門的鼎力相助。」李伯樂答道：「為中秋盟效力，理所當然。」太夫人望了強曉芳一眼，微笑著說：「強姑娘與明珠義結金蘭，算起來也是我的女兒，不是外人了。」強曉芳也著是乖巧，她急忙跪下叩頭，說：「女兒曉芳拜見母親。」太夫人欣慰地從懷裡拿出一個金手鐲，遞給強曉芳說：「芳兒，快起來吧，這是給你的見面禮。」強曉芳隨即說道：「謝謝母親的恩典。」太夫人對李明珠說：「你來我房間一下。」

李明珠隨母親回到房內，太夫人問她：「你對尹志平納妾可有異議？」明珠答道：「我不反對，只要有利於中秋盟的發展，兒女私情就次要了。」太夫人讚道：「你能這樣想，才不愧是逍遙派的弟子，本門武功越練越高時，對兒女之情會越來越淡，平兒所習練的武功乃至陽至剛，兒女情慾遠勝常人，何況男人三妻四妾乃平常事，你必須看得開。」李明珠沉重地說：「女兒遵從母親的教誨，一切以中秋盟的大局為重。」太夫人拿出一個包裹交給李明珠，說：「你專心照顧雙月，不必為總舵操心。這裡是五百兩黃金，你拿回去作為發展中原之用。」

且說中秋盟會之後，李強帶上他的貼身侍女小青，隨尹志平一行回返全真山莊，他見到魯珊十分興奮，便纏著她談話去了。尹志平和李明珠則關在房內，商討進軍中原之事，尹志平說：「目前最有條件發展的地方是洛陽、汴京、許州、南陽和武關。」李明珠說：「要發展什麼事業呢？」尹志平說：「河南乃糧食大省，我們可以先開發農地，然後再向城內發展，只是要先解決錢和人手的問題。」李明珠說：「金錢不成問題，母親已交給我五百兩黃金，作為發展中原之用，人手方面，可以要求母親派人前來協助。」尹志平說：「既是如此，就讓李強經營洛陽，芳妹經營汴京，明年立春，我就帶他們去中原置業。」

正當尹志平夫婦還在密談時，莊丁進來報導：「忽必烈派人來了。」尹志平急忙出來接見，來人說：「尹大俠，大王召見。」於是，尹志平便整裝隨他前去。在京兆的官邸，忽必烈微笑著對尹志平說：「尹大俠，今年大豐收啊！可要多賣糧食給我們。」尹志平忙道：「當然，這全是託大王之福。」忽必烈說道：「只可惜你那一點田地，杯水車薪，不夠養我的軍隊，現在洛陽和汴京的郊外，各有兩千多畝荒蕪的莊稼地，你快找人去耕種吧！」尹志平急忙應道：「是，在下遵命。」於是，領了接收土地的文書之後，便告退回去。原來蒙古軍擊退全子才的宋軍，重新收復河南之後，百廢待興，急需恢復農耕，蒙古人又只會放羊牧馬，不會種田，這裡又是忽必烈管轄之地，尹志平才得了這個便宜。

李明珠聽了尹志平帶回來的消息，真是喜出望外，前進中原之事更無牽掛了。去秋的農田豐收，莊裡喜氣洋洋，此時，太夫人派遣林義勝和郭清明各帶十名兄弟前來聽差，秋月也帶了弟子小菊前來相助，因此，山莊的春節，今年尤為熱鬧，莊內莊外都響起了炮竹聲。此時，莊丁進來報導：「華山郭求仁前來拜侯莊主。」尹志平慌忙迎了出去，只見郭求仁與金不歸聯袂來訪。他們一見面就賀喜道：「尹大俠，恭喜發財。」尹志平笑道：「兩位大駕光臨，寒舍蓬蓽生輝。」隨即領他們一起進入廳堂。誰知莊丁又來報告：「武關壯士楊河山拜侯莊主。」尹志平歉然道：「兩位且在此稍候，我出去一下就回來。」他邊走邊吩咐侍女待茶，當他與楊河山相攜回返廳堂時，金不歸喊道：「你不就是楊沃衍嗎？」楊河山仔細一瞧，叫了起來，道：「你不就是武仙嗎？」金不歸說：「武仙已死，現在已改名金不歸。」楊河山也說：「我也改名叫楊河山了。」兩人曾共事金國，此刻劫後重逢，都恍若隔世，不勝唏噓。

尹志平也向他們介紹李伯樂。大家一陣寒暄之後，便無所不談。李伯樂問楊河山：「據我所知，鈞州城破之日，你已經上吊自殺，何以死而復生?」楊河山笑道：「鈞州淪陷前夕，一名部下意圖投降而被我吊死，我心生一計，讓他穿上我的衣服，然後率領殘餘部隊從祕道突圍而去，不知情者，自然以為是我上吊自殺了。」李伯樂聽後，恍然大悟地說：

「原來是金蟬脫殼之計，妙哉！」

尹志平與他們交談甚篤，便表明自己的中秋盟身分，爭取他們加盟，金不歸與楊河山本來都是反蒙悍將，二話不說就表示參加。郭求仁則說：「華山在武林獨成一派，加盟恐有不便，門下弟子則可自由選擇。」尹志平也不強人所難，便問金不歸：「金兄未來有何打算？」金不歸說：「單槍匹馬，恐難有作為。」楊河山道：「金兄願意的話，可以來我山寨立足。」尹志平沉思了一下說：「我這裡求才若渴，金兄不嫌棄的話，就留在本莊當職，如何？」金不歸爽然地說：「尹大俠對我有救命之恩，若蒙收留，豈有不效力之理？」尹志平對楊河山說：「楊兄回寨之後，盡快成立中秋盟武關分舵，以圖發展。」楊河山答說：「沒問題。」他和郭求仁在莊上只逗留幾天，就各自回去了，郭求仁臨行前交給尹志平一個包裹，說：「此次來訪，未備賀禮，深感抱歉，這裡是我們華山的獨門解毒藥『百毒回魂散』，還請笑納。」尹志平一面收下，一面說：「郭兄，太客氣了，彼此都是義氣之交，不必遵循江湖俗套。」郭求仁說：「哪裡話，一點小意思，不成敬意，唯恐貽笑大方。」說完再三道謝而別，尹志平分給魯珊、李明珠和強曉芳每人一包，說：「這是華山派獨門的解毒藥，你們留著以備不時之需。」

尹志平按原定計劃分配工作，金不歸去南陽開設客棧，李伯樂則帶領張勇、林敢、鄭勤和辛勞四人，去許州開設客棧。李強去洛陽接收農田，他對侍女小青說：「快收拾行李，隨我去洛陽。」次日，李強帶領林義勝等人離去，各人領命之後，都相繼離開全真山莊。尹志平對強曉芳說：「你們就隨我去汴京。」於是，便帶領強曉芳、秋月、小菊、月蘭、郭清明及他的五名弟兄離去。

尹志平長袖善舞，黑白兩道都吃得開，他僱傭滯留在洛陽和汴京的戰爭流民，不必兩個月就開始種糧了。因此，兩地的基業很快就扎根下來。尹志平在洛陽召集會議，他說：「即日起中秋盟洛陽分舵正式成立，李強擔任舵主，林義勝擔任護法。」李強問道：「我們的山莊要取什麼名？」尹志平想了一下說：「洛陽盛產牡丹，就取名牡丹山莊吧！」李強等人都稱妙，尹志平見事情已經辦妥，就回返汴京開會，他對大家說：「汴京中秋盟分舵正式成立，強曉芳擔任舵主，郭清明擔任護法。」他頓了一下問道：「莊園的取名，你們有何建議？」強曉芳說：「就叫『靈秀山莊』好嗎？」尹志平讚道：「名字很美。」其他人都沒有異議。

幾天後，尹志平來到許州的來福客棧，李伯樂是客棧的掌櫃，他帶尹志平到房內談話，尹志平問道：「工作還順利吧？」李伯樂說：「這棟客棧是收購來的，只是稍加整頓就營業了。」尹志平聽了甚為高興，他問道：「你能否爭取你的拜弟參加中秋盟嗎？」李伯樂回答道：「他已經同意參加了。」尹志平大喜道：「你通知他今晚來此開會吧！」入夜後，尹志平在房內召集眾人開會，宣布中秋盟許州分舵成立，李伯樂任舵主，關天雄任護法。辦完事之後，他又匆匆趕去南陽。

劉世光早已康復，只是內力全無，十足是個文弱書生，他日夜盼望師父到來，因此，一見到尹志平就喜出望外，高呼道：「師傅！」尹志平望了他一眼，說：「很好，有成績。」弦外之音是說：劉世光的龜息功法已具根底，旁人只道是稱讚他康復迅速。鐵劍門掌門劉齊勝為其子安排了拜師禮，尹志平說：「世光所學的武功，需要素素的配合，因此，我也需要收她為徒。」於是，兩人便一起拜尹志平為師。尹志平告訴劉世光說：「你所要學的武功，是源自天竺的枯木神功，總共要練七七四十九天。」雖然，尹志平自己不曾練過這門武功，但是，甘地曾經給他詳細說明練功的法門，因此他十分有把握。

第一個七天，劉世光天天都在房內練習倒立式的龜息功法，葉素素則練習先天氣功，由於劉世光的經脈已經傷殘，對氣血順行或逆行已無知覺，因此，倒立或直立練功已無差別。第二個七天，劉世光以布包頭，倒立入土，只埋了半身，腳還是留在地面，他沒有掙扎，看來是已經適應了。葉素素則繼續修煉先天氣功。第三個七天，劉世光全身倒立入土，足足埋了七天，這七天裡，尹志平教導葉素素修習全真派的輕功身法。第四個七天，尹志平教導劉世光以內呼吸修煉先天氣功，葉素素則繼續修習先天氣功和輕功身法。第五個七天，尹志平教導劉世光，以先天氣功聚集體內的經脈，使身體產生強大的吸力。與此同時，尹志平也向葉素素傳授全真劍法。第六個七天，尹志平教導劉世光，以旋轉身體加強全身的吸力，葉素素則繼續練習全真劍法。第七個七天，尹志平教導劉世光，如何將全身吸力聚集於雙掌以對敵，葉素素則複習所學的武功。在最後一天，劉世光終於旋轉著身子破土而出，雙掌則不斷地吸走泥土，形成一丈高的泥土柱，然後，才翻身躍下。

在旁觀看的劉齊勝與葉素素都驚訝萬分，尹志平對他們說：「世光所練的枯木神功已經大功告成，這種曠世絕學，只有經脈傷殘者才能修練，常人練了輕則走火入魔，重則血爆而亡。」劉世光出土之後，臉色呈青白色，其父以為他練功操勞的緣故，便說要給他補身，尹志平說：「劉兄，初練神功，皮膚都是呈青白色，功力再增加的話，皮膚就會呈青色，續而是青黃色、黃色、黃褐色、褐色、暗褐色，總之功力越深，皮膚的顏色變化也越大，當皮膚呈黑色時，武功就登峰造極了。」

劉世光問道：「如何以神功傷敵？」尹志平說：「當你以掌對敵，對方若以力相抗，則其真力將會源源不絕地被你吸入體內，直至虛脫，或者你所吸入的真力已達飽和為止。」劉世光問道：「怎麼知道自己所吸入的真力是否飽和？」尹志平道：「當你感到掌心越來越沒有吸力時，或者皮膚的顏色逐漸與常人無異時，就是體內所吸的真力即將飽和。一旦飽和就無法再執行枯木神功了。」劉世光聽了大驚，問道：「那怎麼辦，此番苦學，豈不白費？」尹志平說：「你必須散盡所吸的真力，才能恢復神功。」劉世光問：「要如何散去體內的真力？」尹志平說：「這就需要素素幫你的忙。」劉世光和葉素素聽了都莫名其妙，尹志平緩緩地說：「透過陰陽交合，體內所累聚的真力就會一瀉而盡。」葉素素聽到臉紅耳赤，劉世光乞求地問：「素素，可願助我？」葉素素紅著臉說：「如果你吸著我不放，我豈不是成為廢人？」大家聞言都笑了起來。尹志平則意味深長地說：「塞翁失馬，焉知非福。」

這天，入夜之後，金不歸和一名夥計應約前來鐵劍山莊，他向尹志平介紹說：「他叫舀明，是我的副手。」尹志平微笑點頭，隨即與金不歸進入房內密談，尹志平問道：「生意進行得怎樣？」金不歸說：「客棧名叫嘉賓，這裡是南北通衢要道，商旅往來絡繹不絕，生意可謂蒸蒸日上，工作十分忙碌。」尹志平問道：「人手夠不夠？」金不歸說「人手沒問題，只是新的客棧，瑣碎的事情太多。」尹志平說：「不可事事躬親，除了帳目之外，要放手給下人去幹。」金不歸應道：「是。」尹志平沉思一會，說：「劉齊勝父子已經同意加盟，由於他在此地有穩固的根基，我打算讓他擔任南陽分舵的舵主，你有意見嗎？」金不歸答道：「悉聽尹大俠的安排。」於是，尹志平便召集眾人開會，鄭重地宣布中秋盟南陽分舵正式成立，劉齊勝擔任舵主，金不歸擔任護法。

幾天後，尹志平來到武關寨，楊河山領了四名年約二十歲的年輕部下來迎接，他說：「這四位都是武關分舵的成員。」說完一一介紹：徐春天、項仲夏、常如秋、萬里雪。尹志平見四人年輕幹練，十分滿意，勉勵一番之後，對楊河山說：「武關寨地形隱祕，有利於舉行中秋盟的聚會，我想在此建造聚會場所，你的意見如何？」楊河山欣然說道：「這裡山高皇帝遠，地方又大，建造聚會場所是再好不過了。」尹志平選了地點，便將建造費和一份簡圖交給楊河山。他見時已入秋，便說：「中秋節快到了，不如你們收拾一下與我同行，一起出席中秋盟會吧！」楊河山說：「好。」

次日，中原各地的人馬相繼抵達全真山莊，他們一行人分成兩批前往黃番寺，李強與陳河山、金不歸同行，三人一路上交談甚篤。在前來黃番寺的路上，李強對李明珠說：「姐姐，能不能調魯珊過來洛陽？」李明珠明白其心意，微笑著說：「與其調遣，不如自己來迎親。」李強聽後大喜，說：「好，春節時，我就帶人去迎親。」李明珠說：「慢著，這事必須由母親和你姐夫做主才行。」在黃番寺，尹志平先去向太夫人報告情況，太夫人見來了許多中原豪傑，不禁老懷安慰，他熱情地接待出席的新人，使他們倍感親切。

太夫人對大家說：「蒙古伐宋，深陷泥潭，襄樊至信陽一線，已被宋國奪回，窩闊臺之子闊出也戰死沙場，可以說敗局已定。」

高雲說：「蒙古的西征倒是很順利，大軍已經攻入多瑙河。」魏令浦說：「最好是蒙古繼續西征，我們的日子就會更太平。」今年的中秋盟會出現了大變動，太夫人向大家宣布：「即日起，尹志平擔任中秋盟副盟主，李明珠擔任京兆分舵舵主。」尹志平的武功和開闢中原各分舵的成績，使與會者都心誠悅服，齊呼贊成。太夫人又說：「為了配合中秋盟向中原發展和統籌全域性，入冬之後，總舵將遷往京兆。」接著，尹志平向大家說：「隨著中秋盟的發展，我們不能一成不變，因此，今後的口令改為：『韜光養晦，與時俱進』。」太夫人吩咐王老吉說：「我們搬離蘭州之後，你就帶人進駐歸唐府。」太夫人交待完畢，便去找尹志平夫婦商談搬遷事宜，尹志平說：「全真山莊地方寬敞，空房甚多，完全可以容納總舵的來人，無須另行置業。」太夫人聽後頗為寬心，李明珠見她公事已畢，便低聲說：「母親，強弟的年紀已大，有意娶魯珊為妻。」太夫人高興地說：「很好，就安排在春節完婚吧！」

回到全真山莊後，李明珠與尹志平商談李強的婚事，尹志平說：「此事我沒有意見，你直接與魯珊談吧！」於是，李明珠便去問魯珊：「這個春節，李強要來全真山莊與你成婚，你可願意？」魯珊問道：「師父的意見呢？」李明珠說：「他沒有意見。」魯珊表情淡然地說：「我也沒有意見。」晚上，尹志平拿了一把劍送給魯珊，說：「這把劍名為冷月劍，是你師祖流傳下來的寶劍，為師就送給你作為護身之用。」魯珊一面接過冷月劍，一面流著眼淚說：「師傅，我不想離開你。」尹志平說：「師傅也捨不得你離開，這是太夫人之命，只好遵從了。」沉默了一陣子，尹志平轉移話題說：「本派有一門點穴武功，名為『摘星手』，乘此機會，我傳授給你。」於是，他向魯珊詳解人身各穴道的位置與作用，然後教導她點穴的手法，魯珊本來就具有武學天賦，因此很快就學會了。全真山莊在準備兩件大事，一件是入冬之後，中秋盟總舵安置於此，另一件則是李強和魯珊在春節成婚。兩件大事都在緊鑼密鼓中，這些事尹志平都交給李明珠去辦理。入冬下過第一場雪之後，總舵的人就已陸續到來，總共來了四十人。李明珠特地為太夫人安排了寬敞豪華的上房，其他人都由魯珊妥善安置。太夫人帶來了十二隻鴿鷹，準備分配給中原各分舵，於是，尹志平對李翔昆說：「你帶人去武關寨，南陽的鐵劍山莊和許州的金刀門分派鴿鷹，以盡快建立聯繫網。」李翔昆帶了幾名部下，領命而去。

總舵安置妥當之後，尹志平夫婦召來魯珊和司徒紅談話，李明珠對魯珊說：「來臨的春節，就是你婚嫁之日，今日起，你就專心準備自己的婚事，莊裡的事務就交由司徒紅好了。」魯珊黯然地對尹志平說：「師傅，我有一個要求，這裡是我的娘家，我要保留現在所住的屋子。」尹志平點頭說：「好，你鎖了屋子，鑰匙繼續由你保管，你想家的話，隨時都可以回來。」魯珊說道：「謝謝師傅。」轉頭就回房去了。大年除夕，李強帶了四名兄弟前來迎親，他和魯珊在全真山莊拜堂成親之後，領了李翔昆給他的兩隻鴿鷹，便馬不停蹄地趕回洛陽的牡丹山莊。

李強今年已經是二十五歲了，辦事能力和生活經驗都已成熟，自從結婚以來，他就十分納悶：「魯珊為何拒絕與我圓房？」這天晚上，李強喝得酩酊大醉，他見魯珊在房內，便欲行強暴，不料，卻被魯珊點中肩井穴，身體即時無法動彈，魯珊說：「你休想借酒強暴，若再對我無禮，必定讓你嘗盡苦頭。」李強在房內站了一個晚上，穴道解開時，便不支倒地。由於武功比不上魯珊，李強再也不敢用強了，他只好找回相好的小青消遣。這名來自歸唐府的侍女，早就與他私通，由於魯珊對他們的關係並不介意，兩人也就大方地同宿共眠。於是，魯珊對李強說：「既然我們合不來，你就立下休書讓我回京兆。」李強說：「早知如此，何必當初？」魯珊說：「當初是你借太夫人之命，我是不願師傅為難，才順從罷了。」李強說：「婚事既是我母親做主，只有等她去世之後，才能解除婚約。」此後，兩人貌合神離，繼續維持掛名夫妻，小青則成為李強的妾侍。

李強坐鎮洛陽以來，丐幫的魯元明、王叢善、華百峰和馬不群等人都是他的常客，因此，生活上他並不寂寞。然而，感情的挫折，卻在後來使他選擇了一條不歸路。欲知詳情，請看下回分解。

廢人變奇人，神功退敵兵

春節過後，全真山莊也恢復了平靜。尹志平帶上強曉芳、秋月和步天涯三人直奔汴京。然後，又與步天涯續程前往商丘，事緣一名鹽商，由於年邁又後繼無人，有意出讓其業務，實則是因貨源地在宋國，蒙宋之間的戰爭不斷，業主對前景甚感悲觀之故。這家名為海天鹽行的商號，已有近百年歷史，尹志平查點其產業，包括一座大貨倉，一間店面，一座住宅，五輛載貨的馬車，幾千包庫存的食鹽和十多名工人，出價一萬兩銀子，最後以五千兩成交。

尹志平對步天涯說：「商丘位居河南、山東、江蘇和安徽四省的交會處，可謂五省通衢，地點非常有利。」步天涯說：「這裡四通八達，容易獲取各地的消息。」尹志平說：「你先獨當一面，我會派人前來協助。」尹志平見事情已經辦妥了，便返回汴京的靈秀山莊。他和強曉芳因工作忙碌，已經很久沒有親熱。於是，兩人便關在房內翻雲覆雨，如此纏綿悱惻了半個月，才依依不捨的分手。尹志平沿路拜會許州的李伯樂和關天雄，也看望了兩個徒弟張勇和林敢，見他們勤勉工作，便傳授他們金剛拳，令他們喜出望外。

離開許州之後，尹志平直奔鐵劍山莊，劉世光和葉素素遠遠就出來迎接他，尹志平注視劉世光好一陣子，才說：「世光，果然沒有疏怠武功。」劉世光得意地說：「我的皮膚已經變黃了。」尹志平邊走邊說：「你現在的功力是足以自衛，憑個人的練功也只能達到這個地步，接下來功力能否提升，全看你有沒有對敵的機會。」劉世光問道：「如何透過對敵提升功力？」尹志平答道：「在對敵時，你必須施展神功吸滿對方的真力，然後透過瀉釋，功力才能提升。第一次的過程，皮膚會變成黃褐色，之後，如果能夠在一個月內，有兩次滿瀉的過程，皮膚就會變成褐色，此後若在三個月內，有四次滿瀉的話，皮膚便會呈暗褐色，至於要達到登峰造極的黑色皮膚，則需要半年內有八次滿瀉的機會，因此，未來能否提升功力，全憑機緣，不可強求。」劉世光謹記於心。

次日，在鐵劍山莊的後院，尹志平對劉世光和葉素素說道：「為了讓你們有空手對敵的能力，現在我傳授你們九式擒龍手。」於是，他仔細地解釋和演練給他們看，兩人都很認真地學習。尹志平對劉世光說：「你要學好那手『枯木逢春』，這個招式最有利於你發揮枯木神功。」尹志平見夏天快要結束了，就向劉齊勝告辭而去。

途徑武關寨，他視察了建築中的聚會場所，楊河山說：「明年中秋便可以使用了。」尹志平說道：「這裡除了用來聚會之外，平時就作為武關分舵的駐地，你和四名部下都居住於此，才能有效管轄武關寨。」楊河山點頭稱是，尹志平把舉辦集會的經費交給他後，就離開了。

尹志平回到全真山莊，太夫人與李明珠正在逗著尹雙月玩耍，奶媽見莊主回來，便把尹雙月抱了回去。尹志平向太夫人報告說：「商丘的鹽行已經接手，只是需要派人協助步天涯。」太夫人說：「反正這裡人手過剩，就叫鐵雲帶人過去。」尹志平遂命鐵雲帶領五名弟兄去商丘，然後，他又向太夫人報告說：「武關寨的中秋盟聚會場所，要明年才可以使用。」太夫人說：「今後，每年的中秋聚會就由黃番寺和武關寨輪流舉辦。」尹志平說：「這樣更好，可以減輕黃番寺的壓力。」李明珠對尹志平說：「我們已經在京兆城內開設了糧行，目前，是由春花帶領李河、李山、李光和李覆在管理。」尹志平高興地說：「接下來，還可以設開一間鹽行，分銷商丘的鹽貨。」李明珠微笑點頭。

次年，中秋盟商丘分舵成立，由步天涯任舵主，鐵雲任護法。隨後尹志平便在中原各分舵設立鹽行，分銷海天的來貨。在「韜光養晦，與時俱進」的口令下，中秋盟各分舵的業務蒸蒸日上，太夫人了無牽掛，又因為年老體弱，已漸漸不再理事，中秋盟的全部業務，幾乎是尹志平夫婦在掌管。

* * * * *

且說南陽的劉世光，他聽尹志平說：「只有以神功對敵，才能提升功力，否則就到此為止。」青年人的挑戰心理，使他無法滿足現狀，於是，和葉素素商議之後，便收拾好行囊，對劉齊勝說：「父親，孩兒已經練成神功，如果一直待在家裡，功力難有進境，因此，我和素素要相攜行走江湖，鋤強扶弱以歷練自己。」劉齊勝點頭說：「我兒所言極是，練武者理應力求上進，不應滿足於低微的武功。只是出門在外，要小心謹慎，趨吉避凶。」劉世光說：「孩兒銘記教誨。」說完，便與葉素素上馬，離開了南陽。

兩人騎馬緩緩南下，在距離襄樊城還有二十里路的地方，突然看見五名宋國士兵被五十多名蒙古兵圍攻，其中帶頭的宋兵，看來已年過四旬，武功顯然不弱，一把單刀揮舞得有如狂風暴雨，包圍他的蒙古兵都不敢近其身，其他宋兵則險情迭出，劉世光向葉素素使了個眼色，兩人將馬系在樹下，便殺入重圍，葉素素展開全真劍法，劉世光則以擒龍手抓捕蒙古兵，被抓者有如觸電似的，真力源源瀉出，直致虛脫昏倒，如此這般，有三十多名蒙古兵倒地不起，另外也有數名蒙古兵被葉素素的劍法所傷，此時，劉世光所吸入的真力已經飽和，無法繼續施展枯木神功，所幸剩餘的蒙古兵見狀，大驚而逃。

五名宋國兵士隨即前來道謝，領頭的兵士相貌威嚴肅穆，他拱手說道：「多謝兩位壯士拔刀相助。」劉世光問道：「你們何以會在此地遇險？」領頭的兵士說：「我們是來此偵察敵情，不意中了蒙古兵的埋伏，若非壯士拔刀相助，我們恐怕會險遭殺害。」劉世光說：「既然如此，我就護送你們回襄樊城吧！」兵士點頭謝過，然後問道：「不知閣下如何稱呼？」劉世光答道：「在下乃南陽劉世光。」兵士指著身旁的同伴說：「這麼巧，他可是你的同鄉。」那名同鄉的兵士，年齡看來比劉世光大一些，他笑著說：「我叫劉整，老家也是在南陽。」一路上，劉世光與他交談關於家鄉的近況，一行人不知不覺地已進入襄陽城。

他們逕自來到將軍府，領頭的兵士說：「劉兄弟，可否隨我們入內痛飲幾杯？」劉世光爽然允諾，進入將軍府後，兵士說：「劉兄弟，且在此稍待片刻，我們去去就回來。」劉世光與葉素素在客廳閒坐，馬上就有侍女前來待茶，過了一陣子，一名身穿將軍服、十分面善的人走了過來，兩人即刻起立迎接，將軍笑著說：「劉兄弟，讓你們久等了，」劉世光驚疑地說：「你是……」將軍接過話頭說：「在下乃襄陽城守將孟珙，招待不周，還請見諒。」劉世光慨然說道：「將軍身先士卒，令人敬佩不已。」孟珙對他說：「劉兄弟武藝超群，何不助我一臂之力，共同消滅蒙古兵？」劉世光也不推辭地說：「如有用武之地，在下願盡綿力。」不久，另兩名一起回城的年輕兵士也換裝而來，孟珙介紹說：「這位名叫李庭芝，是我的副將，你的老鄉劉整是我的參將。」眾人邊飲邊談，士兵不斷送來美酒佳釀，劉世光不勝酒力，很快就醉倒於席，孟珙命兩名兵士扶他回房，葉素素則緊隨其後。

兵士幫劉世光寬衣解帶，再扶他上床之後，便走了。葉素素即刻將門關上，她見劉世光已判若兩人，原來有如病夫似的黃臉龐，如今卻是紅潤俊俏，肌體光滑豐滿。葉素素俯身為他蓋被，不意被劉世光緊緊地摟住纖腰，她心中暗想：師傅所說的話應驗了。她的精神緊張到極點，她沒有掙扎，任由劉世光抱入懷中，她的衣服隨即被解開，兩人一絲不掛地擁抱和親吻，接著，劉世光一翻身，便把葉素素壓在下面，她覺得下身被摩擦的痕癢難耐，頃刻間，她全身像著火似的烘熱，突然，感覺陰部被……，她禁不住嚶嚀一聲，像觸電似的緊緊抱住他，然而，眼角已掛著一行不知是喜還是憂的淚水。隨著劉世光不斷地運動下體，葉素素一面「啊～啊～啊～」的呼鳴，一面則軟成一灘泥，整個人好像飄蕩在雲朵上似的，腦海中是一幅幅不可思議的奇幻夢境。過了一陣子，劉世光有如衝鋒陷陣似的激烈運動，使葉素素也禁不住把他越抱越緊，在一陣快感之後，劉世光就平靜了下來，伏在她的玉體上沉沉地睡去。

不知過了多久，葉素素從幻夢中回過神來，才慢慢地將他的身體扶回原位，此時，卻發現劉世光的皮膚已呈黃褐色，肌肉也失去原先的壯碩豐滿，而是恢復本來瘦削的身材。她為劉世光蓋上棉被，就趕緊穿好自己的衣服，突然，她感覺體內有股內力在奔騰遊闖，便立即坐下來，在床上執行先天氣功，將洶湧而來的內力引導向全身，約一盞茶之後，才行功完畢。葉素素感覺內力充沛，精神飽滿，心中暗想：「幫助劉世光提升武功的同時，自己也會從中受惠，難怪師傅說『塞翁失馬，焉知非福』。」

蒙古兵與宋兵沿襄陽至信陽一帶對峙，半年來都相安無事，這天，突然快馬來報：蒙古兵正朝嘉定進襲。宋國朝廷遂下令孟珙前往支援，劉世光與葉素素自然隨軍同去。孟珙決定在前往嘉定的途中設伏，果然，遠途奔襲的蒙古軍在山隘裡中伏，前鋒部隊被伏兵以亂箭射殺，全軍覆沒，中軍被山崖上滾下來的亂石擊死砸傷無數，後頭部隊也被伏軍狂砍亂殺，劉世光是伏軍的將領，更是身先士卒，他自從皮膚變成黃褐色之後，枯木神功的吸力比以前更為強大，所有被他抓到的蒙古兵，很快就虛脫昏厥，如此倒地的蒙古兵少說也有百多人，此時，他突然感覺到雙掌的吸力越來越小，葉素素也發現他的皮膚已恢復常人的顏色，急忙掩護他退出戰場。蒙古兵受此重挫，緊急收兵北撤，嘉定城秋毫無損。

當晚，城內大擺慶功宴，劉世光又是喝到酩酊大醉，士兵只好扶他回房，葉素素關上門後，望著床上的劉世光，心情非常緊張，她知道將要發生什麼事情，渴望與羞澀交織在心裡，她輕輕地解開了劉世光的衣服，看見他又重現豐滿結實，紅潤光滑的肌體，特別是又見到他那羞人而又誘人的下體，禁不住想入非非，此時，劉世光嘶啞著聲音，夢囈似的叫喚：「素素，素素……」葉素素不覺渾身發癢，輕聲應道：「來了。」她急忙脫光衣服，撲在劉世光的身上，所謂「一次生兩次熟」，兩人如飢似渴地緊緊擁抱在一起，然後又如夢如醉地翻滾磨合，沒兩下子，葉素素就被壓在下面呻吟了。這次兩人睡到日上三竿才起身，只見劉世光兩眼神采爍爍，皮膚呈褐色，葉素素則俏臉紅潤，光豔照人，由此可見，兩人的功力已明顯提升。

但是，師父說需要兩次滿瀉，因此劉世光主動請戰，追襲蒙古軍，結果又大獲全勝，消滅了幾百名敗逃的蒙古兵。收兵的當晚，又與孟珙喝到酩酊大醉，然後回房與葉素素纏綿悱惻，兩人的功力也因此更為深厚。此後，由於窩闊臺的去世，蒙古軍進入策略防禦，連續數月，前線無戰事，葉素素覺得滯留無益，便提議返回南陽，劉世光也擔心家人掛念，便向孟珙辭行道：「我倆離家已快要兩年了，唯恐老父心焦，特來向將軍辭行。」孟珙也不便挽留，叫人拿來一筆錢送給劉世光，說道：「這份盤纏你且收下，來日宋兵有難，還望兄弟前來相助。」劉世光允諾而別。

夏末的陽光十分燦爛，劉世光和葉素素快馬加鞭地趕回鐵劍山莊，他們擔心錯過與師傅見面的機會，當馬匹進入莊園時，便見到尹志平與劉齊勝站在門口迎接，他們一面下馬，一面高喊道：「父親！」，「師傅！」尹志平對劉世光深深地注目了好一陣子，才開口說：「恭喜徒兒練成神功。」他們倆齊齊跪拜說：「感謝師傅授藝之恩。」劉齊勝關切地說：「你們長途勞頓，快去歇息吧！」望著他倆的背影消失之後，尹志平問劉齊勝：「他倆今年幾歲了？」劉齊勝答道：「我兒今年二十，素素則小他兩歲。」尹志平說：「世光的皮膚已呈褐色，枯木功力之深已非一般高手所能敵，他有此成就，說明他與素素已有夫妻之實，劉兄應該儘早為他們完婚，以免招來非議。」

劉齊勝點頭說：「是啊，越快越好！」拈指一算，說：「再過七天是婚嫁的吉日，你就留下來喝喜酒吧！」尹志平說：「當然。」

晚膳後，劉世光與葉素素來見尹志平，向他講述此行的事蹟，只是略過兩人纏綿的詳情，尹志平深感驚異。他欣然地說：「你們倆的功力都大有長進，可喜可賀，這回為師要傳授你們絕頂的輕功身法。」兩人聽後欣喜若狂，說：「謝謝師傅。」尹志平說：「由於你倆的功底不同，只能修練不同的輕功身法。」頓了一下，說道：「素素，明日清晨你來莊外的樹下見我，世光，你則在傍晚時分到來，切莫誤時。」說完，便吩咐他們去找劉齊勝。劉齊勝對他們說：「本月初十是你倆成婚之日，有意見嗎？」劉世光答道：「好。」葉素素說：「但憑伯父做主。」當天晚上，尹志平召集南陽分舵的會議，宣布劉世光掌管南陽鹽行。

在晨曦的鐵劍山莊外，一條人影來回奔走騰躍，正是葉素素在學習新的武功，尹志平見她演練完畢，便說道：「這門輕功身法，名為『幻影迷蹤步』，在對敵時有神出鬼沒之妙，如果再配合你所學的擒龍手，可以發揮攻敵不備之效。以後要時常複習，才能駕輕就熟。」葉素素應道：「是，師傅。」尹志平微笑著說：「你的功力進步神速，內功的深厚，已不亞於一般高手，的確令人欣喜。」葉素素含羞地說：「這些都歸功於師兄的贈與。」尹志平固然明白個中的道理，沉思一會說：「世光的皮膚已呈褐色，功力非同凡響，你和他接觸，切記不得運功，以免意外被吸走真力，因此，你們平時要分開來練功，以策安全。」葉素素問道：「如果不小心發生意外，怎麼辦？」尹志平說：「他的風府穴是沒有吸力的，你以幻影迷蹤步閃去他後面，再用擒龍手中的那招『畫龍點睛』，點他的風府穴，則枯木神功的吸力就會暫時消失，穴道解開之後自然會恢復。」葉素素恍然大悟地說：「原來如此。」尹志平又說：「世光只有在吸滿真力時才會有交歡之能，平常日子難盡兒女之情，切莫怪他。」葉素素低聲說道：「我會諒解的。」

劉世光在傍晚時分應約而到，尹志平對他說：「世光，你的經脈已經傷殘，一般輕功身法已無從修練，為師特地教你一門絕世輕功，名為幽浮神功。為了避免驚世駭俗，你要選擇晚上修練此功。」劉世光欣喜萬分地說：「謝謝師傅。」幽浮神功是以龜息大法為練功之本，而劉世光在這方面的基礎十分深厚，因此，當尹志平將練功的口訣仔細傳授之後，他即刻能夠充分領會，習練起來輕而易舉，而且滯留空中的時間更長，尹志平見後頗為感慨：「世光真是因禍得福。」劉世光從來不敢想像自己能夠在空中浮游，這份欣喜與興奮是無法形容的，他跪拜在尹志平身前說：「師傅傳我絕世武功的恩德，徒兒永世不忘。」尹志平微笑不語的扶他起來。劉世光和葉素素成婚後，並沒有新婚燕爾如膠似漆的神態，而是彼此相敬如賓。

次日，尹志平就續程前往許州，李伯樂除了現有的來福客棧之外，還設立了樂天酒樓和樂天鹽行，分別由張勇和林敢掌管，這裡的人手大多來自武關寨，鄭勤和辛勞已經拜李伯樂為師，一起在來福客棧工作，尹志平處理完業務的營收之後，次日就離開許州，前往汴京。強曉芳一見他的面就說：「平哥哥，總舵來信，要李強和你急速返回全真山莊。」尹志平奇道：「什麼事，如此急迫？」強曉芳說：「不知道。」尹志平十分失落地說：「才剛剛和你相聚，卻又要分手，真是掃興。」強曉芳溫柔的說：「那麼，你明天早上才走吧！」尹志平度過纏綿悱惻、難捨難分的夜晚之後，一大早就前往洛陽與李強會合，兩人馬不停蹄地趕回全真山莊。

他們才步入大廳，就見李明珠哭紅著眼睛，迎了上來說：「你們快進去吧！母親要和你們說話。」他們三人一起來到太夫人的病榻旁，見畢回春正在為太夫人把脈，原來他是被緊急召來照顧太夫人，此刻，太夫人已氣息虛弱，嘴唇乾扁，有氣無力地說：「我的寒毒已入膏肓，看來是不行了。」她顫抖著手把一張字條交給尹志平，聲音微弱地說：「這是我的遺囑，你們要繼續努力。」說完，閉上眼睛就不再言語。尹志平張開手中的字條，只見上面寫道：即日起，尹志平擔任中秋盟盟主，李明珠與李強擔任副盟主，分別總理河西與中原兩處的分舵。幾天後，太夫人溘然長逝，享年六十有三。消息傳遍了河西與中原各分舵，弔唁的賓客紛至沓來，葬禮極盡哀榮，靈位設在黃番寺，全真山莊和牡丹山莊宣布守喪一年。

今年的中秋盟會輪到黃番寺主辦，尹志平在盟會上宣讀太夫人的遺囑，大家都誓言支持尹志平擔任新盟主。尹志平首先宣布：「今後中秋盟領袖的靈位，都集中在黃番寺供奉。」同時，也對中秋盟的人事進行調動，他對王老吉說：「王老，你就留在歸唐府培訓子弟，頤養天年。河西各分舵的工作，就由李明珠負責領導好了。」王老吉說：「屬下遵命。」接著他對魯珊說：「即日起，你接任洛陽分舵的舵主之位。」魯珊應道：「是。」尹志平又轉向強曉芳和秋月，說：「即日起，強曉芳轉任京兆分舵舵主，秋月接任汴京分舵舵主之職。」頓了一下，尹志平繼續說：「今後各地分舵的業務收益，一半上繳總盟，一半分舵自留。」太夫人生前的財物大多移入全真山莊，更加上尹志平的長袖善舞，中秋盟聚累頗豐，才作出分享的決定。

太夫人臨終之前，除了將師門遺物交付李明珠，還對她說：「修煉本門武功，原來不宜結婚，我因迷戀權勢而入宮為后，還生了幾個孩子，每生一個孩子，功力就減退一成，隨著年老體弱，難以凝聚玄冰功力，致使從小練就的冰寒之氣，在體內渙散，滲透我的五臟六腑，如今已無藥可治。我自忖時日不多，快傳召平兒與強兒，前來聽候交待。」鏘鏘遺言，使李明珠全身顫觫，心情十分沉重。此後，她借守孝之故，規避與尹志平交歡，因為有強曉芳替代，尹志平對她也就沒有強求。開春之後，李明珠就去河西各地巡視，中原各分舵有李強代勞，尹志平也就較少出門，幾個月後，強曉芳告訴他：「平哥哥，我懷孕了。」次年，便生下一女，取名尹秀蘭。然而，一個意外事件，卻改變了一些人的命運，也給未來的歷史留下傷痕，究竟是什麼事？請看下回分解。

冒名頂替藏玄機，兒女情長英雄膽

李強總理中原各分舵的業務之後，經常與楊河山、金不歸在一起，這天夜裡，他們三人相約在嘉賓客棧內喝酒。楊河山說：「我總覺得與蒙古人接軌，未必就是與時俱進，現在窩闊臺去世，蒙古國內訌再起，我們能沾上邊嗎？」金不歸也說：「盟會如果一味跟著蒙古人走，久而久之，即使不同流合汙，恐怕也會隨波逐流，如此下去，如何期望下一代完成未竟之事？」李強說：「兩位說得極是，『與時俱進』，未必要與蒙古人接軌，我們應該要『有所為，有所不為』。」李強在南陽逗留了幾天，就回返洛陽，魯珊見到他便舊事重提，說：「你母親已經去世，你該實踐諾言了吧！」李強說：「沒問題。」即刻回房立下休書交給她，魯珊說：「雖然我們不再是夫妻，卻還是盟友，我會在工作上配合你。」李強沉重地說：「希望我們合作愉快。」

這天，正當李強一個人在喝悶酒，莊丁來報：「馬不群、華百峰與魯元明來訪。」於是，李強便招待他們一起喝酒，華百峰說：「窩闊臺的突然去世，使蒙古帝國群龍無首，皇妃脫列哥那自行攝政，蒙古帝國內部可能發生分裂，不知李兄弟可願有所作為？」李強說：「我們力量微薄，能做些什麼？」馬不群試探地說：「李兄弟，現在有一個發展的良機，不知你可有興趣？」李強微笑道：「馬兄，大家都不是外人，有何良機不妨直說。」馬不群緩緩地說出事情的原委。

原來三天前，山東益都行省的李璮發生意外，從馬背上摔下而死，其母楊妙真立即與親家王文統商議，王文統一見面就說：「快把李璮的屍體火化，知情者也要滅口。」她急切地問：「為什麼？我的孫子李彥簡可以繼任世侯呵。」王文統說：「一來李彥簡未婚，沒有子女，蒙古不會放人，二來蒙古人對李璮獨霸一方，芒刺在背，若知道此事，必然乘機接管益都行省的權力。」楊妙真說：「如此也不是長遠之計呵。」王文統說：「先找個相貌相似的人來頂替，然後安排李彥簡結婚，要等他的兒子長大，可以當質子之後才換人。」楊妙真皺緊眉頭暗想：「一旦失去世侯的權位，先夫留下的七八千紅襖軍，必定被蒙古人所吞併，自己已經年邁，重建基業已不可能。」於是說：「只好如此。」馬不群原是丐幫益都分舵的舵主，他與楊妙真關係密切，這天恰好上門來，楊妙真便拉他去內室密談，最後說：「你幫我找個像貌相似的人來頂替，我可以收他為義子。」馬不群就想到李強，於是說：「有一個人酷似李壇，我去找他談談。」馬不群走後，楊妙真便依計行事，祕密善後和滅口。

李強聽到這裡，總算明白事情的真相，華百峰說：「這是個難得的機會，李兄弟當上李壇的話，馬上就擁有近萬人的軍隊，未來的前途無可限量。」李強聽後，頗為心動，於是，認真地說：「此事非同小可，我必須先稟報盟主，三天後給你答覆，如何？」馬不群說：「好，一言為定，我等你的答覆。」

李強隨即起程前往全真山莊，他將事情的原委向尹志平報告，李明珠也在場，尹志平說：「楊妙真在山東東路的勢力極大，對中秋盟進入山東發展而言，的確是天賜良機。」李明珠擔心地說：「我們主張『與時俱進』，與蒙古人接軌，這樣子做法，會不會與此衝突？」李強說：「姐姐，『與時俱進』，不應該只是跟著蒙古人的腳步走，應該要有所為，有所不為。」尹志平點頭說道：「強弟所言極是，『與時俱進』應該是哪裡有機會，就向哪裡發展。」李明珠還是憂慮地說：「此去山東，任務重大，強弟單槍匹馬，恐怕孤掌難鳴。」李強對尹志平說：「姐夫，你就調派楊河山與金不歸隨我前去山東，如何？」尹志平沉思一會，說：

「他們兩人都是金國的百戰之將，領軍作戰，駕輕就熟，有他們前去，大事可成。」李明珠凝重地說：「強弟，我不反對『與時俱進』加上『有所作為』，但是，『韜光養晦』還必須堅持。」李強應道：「是，姐姐。」尹志平對李強說：「你先回去答覆馬不群，並說我隨後就到，要與他詳談。」

尹志平繞道武關寨和南陽，將李強之事與金不歸，楊河山相商，兩人聞後大喜，都表示願意協助李強發展山東的事業。金不歸說：「李全遺部的戰鬥力極強，其實力遠勝於自己苦心經營。」楊河山也說：「只要擁有軍隊，就有發展的機會。」尹志平見他們如此熱心和有信心，心中十分高興，便帶領他們一起去洛陽。當天晚上，馬不群、華百峰和魯元明應邀前來牡丹山莊開會，尹志平向他們介紹金不歸與楊河山，然後說：「由李強假扮李壇會不會有紕漏？」馬不群說：「李強雖然比李壇年輕二十來歲，但是，我們丐幫的易容高手，有能力使他以假亂真。何況冒名頂替之事，乃王文統與楊妙真聯手策劃，他們必然會百般掩護，唯一令人擔心的是：李強不能帶夫人前去，必須與王文統的女兒過夫妻生活，否則身分就會暴露無遺，王文統與楊妙真肯定不會接受。」李強慨然說道：「人都已經假冒，丈夫何嘗不能假冒？現在我是孤家寡人，沒問題。」

尹志平聽了，以為是李強的豪言壯語，雖有疑惑，此刻也不便深究，隨即對馬不群與華百峰說：「茲事體大，任務沉重，我擔心李強應付不來。」馬不群說：「只要李公子答應，我和華兄都會卸下丐幫的職務，全力襄助公子。山東的丐幫兄弟都會作為公子的後盾。」尹志平開懷地說：「有你們這句話，我就放心了。」然後說：「既然馬兄與華兄可以卸下丐幫職務，不如你們五人就組成中秋盟山東分舵，由李強擔任舵主，如何？」馬不群說：「如此安排甚好，中秋盟的形式有利於快速組織群眾，只是山東情況特殊，那裡的基業是建立在軍事上，而且是公開活動，而中原的中秋盟是建立在經濟上，又是祕密活動，因此，兩地的組織應該分開，自力更生。」尹志平同意說：

「馬兄所言甚是，兩地應該獨立發展，以免一榮俱榮，一損俱損。」魯元明說：「即使有事，也可以通過丐幫傳訊。」尹志平轉頭面對李強，語重心長地說：「強弟在外，務必謹慎小心，千萬要隱蔽來歷。若有急事，可直接到商丘找你師傅。」李強點頭允諾。

次日，李強等人一起啟程前往山東，他們在益都會見了楊妙真。楊妙真是個年近七旬的老婦人，她見了易容後的李強，幾乎不相信自己的眼睛，禁不住喊了一聲「璮兒」，李強急忙趨前施禮道：「璮兒拜見母親。」楊妙真見李強風度翩翩，頗識大體，不覺老懷安慰，十分高興地說：「壇兒請起，你父在山東打下的半壁江山，得來不易，今後行省職務，我兒務必多加費心。」李強恭敬地答道：「孩兒謹遵母親的教誨。」楊妙真緩緩地說：「壇兒，你的妻子王翠湘，是王文統的女兒，你多日不在，媳婦日夜掛念，你快去陪她吧！」李強點頭道：「孩兒省得。」楊妙真吩咐丫鬟說：「帶將軍回房歇息。」

其實，丫鬟早已通報王翠湘，因此，李強才踏入門檻，便傳來銀鈴般的話語：「官人，怎麼好久不見你呀。」李強定睛一看，眼前是名年約二十開外、面如桃花、眼波似水、身著粉紅色輕紗的美豔少婦，透過薄紗，隱約可見她曲線玲瓏的胴體，李強略呆了一下，隨即疼惜地說：「我日夜都在想念你呢，只因軍務繁忙，冷落了娘子，李壇在此願意受罰。」王翠湘聽後心花怒放，一陣香風撲面而來，李強的懷中多了一個美人兒，他抱著這名柔骨情痴的少婦細細品味，但見她深黝的乳溝，散發著陣陣醉人的幽香，豐腴的雙乳猶如峰巒起伏，雖然隔著薄紗，還是令他幾近窒息，李強嘆道：「有妻如此，夫復何求？」王翠湘聞言甚喜，但是卻嗔道：「你什麼時候學會油腔滑調？」李強委屈地說：「這是由衷之言。」王翠湘認真地說：「既然你甘願受罰，今晚就罰你十杯。」

真正的李壇已年近五旬，王翠湘續絃給他未滿半年，兩人年齡相差近三十歲，可謂老夫少妻。每次交歡，李壇都是力不從心，於是，王翠湘便在酒裡摻和壯陽藥，每晚都灌他喝，即便如此，李壇還是不爭氣，令她始終無法盡興，結果至今，她尚未破身。李強不察，兩杯下肚就慾火焚身，他急急寬衣解帶，一絲不掛，王翠湘見他的陽具像棍子似的勃起，就一面「哈哈哈」地笑個不停，一面則輕輕地卸下身上的薄紗，只剩下柔絲緊身的內兜，而細膩白潤的肌膚也顯露出來。李強見狀，全身像著火似的烘熱，迫不及待地撲了過去，王翠湘「哈哈哈」地笑著往床上躲，李強正欲登床，不料黑影一晃，他的臉被布料蓋個正著，原來是王翠湘的內兜，此刻，她已龜縮在被窩裡「吃吃吃」地笑，李強更為猴急，掀開被窩就霸王硬上弓。王翠湘嗔道：「才罰你兩杯，就使壞了。」李強嬉笑著說：「沒事的，一晚兩杯，五個晚上就罰完了。」他們在床上互相挑逗，接著，便熱烈地擁抱和親吻，在交舌互吮中，兩人已經如膠似漆地媾合在一起。

纏綿之後，李強獲得從未有過的滿足，使他覺得正式夫妻不如冒名夫妻，從此樂不思蜀。確是陰差陽錯，王翠湘也感覺李壇判若兩人，心裡有說不出的欣喜，其實，她完全肯定這個李壇是假冒的。她心裡想：「此事不能捅破，既然真的不如假的，何必去計較真與假，如果糊塗比清醒來得幸福，又何必理他是與非？」王翠湘自以為得計，卻不知道假冒的李壇是父母的安排。她見李強在懷裡睡得很甜，心裡的疼愛是難於形容的，她禁不住又抱緊李強親吻。兩人纏綿不到一年，王翠湘便已懷孕，次年，便生下一子，名叫李明，這些都是後話。

且說兩人睡到日上三竿才醒來，王翠湘慵懶地起身，李強卻抱著她的細腰說：「再來一次，好嗎？」王翠湘安慰地說：「今晚再來吧，此時已青天白日，多難為情。何況，我們還要去給母親請安。」在丫鬟的侍候下，兩人整束衣冠，相攜去見楊妙真，夫婦齊聲說道：「孩兒給母親請安。」楊妙真見兩人如此親暱，心中甚喜地說：「壇兒，你的兒子李彥簡在大都當質子，你的丈人王文統是他的老師，兩人現在都居留在大都，你應該去探望他們。」原來漢人世侯投奔蒙古，都必須以兒子作人質，居留大都。李強急忙答道：「是，孩兒即刻動身。」於是，在王翠湘的陪同下，兩人乘著馬車來到大都。「李壇」拜見了丈人，王文統已年近五十，除了女兒王翠湘之外，膝下尚有一子名王蕘。此時，他見女兒依偎在李強的懷中，心裡已無牽掛，又見李強果然酷似李壇，而且一表人才，風度翩翩，對他深有好感，李強也向前施禮說：「壇兒拜見父親。」王文統見李強溫文有禮，心中更喜，也開懷地說：「壇兒免禮，今後若有疑難，可與我相商。」李強躬身說道：「謝謝父親的關心。」「李壇」與王文統交談甚篤，他十分佩服丈人的博學與精明，沒有一般儒士的迂腐之風。李強也探望了李彥簡，見他年齡與王翠湘相近，交談片刻就離開，夫妻倆在大都逛遊數日之後，就返回益都。

且說李強走後，楊妙真便召集益都將領開會，毛璋迫不及待地問：「將軍已半個月未曾視事，不知何故？」楊妙真嘆氣說：「半個月前，壇兒因坐騎發狂，被摔下馬來，所幸身體無恙，但是記憶卻消失，如今只認得我和媳婦，以及救他的人，其他事都記不起了。今天，他已隨媳婦去大都見丈人，待他回返益都之後，你們要主動向他報到，詳細解說軍隊內的人和事，幫他恢復記憶。」眾將領齊聲應道：「遵命。」楊妙真又介紹馬不群等人，說：「這四位壯士是解救壇兒的恩人，壇兒昏迷醒來之後只認得他們，今後他們四人將協助壇兒辦事。」眾將領應聲道：「是。」次日，楊妙真傳毛璋和潘雲前來，他們一見到「李壇」，即刻報道：「末將毛璋參見將軍。」「末將潘雲參見將軍。」「李壇」答道：「由於身體不適，半個月來無法視事，有勞各位費心。」毛璋說道：「只要將軍身體無礙，一切都會恢復正常。」「李壇」欣喜地說：「好，兩位帶路，我們一起會見眾將領吧！」隨即攜帶馬不群等人前往視事，四人都被委以參將之職，李全舊部中有多名忠心耿耿的將領，如毛璋、田俊、關明、潘雲、馮大勇、沙天等人都是作戰經驗豐富的部下。

這天，「李壇」召集眾將領開會說：「窩闊臺暴斃，蒙古群龍無首，你們對此局面有何看法？」田俊說：「皇妃脫列哥那拒絕執行窩闊臺的遺囑，已經引起各地宗王的不滿。」關明說：「現在各地宗王都各行其是，汗庭形同虛設。」潘雲也說：「據說宗王斡惕赤金的軍隊有異動的跡象。」「李壇」說：「如果蒙古爆發內戰，我們的確需要有所準備。」馮大勇說：「準備是需要，但是，擴充軍隊會令蒙古人生疑，軍隊的給養也會成問題。」「李壇」問道：「要如何既擴充力量，又能克服這些難題？」金不歸說：「不如籌組幫會，先把力量儲藏在幫會內，一旦局勢需要，便可順理成章地轉化為軍隊。」毛璋等人都齊聲贊成，「李壇」便說：「結社難免要集會，集會若無正當名分，恐怕蒙古人也會猜疑。」楊河山說：「我們傳統上有慶祝中秋的集會，不如就組建中秋盟，號召山東各地成立中秋盟組織以積蓄力量。」其他人都贊同，於是，「李壇」說：「既然大家都同意建立中秋盟，就由在座各位組成盟會的核心，如何？」大家都齊聲應道：「好。」金不歸說：「就請將軍擔任山東中秋盟的盟主吧！」「李壇」答道：「既然大家抬愛，我就當仁不讓了。」眾人都一致叫好。中秋盟在全軍將士和山東丐幫的支持下，短短數年內，竟然發展到幾萬人。

＊　＊　＊　＊　＊

且說李強走後一個多月，他相好的侍女小青非常恐懼，一來懷疑自己有了身孕，二來擔憂魯珊會向她報復，想來想去，最後決定向魯珊請罪。這天，她見魯珊在房內梳妝，便敲門入內，魯珊見是小青，隨口問道：「何事來此？」小青隨即跪下，淚流滿面地說：「小青對不起夫人，本該自絕以謝罪，無奈已懷了他的骨肉，請夫人大發慈悲，容我生下孩子之後，才自行了斷。」魯珊微笑著說：「我也沒有怪你，何苦自尋短見？」小青聽後心情才鬆懈了下來，立即叩頭說：「謝謝夫人的慈悲。」魯珊溫和地問道：「有幾個月了？」小青回答說：「快要兩次沒有來事了。」魯珊對她端詳一會，見她的肚皮還沒有異狀，點頭說道：「你不用擔心，我為你找個婆家就沒事了。」小青立即叩謝：「夫人的大恩大德，小青永世不忘。」

過後，魯珊召崔小川來談話，她問道：「小川，你年紀不小了，有對象嗎？」崔小川說：「有是有，但不知道人家的意思如何？」魯珊微笑著問：「是誰？」崔小川低聲說：「小青。」他比小青大兩歲，自從來到牡丹山莊就對她產生暗戀，每次見到她迷人的身材和豔麗的臉龐，都會神魂顛倒，只是礙於李強而不敢啟齒。魯珊認真地說：「好吧，此事由我做主，三天後的初九是吉日，你們就定那天成婚，費用由莊裡支付。」崔小川聽後喜出望外，非常感激地說：「謝謝舵主的恩德。」

魯珊立即飛鷹傳訊給尹志平，兩天後，尹志平來到洛陽的牡丹山莊，他見魯珊孤坐窗前，心中十分內疚，輕喊一聲：「魯珊。」魯珊轉頭叫道：「師傅。」如親人久別重逢似的撲向尹志平，尹志平撫著她的長髮，緩緩地說：「魯珊，是師傅對不起你，讓李強去了山東，使你獨守空閨。」魯珊低著頭說：「師傅，以後你能不能常常來看我？」尹志平安慰她說：「好的，我答應你。」魯珊才抬起頭來，望著尹志平認真地說：「你不能騙我。」尹志平微笑著說：「我怎麼會騙你呢？」然後他也認真地說：「李強此去山東，任重而道遠，對你無法兼顧，希望你能諒解和支持他。」魯珊也含笑地答道：「我省得，只要師傅常來看我就行了。」尹志平為了轉移李強的話題，便對她說：「本門的『北斗七星掌』是空手對敵的絕學，我現在就傳授給你。」說完，帶著魯珊就去後院練武，尹志平見她醉心武學，並沒有因李強的離去而消沉，才放下心來。

次日，在尹志平和魯珊的見證下，崔小川與小青舉行婚禮。一個月後，小青告訴崔小川：「我懷孕了。」崔小川異常驚喜，對小青更是呵護備至，再過七個多月，小青產下一名漂亮的女嬰，崔小川如獲至寶，因為愛女是早產兒，起初他頗為擔心，後來見她體重足量，才放下心來，這些都是後話，表過不提。

在中秋盟會上，尹志平宣布說：「李強、楊河山和金不歸已去山東發展，即日起，李翔昆接替楊河山，掌管武關寨，徐春天則接替金不歸，掌管南陽的嘉賓客棧。」他們兩人立即應道：「遵命。」尹志平又對李伯樂說：「你買塊地建造府第，專心培訓弟子，重振銀刀門，來福客棧就由鄭勤接手好了。」李伯樂應道：「是。」

散會後，尹志平陪魯珊回去牡丹山莊，為了讓她專心武學，便把剩餘的十八招擒龍手也傳授給她。尹志平在牡丹山莊的日子，魯珊都十分開心，她嘴巴上稱呼師傅，手腳上卻毫無忌諱，尹志平則見怪不怪，任之由之。

自從來到牡丹山莊，魯珊便收了四名徒弟，除了最年幼的是新人之外，其他三人都是陪嫁過來的侍女，她們分別取名為黑牡丹、白牡丹、紅牡丹和黃牡丹，在魯珊的悉心教導下，四人的武功都有很好的根底，尹志平對魯珊說：「關山月、張勇和林敢都已到婚配之年，是否介紹你的牡丹徒弟給他們？」魯珊聞言，拍手笑道：「如此甚好，至於誰配誰，必須由我安排。」尹志平說：「好吧，就讓他們碰運氣好了，明年我就帶他們前來相親。」

果然一年後，尹志平帶了張勇、林敢和關山月前來，魯珊對他們說：「我的三名女徒弟名叫紅牡丹、白牡丹和黑牡丹。」她頓了一下，指著幾上的盤子說：「在你們面前的盤子裡，有紅白黑三朵牡丹花，各代表她們，你們閉目自選一朵之後，必須終生為伴，不得有悔。」說完，以布綁住三人的眼睛，再將盤裡的牡丹花重新擺設，然後說：「好了，開始！」

魯珊見他們都已照辦，便說：「現在你們可以開啟遮眼布，看看自己的選擇了。」結果關山月拿到紅牡丹，其他兩人都拿到白牡丹。魯珊向房內喊道：「紅牡丹，出來吧！」只見一名少女緩緩走來，她的髮髻上插著一朵紅色的牡丹花，魯珊轉頭對關山月說：「她就是紅牡丹，你帶她出去吧！」

張勇和林敢齊聲問道：「我們都摸到白牡丹，怎麼辦？」魯珊說：「白牡丹只有一個，既然你們兩人都選她，現在只好由她來選你們了。」說完，她在大廳中間放了一根竹竿為界，安排張勇和林敢分立竹竿的左右，然後才進去把白牡丹帶出來，只見白牡丹身著白衣白裙，頭茬白色的牡丹花，以布綁住眼睛，手裡拿著一粒繡球，魯珊讓她站在竹竿的一端，然後對白牡丹說：「現在你左右各有一人，你的繡球丟向哪一邊，就得嫁給那邊的男人。」她頓了一下，喊道：「開始！」結果是林敢得到了繡球，他拉著白牡丹的手，興奮地走了出去。

張勇顯得很失望，片刻之後，見一名婀娜多姿、全身黑衣黑裙的美貌少女，從房內姍姍地走了出來，他不覺愣住了，魯珊見他魂不守舍，笑道：「還不帶走你的黑牡丹，她改變主意的話，你就什麼也沒有了。」張勇急忙應聲道：「是，謝謝師姐。」他轉身對黑牡丹說：「妹妹，隨我走吧！」黑牡丹說：「慢著，你叫我妹妹，而我該稱呼你什麼？」張勇說：「當然是叫哥哥啦，要麼叫我的名字也行。」黑牡丹詭祕地一笑，說：「好，今後不得向我擺師叔的架子呵，我可不依你。」張勇說：「妹妹，我遵命就是。」說完，拉著黑牡丹的手出門去了。

尹志平見是如此結局，不覺讚道：「魯珊，你真聰明，你的紅線拉得十分微妙，既公平又有趣。」魯珊突感黯然地說：「我給別人公平的紅線，自己卻沒有這個福氣。」尹志平以為她是指與李強的分手，怕引起她的傷心，便顧左右而言他地說：「我們該為他們張羅一下酒席，好好地慶祝一番。」魯珊說：「已經安排好了。」晚宴設在大廳，林義勝與崔小川各帶妻子赴宴，林義勝的妻子是崔小川的妹妹崔小倩，崔小川的妻子則是小青，只見她懷抱一名已滿週歲的女嬰，尹志平趨前問道：「小孩叫什麼名？」小青回答道：「小名望卿。」尹志平端詳了一陣子，若有所思，隨即從懷中取出十兩銀子給小青說：「代我買件衣服給她穿。」小青感激地說：「謝謝盟主對小女的關愛。」魯珊在宴會上介紹三名新娘的原名，原來黑牡丹名叫毛英，白牡丹名叫白虹，紅牡丹名叫洪巧妹。

三名牡丹走了，只留下年僅十一歲的黃牡丹，牡丹山莊顯得比平時安靜許多，這天晚上，尹志平與魯珊在房內喝酒聊天，也不知喝了多少杯，兩人的臉都是紅通通的，他們一邊喝，一邊無所不談，談到牡丹們的相親趣事，彼此都哈哈大笑，談到當年東來中土的經歷，魯珊回味無窮地說：「師傅，我想和你繼續同車而臥，同蓋一張被。」尹志平笑道：「這怎麼行？」魯珊說：「既然以前可以，現在為什麼要如此見外。」尹志平說：「此一時彼一時，不可同日而語。」魯珊辯白地說：「我沒有變，我的名字也沒有變，我還是我。」尹志平半醉似的舉起酒杯，指著魯珊說：「你喝醉了，以前你只是個小妹妹。」魯珊帶著醉意，嗔著嘴大聲地說：「我沒有醉，我還是比你小，還是你的小妹妹。」尹志平大笑著說：「君子不欺暗室，你可是李強的妻子。」魯珊一口喝下整杯酒，激動地說：「現在，他可是別人的丈夫。憑什麼要我守活寡？」說完嗚咽而泣，從懷中取出李強的休書，遞給尹志平看。

尹志平讀後大驚，問道：「你們之間，發生了什麼事？」魯珊哭著撲在尹志平的懷裡，說：「什麼事都沒有發生，我們只是掛名夫妻而已。」尹志平沉思不語，心想：「他們結婚至今已六年了，結局竟然是如此。」他站起來為魯珊添滿了酒，說：「來，我們繼續乾杯吧！」魯珊一飲而盡，幽幽地說：「師傅，自從察哈臺將我賞賜予你，我可就是你的人了，是要跟你一輩子的，你可以納強曉芳為妾，為何卻讓我嫁給李強？」尹志平臉上現出痛苦的表情，沉默不語，魯珊哀傷地說：「我知道你很為難，我不怪你，只怪自己命苦。」說完又在尹志平的懷裡抽泣，尹志平也將手裡的酒一飲而盡，安慰她說：「魯珊，別哭了，師傅答應照顧你一輩子。」魯珊緊緊地抱住他，委屈地說：「以後你可別再離開我。」尹志平也抱著她說：「是我辜負了你，怎麼會再離開你？」魯珊的臉龐上，雖然淚痕未乾，卻已綻放著期待的笑容，尹志平就在她嘴上深深的親吻。兩人雖然以師徒相稱，實際年齡卻相差不大，尹志平今年三十三，魯珊已是二十四。

當晚，兩人就同床共枕，尹志平發覺魯珊還是處女之身，對她的守身如玉，深為感動，他伏在魯珊的身上沉思，魯珊張著迷惑的眼睛問他：「你在想什麼？」尹志平說：「不知何故，我的元陽並沒有外瀉，精神反而更好。」魯珊說：「我也覺得很精神，一點都不累。」尹志平說：「也許是我們的內功同宗同源之故。」魯珊突發奇想地說：「如果我們以交媾的方式修煉內功，是否受益更大？」尹志平說：「我不知道，但試無妨。」其實，尹志平曾經聽甘地說過，吐蕃有一門「陰陽交合」的武功，但是，甘地也只是一知半解。尹志平想到就做，也許是觸類旁通，他竟然在保持交媾的狀態下，把魯珊從床上扶起來，坐在自己的下體上。

只見魯珊的雙掌交扣在尹志平的頸後，雙腿交扣在他的臀後，尹志平的雙掌則交扣在她的腰後。他們沒有擁抱，也沒有接吻，而是摒棄雜念，閉上眼睛練起先天氣功，片刻之後，兩人的丹田開始有熱流滾動，這股熱流透過陰陽交媾之處，在兩人的體內循環流動，周而復始，不知轉了多少周天，他們也不知不覺地睡去。隔天醒來後，都感覺精神飽滿，精力充沛。魯珊微笑地說：「成功了。」尹志平也微笑地說：「若非心意相通，如此練功，必定走火入魔。」其實，兩人都是嗜武若狂，以致荒誕不經。據說陰陽交合之功，源自藏傳武學，如果所練不得其法，卻會弄巧反拙，看官不宜東施效顰。

次日，尹志平宴請洛陽分舵的盟友和丐幫的好友，他向大家宣布：「李強與魯珊在三年前已經解除婚約，今天我正式納魯珊為妾。」崔小川夫婦立即站起來，舉杯說道：「我們祝盟主與舵主相親相愛。」林義勝夫婦接著舉杯祝賀：「我們祝盟主與舵主白頭到老。」魯元明與王從善也舉杯說道：「恭賀盟主夫婦新婚大喜。」尹志平舉杯說道：「謝謝大家的賞光，來，乾杯吧！」此後，師徒兩人情投意合，魯珊對尹志平更加溫柔體貼，服侍得無微不至，奇怪的是她從未懷孕，不過，在神態上，兩人卻顯得更為年輕。

看完光怪陸離的江湖兒女情，讀者不妨冷靜一想，後窩闊臺時代的蒙古帝國，將何去何從？欲知詳情，請看下回分解。

謀事在人，成事在天

話說窩闊臺駕崩，皇妃脫列哥那攝政，這天，察哈臺來汗庭晉見，脫列哥那深知他是窩闊臺的同盟兄弟，便問察哈臺：「失烈門年幼無知，如何繼承汗位？」察哈臺說：「就由皇妃代為攝政可也。」脫列哥那說：「我擔心諸王不服。」察哈臺說：「我是諸王中僅存的長者，只要河中行省交由我治理，我就全力支持皇妃攝政。」雙方達成交易之後，脫列哥那便拒絕執行遺囑，並和寵臣法蒂瑪，奧都剌合蠻組成「三人幫」繼續攝政，由於有察哈臺撐腰，其他宗王都不敢反對，但是，卻乘機自行其是。皇妃的「三人幫」醉心於排除異己，坑害老臣，大規模的對外戰爭，反而平息了下來。

東道宗王斡惕赤金，素來擁兵自重，他見汗位虛懸，不禁心存覬覦。這天，侍衛來報：「察哈臺病逝了！」斡惕赤斤大喜，便以「執行窩闊臺遺囑」為名起兵逼宮。消息傳來震動和林，脫列哥那緊急召開大臣會議，奧都剌合蠻說：「汗庭可西遷以避之。」老臣耶律楚材說：「汗庭乃國之根本，一旦遷移，天下必亂。不如採取緩兵之計，一面急召貴由領軍返回和林，一面與斡惕赤斤在外交上周旋，遲滯其行動。」脫列哥那接受耶律楚材的計策，遣使質問斡惕赤金：「宗王領軍前來，意欲何為？」斡惕赤斤答說：「我要索回被窩闊臺奪去的戶口和領地。」使者說：「皇妃有令，宗王的軍隊必須即刻停止前進，等候答覆。」脫列哥那接獲報告之後，又按耶律楚材的計策，拖延時日，再遣使詢問：「皇妃問宗王，要索回那些土地和戶口？」斡惕赤斤便開列清單交給使者，使者說：「皇妃請宗王在此等候回覆。」如此拖延時日，探馬來報：「貴由的軍隊已經回師，而且接近蒙古本土了！」脫列哥那獲報之後，才遣使答覆：「皇妃已答應宗王的請求，請宗王領兵回返駐地，等待詔書。」斡惕赤斤說：「你告訴皇妃，收到詔書之後，我自然領兵回去。」於是，他繼續就地待命，不久，探馬來報：「貴由大軍已返回蒙古！」斡惕赤斤聽後，仰天長嘆：「我被女人耍了。」他見造反時機已失，便下令撤軍，部下問：「大王，不要等詔書下達嗎？」斡惕赤斤大怒說：「再等下去，只能等死了！」耶律楚材解了汗庭之圍後，沒多久也就病故。

脫列哥那受此驚嚇，心想：「我身子不濟，不宜繼續攝政，貴由是我最疼愛的兒子，應該儘早扶持他繼位，自己才會有保障。」他對貴由說：「失烈門還年幼無知，你就繼承汗位吧！」貴由說：「欽察國的拔都肯定不會支持我，察哈臺又已經去世，忽里勒台大會（蒙古宗王大會）我有何勝算？」脫列哥那說：「看來，你能否繼承汗位，取決於拖雷家族的支持。」貴由說：「不錯，他們的支持是關鍵，祖父留下的十三萬精銳蒙古軍，有十一萬在拖雷家族的手中，而且東道諸王都以他們馬首是瞻。」脫列哥那說：「我們可以漠南的土地交換他們的支持。」於是，她遣使疏通拖雷的遺孀梭魯禾帖尼，果然獲得肯定的答覆。

脫列哥那下詔諸王出席忽里勒台大會，梭魯禾帖尼率領的代表團，首先抵達哈剌和林，脫列哥那熱情地歡迎她說：「感謝妹子的支持。」梭魯禾帖尼說：「嫂子別客氣，我們都是一家人。」彼此親熱一番之後，脫列哥那說：「妹子，貴由繼承汗位，全靠你支持了。」立在她身旁的貴由，以期待的眼神望著梭魯禾帖尼，梭魯禾帖尼回望了一眼，說：「當然，拖雷家族必定支持他繼承汗位。」貴由聽後十分感激地說：「謝謝你的支持。」梭魯禾帖尼微笑地對他說：「我也會為你操辦登基典禮，費用由我們負擔。」貴由見她如此仗義，十分感動地說：「我必定報答你的愛戴。」其實，梭魯禾帖尼也對他心存感激，原來當年，窩闊臺為了吞併拖雷的遺產，下詔梭魯禾帖尼嫁給貴由，幸好貴由沒有強娶她為妻，此事才不了了之。忽里勒台大會上，各宗王一致同意由窩闊臺的子孫繼承汗位。

窩闊臺的次子闊端說：「祖父曾稱讚我很能幹，現在我又攻下了吐蕃，是最有資格繼承汗位。」他母親脫列哥那反對說：「你有病在身，不宜擔負重任，如果健康惡化，就會影響帝國的穩定。」闊端見母親如此說，也就不再強求。老臣鎮海說：「根據窩闊臺的遺囑，理當失烈門繼承汗位。」脫列哥那說：「失烈門年幼無知，如何擔當大任？勉強繼位，就會主弱臣悖，將使帝國分崩離析。」梭魯禾帖尼說：「貴由在『長子西征』中功勳顯赫，出任帝國大汗，可謂實至名歸。」在拖雷家族的強烈支持下，各宗王一致同意貴由繼承汗位，於是，蒙古草原舉行盛大的汗位登基典禮和聯歡會，梭魯禾帖尼表現得十分活躍，她不失時機地向與會者分發禮品，拉近與各地宗王的關係。

* * * *

今年的中秋盟會在野牛溝舉行，靈位上除了太夫人之外，還增添了王老吉和歐陽雄。李伯樂說：「窩闊臺的暴斃，真耐人尋味，這個突變，導致蒙古西征猝然而止，伐宋大軍也全線後退。」李明珠說：「窩闊臺的死，其實另有內情。」便緩緩道地出真相。

原來，成吉思汗占領中亞富庶的河中地區之後，就委派花剌子模國的降臣牙拉瓦赤治理，也允許察哈臺使用該區的草原牧地。窩闊臺繼位後，察哈臺便將勢力擴展至該地區，擅自更換州郡的長官，牙拉瓦赤便上告汗庭說：「啟稟大汗，察哈臺未承汗庭旨意，擅自更換長官。」於是，窩闊臺遣使責問，察哈臺立即覆函說：「大汗明鑑，事因牙拉瓦赤經常作梗，不與我合作，由於考慮不周而輕舉妄動，我願領責罰。」窩闊臺心裡想：「察哈臺是我繼承汗位的第一功臣，何況二哥的為人，本來就魯莽，既然他已承認錯誤，不宜深究。」於是，便將牙拉瓦赤調回汗庭，由其子馬思忽惕伯繼任其職。

牙拉瓦赤來到汗庭，便取代奧都剌合蠻，擔任財政大臣。奧都剌合蠻失卻權位，疑心是受到排擠，便與他的相好法蒂瑪商量，他說：「我已經被解除財政大權了，今後你花錢務必小心。」法蒂瑪說：「皇妃與我情同姐妹，不如設法使她執政，你便能恢復權位了。」於是，兩人合謀行事，奧都剌合蠻若無其事地，天天陪窩闊臺喝酒尋歡，法蒂瑪則暗中在酒裡下亢奮藥，讓他日夜笙歌，狂飲做愛，如此連續七天，窩闊臺就暴斃了。兩人計謀得逞，便扶持皇妃脫列哥那攝政，從而「挾天子以令諸侯」。

李明珠說完內情之後，大家都恍然大悟，高雲接著說：「窩闊臺一死，老臣如鎮海和牙剌瓦赤等都逃出和林，投奔闊端和拔都。」步天涯說：「察哈臺以功臣自居，直接治理河中地區，幸虧不久之後他就病逝，否則，河中就會變成察哈臺的兀魯思了。」李明珠拿出一份公函，說：「自從貴由罷免奧都剌合蠻，重新起用牙剌瓦赤之後，今年的賦稅便增加了一成。」趙塔米說：「牙剌瓦赤確實可惡。」尹志平沉思一會，宣布說：「今年我盟所有的農地收成或商業盈利，都必須打八折來報稅，才不會蒙受損失。」強曉芳說：「對，上有政策，下有對策。」

當天晚上，尹志平招呼李明珠和強曉芳來房裡談話，他把李強的休書拿給李明珠看，李明珠看後驚呆了，尹志平說：「我已經納魯珊為妾，你們可有意見？」當年，李強與魯珊的婚事，固然是李強的一廂情願，另一方面則是李明珠的存心湊合，如今魯珊被遺棄，她心裡難免感到歉疚，又因為自己不能行房，而對尹志平深感抱歉，因此，她欣然接受地說：「這是應該的，強弟已經另有家室，沒有理由讓魯珊獨守空閨，何況她本來就是你未正名的妾侍。如今中秋盟家大業大，魯珊有獨當一面的能力，納她為妾有利我盟的事業。」

自從王老吉去世之後，李明珠都是帶著尹雙月在河西活動，很少住在全真山莊，由於本門功力的日益深厚，對男女之情更日益淡薄，雖然如此，她和尹志平之間，保持著深厚的夫妻情誼，彼此相敬如賓，處理事情都能同心同德。但是，強曉芳的感覺就有所不同，她見身為正室的李明珠如此贊成，也就難於置喙，因此，當尹志平望著她時，她沉重地說：「我無所謂。」好在她有尹秀蘭相伴，失落而不會寂寞，照顧女兒和處理分舵的事務，是夠她忙了，久而久之，也就習以為常。

無獨有偶，益都行省的中秋盟將領，也在議論貴由繼位之事，「李壇」說：「大都傳來消息，貴由已經繼任蒙古大汗，不知各位對此有何看法？」關明說：「許多老臣宿將，紛紛投訴被『三人幫』所迫害，貴由必定會借平反來立威。」毛璋說：「貴由雖然是皇妃所推舉的人選，但是，他性格倔傲，是不會唯母命是從。」楊河山說：「宗王斡惕赤斤曾經起兵逼宮，意圖謀反，貴由肯定不會善罷甘休。」沙天說：「貴由與拔都也存有宿怨，在蒙古西征時，只因身為統帥的拔都，在宴會上先飲了兩杯酒，貴由便出口辱罵他是長鬍鬚的女人，還要拿棍子打他，拔都就此事向窩闊臺告狀，貴由受到乃父嚴責之後，對拔都懷恨在心，從此，兩人的關係十分惡劣，拔都甚至不出席他的登基典禮。」「李壇」說道：「如此說來，他們之間，恐怕會發生衝突？」馮大勇說：「衝突是在所難免。」「李壇」說道：「若是如此，蒙古帝國就有可能爆發內戰了。」潘雲說：「拔都與貴由的衝突，屬於個人恩怨，相信他不敢明火執仗，而會出其不意，突然下手。」楊河山說：「貴由已經任命晏吉只歹統領西征的蒙古軍，大臣鎮海則隨軍治理被征服的地區。如果貴由再領軍西進，拔都就腹背受敵了。」金不歸說：「拖雷家族是實力最為強大的一方，又長期與拔都家族保持良好的關係，如果他們支持拔都的話，貴由也同樣會腹背受敵。」「李璮」憂慮地說：「漠南是拖雷家族的地盤，若他們支持拔都而與汗庭發生衝突，我們恐怕也難於獨善其身。」此時，楊妙真已經逝世，益都行省是「李璮」獨當一面。

＊　＊　＊　＊　＊

且說貴由繼位，他為人不苟言笑，睚眥必報，而且要求別人對他必須絕對服從，否則，必定遭受懲罰。登基之後，貴由在忽里勒台會議上說：「斡惕赤斤率領軍隊逼宮，意圖謀反，該當何罪？」諸王說：「死罪。」於是，貴由下令誅殺在場的斡惕赤斤，然後又下令說：「各宗王必須在限期內，收回妄自散發的詔書和令牌，過期若被發現，必將論罪。」貴由見唯有拖雷家族沒有違反「扎撒」，於是，便藉機實踐諾言，他宣布說：「梭魯禾帖尼是遵守蒙古『扎撒』的模範，今後，漠南屬地就交由拖雷家族治理。」實際上，這裡一直都在拖雷家族的管轄之下，貴由只是賣個順水人情。梭魯禾帖尼一面籠絡貴由，獲取回報，同時，在暗地裡，她也加強與拔都的聯繫，為遠離汗庭的他提供情報，使拔都對她感激涕零。

察哈臺之子也速蒙哥與貴由是鐵桿哥兒，在「長子西征」中兩人交情深厚，貴由登基時，還是由他扶上座。這天，貴由宴請也速蒙哥喝酒，見他心事重重似的，便問道：「老弟，何事悶悶不樂？」也速蒙哥說：「根據我蒙古『扎撒』，父位子承，但是，我父的兀魯思卻是由我的姪兒繼承，對我甚為不公。」貴由想起窩闊臺將汗位傳給姪兒失烈門，不禁產生共鳴地說：「對，你姪兒哈剌旭烈兀的王位是非法的，我這就下詔委任你取代他的王位。」也速蒙哥領旨而去。

不久後，傳來闊端病逝的消息，報訊的使者遞給貴由一封闊端的遺書，信中說：「汗兄，上次法蒂瑪託母親交給我的藥，說是可以治好病，不想吃後病情惡化，弟若因此身亡，請汗兄為我報仇。」貴由閱畢大怒，遂命人逮捕法蒂瑪，皇妃脫列哥那拒絕交人，貴由幾次派人去緝拿，都不得要領，於是，他直接下詔給脫列哥那說：「法蒂瑪毒害闊端，人證物證俱在，母親務必交人，否則會被牽連。」脫列哥那接到詔書，深知此事非同小可，只好割愛，法蒂瑪立即被貴由處死。

貴由所不知道的是，法蒂瑪既然曾經向拖雷、窩闊臺、闊端等人使毒，難道會放過他和脫列哥那嗎？如今她被處死，就等於斷了續命的藥物，貴由的日子還會長嗎？至少，毒癮最深的脫列哥那將先走一步了。果然，不久之後，脫列哥那病逝，而貴由的身子則日漸虛弱。由於拔都之事，尚未了斷，他始終耿耿於懷。

次年的春天，貴由藉口養病，下詔說：「葉密立的空氣和水土適合本汗養病，明日發兵十萬，隨本汗西巡。」梭魯禾帖尼立即遣使欽察汗拔都，密報說：「貴由正率領十萬大軍西進，唯恐來者不善，你們要做好應戰的準備。」於是，拔都打起朝覲大汗的旗號，也率領十萬大軍東去，不料到達阿剌合馬黑時，探馬來報：「大汗西巡途中，在橫相乙兒病逝。」一場草原大戰就此胎死腹中。

皇后海米失在葉密立舉哀，同時，遣使向各宗王通報貴由的死訊。梭魯禾帖尼派人慰問，並按蒙古禮俗贈送她衣服和帽子，拔都也派人來慰問，說：「請皇后節哀順變，過渡時期權且攝政，以維持帝國的穩定。」海迷失聽後，幻想著模仿家婆脫列哥那，執掌帝國之大權，於是，她對三個兒子忽察，腦忽與禾忽說：「依照你祖母的前例，先由我攝政五年，才交由你們繼位。」腦忽說：「我不贊同，父位子承是我蒙古扎撒的律令，不得更改。」海迷失說：「在新汗登位之前，你們必須服從我攝政的地位。」此後，海迷失只熱衷於搜刮財物，整日與薩滿閉門作法，驅鬼弄神。大臣見無法與她謀面，只好徵詢其子，腦忽對他們說：

「母後沉迷巫術，不理政務，今後直接來向我請示好了。」於是，便在海迷失的斡耳朵（駐牧地），紮營發令，他的弟弟也依樣畫葫蘆，設帳辦公，結果令出多門。

＊　＊　＊　＊

這天，鐵劍山莊來了一名不速之客，莊丁進來報告說：「有一名宋國來的漢子說要見少莊主。」劉世光說：「帶他進來吧！」那名宋人見到劉世光就行了個軍禮，微笑地說：「劉老鄉，別來無恙吧！」

劉世光驚喜地說：「劉兄，什麼風把你吹過來？」原來是孟珙的參將劉整，由於鄉情的關係，在襄樊作戰的那段日子裡，他和劉世光頗為投契。劉整遞上一封信說：「孟珙將軍已經病故，這是他留給你的遺書。」劉世光驚愕地問：「孟將軍是何時去世？」劉整說：「半年前。」劉世光嘆道：「將軍是不可多得的將才，卻英年早逝，太可惜了。」他開啟孟珙的遺書來看，只見信中寫道：「劉兄弟，余玠將軍對你的卓絕武功十分讚賞，要我推薦你協助他，驅逐四川的蒙古兵，以收復宋國的故土，你若願意，可憑此信，隨劉整去見余玠將軍可也。」落款人為孟珙。劉世光看完信後，心中蠢蠢欲動，葉素素也暗自歡喜。

幾天後，夫婦倆再次離家，跟隨劉整前往四川重慶，不巧余玠已逆江而上，收復四川的失地，如今坐鎮成都。余玠見他們夫婦到來，十分高興地說：「能得兩位俠士前來相助，我大宋光復失土有望了。」劉世光謙虛地說：「運籌帷幄盡在將軍，小民一介武夫，但有差遣，必當全力以赴。」於是，三人就在余玠軍中當差，劉整被派去駐守川東，夫婦倆在成都待了半年，雖然，也隨軍收復四川全境，但是，幾乎都是蒙古軍主動放棄陣地，而無交手的機會，令劉世光甚為苦惱。葉素素見他愁眉不展，便安慰說：「大戰也許就在後頭。」

這天，突然有探子來報：「稟將軍，有消息說：蒙古大汗在西征拔都的途中病逝。」余玠聽後大喜，遂命令道：「再探。」余玠對劉世光說：「如果消息屬實，真是天賜良機，我們可以北伐以收復關中了。」劉世光聽後精神大振，數日後，探馬回報：「消息屬實。」余玠經過幾個月的戰前準備後，便率領十萬大軍北上出川，結果三戰三捷，劉世光連續得到三次的滿瀉，不但他的枯木神功，一次強過一次，葉素素的內力也因此空前提升，受益匪淺。劉世光對葉素素說：「只要再戰一次，我的枯木神功便可進入化境。」葉素素雖然欣喜，卻不敢與他親熱，而是勉勵他說：「師兄的皮膚已呈暗褐色，只需一戰，大功即可告成。」

次日，劉世光率領宋軍挑戰，蒙古守將夾谷龍古卻堅守不出，於是，劉世光命令士兵以雲梯攻城，但是，許多雲梯都被蒙古兵撬翻落地，攀爬的宋兵死傷慘重，唯獨他和葉素素兩人，以絕頂輕功躍上城堆。葉素素持劍殺敵，劉世光則施展「枯木逢春」的擒龍手，見人就抓，有人向他射箭，箭頭都是貼身而過，也有人持刀砍他，刀身反被他緊緊吸住。蒙古兵見狀，紛紛逃避，劉世光大笑著狂追，城牆上盡是虛脫昏倒的兵士，少說也有幾百人。此時，他的雙手正抓住兩名蒙古兵，右手那個兵士即刻軟了下去，左手的兵士卻掙脫而去，正當他感到奇怪之時，突然背上一痛，原來他右手所抓的蒙古兵，剛才只是被嚇得腳軟，當他見到同伴逃脫，也壯膽舉刀來砍，竟然得逞。葉素素發現劉世光血流浹背，大驚失色，便轉身前來救援。劉世光這才發覺，體內所吸的真力已經飽和，雖然，枯木神功暫時失效，他的幽浮神功卻不受影響，於是，劉世光立即浮游空中，使追殺他的蒙古兵奈何不得，反而被來援的葉素素一劍穿心，了結了性命。接著，兩人立即展開輕功身法，躍牆而去。

回到宋營後，余玠見劉世光受傷，急忙命人為他清理和包紮傷口。劉世光非常疲倦地回房歇息，葉素素見他已沉沉入睡，就不去干擾他。劉世光在營內養傷十天，傷口才復原，與此同時，他的膚色也逐漸轉變，從受傷時的潤白色逐漸轉變成褐色，他大嘆一聲：「功虧一簣。」葉素素安慰他說：「謀事在人，成事在天。一切順其自然，不必強求。」幾天後，探馬來報：「蒙古援軍大批前來。」余玠因久攻不克，擔心糧草不濟，反被蒙古軍所乘，於是便班師回蜀。劉世光雖然沒有實現功力提升的願望，卻聽葉素素說：「我懷孕了。」這意外的喜訊，頗令他感到安慰，總算這趟是沒有白來。劉世光便向余玠告辭說：「內人身子有孕，不便久留，特此向大帥辭行。」余玠祝賀說：「恭喜劉兄弟。」然後，送給劉世光一筆盤纏。次年，葉素素生下一子，取名劉顯祖。此後，余玠又相繼逝世，劉世光再也沒有助宋抗蒙了，而貴由的死，蒙古帝國又將何去何從？請看下回分解。

登汗位，黨同伐異　滅大理，功高蓋主

且說貴由病逝，欽察汗拔都立即召集家族與將領開會，他說：「貴由去世，汗位誰屬，你們有何看法？」弟弟別兒哥說：「我們擁有廣袤的土地和強大的騎兵，大哥又是成吉思汗後人中的長者，而且功勳彪炳，爭奪汗位，非大哥莫屬。」大將不花帖木兒說：「我們欽察與汗庭之間隔著窩闊臺的勢力，南部又有世仇察哈臺的勢力，一旦他們不服，聯合起來對抗，則大王在汗庭就有性命之憂，兀魯思也有被圍剿之危。」拔都讚道：「你分析得很好，繼承汗位對我有弊無利，何況我們家族的血統向來被質疑，肯定無法服眾。」別兒哥說：「貴由起兵西征，意在討伐欽察，即使我們不角逐汗位，也不能以德報怨，必須阻止窩闊臺家族繼續掌權。」不花帖木兒說：「察哈臺與欽察的世仇難解，也速蒙哥又是貴由扶上臺，如果由他當大汗，也會對我們不利。」拔都說：「既然如此，眼下最好的選擇，就是推舉拖雷家族繼承汗位。」別兒哥說：「對，拖雷家族長期與欽察交好，雙方是內親加外親的關係，只有他們掌權，才能維護欽察的利益。」大家齊聲說道：「好，我們全力支持拖雷的後人！」於是，拔都發函各地宗王，邀請他們前來欽察出席忽里勒台大會，以討論汗位繼承之事。

梭魯禾帖尼閱畢拔都的來函，便遣使欽察以試探他的意願，她的使者對拔都說：「我們王妃問大王，是否有意繼承汗位？」拔都笑著說：「我欽察遠離和林，鞭長莫及，無意競選汗位。」使者又問：「不知大王可有屬意的人選？」拔都說：「你們王妃與我母親是直親姐妹，只要是拖雷家族的人選，我們都會支持。」梭魯禾帖尼見兒子都已長大成人，長子蒙哥已經四十三歲，當她得知拔都無意染指，又願意支持其家族競選，便決定由蒙哥角逐汗位。

拔都所召開的忽里勒台大會，察哈臺汗也速蒙哥，貴由的遺孀海迷失和窩闊臺系的其他宗王都拒絕出席，只派其那顏（侍臣）作代表。貴由的兒子忽察和腦忽，早在會前就已經到達，但是，當他們知道拔都的立場後，便藉口說：「我們身體不適，必須依照薩滿的勸告，回返兀魯思（領地），請你見諒。」唯獨蒙哥率領本族龐大的代表團，攜同東道諸王出席會議，而且還向與會的代表大發禮品。

在「長子西征」中，拔都與蒙哥私交甚篤，此時，見他如此捧場，十分欣喜，便私下與部屬商議：「蒙哥在西征時，為欽察國開疆拓土，立下汗馬功勞，我們應該推舉他為汗位的繼承人。」別兒哥說：「對，只有這樣，才能保障我們的權益。」而此時，與會的各地宗王和代表，卻對人選各據其詞，莫衷一是。於是，拔都宣布說：「我和家族將不參選大汗之位。」眾人聽後，鬆了一口氣，忽必烈站起來說道：「為公平起見，就由不參選的拔都，提名汗位的繼承人。」眾人一致同意。

於是，拔都宣布說：「蒙哥曾在三峰山戰役中，大敗金國軍隊，又在『長子西征』中，活捉欽察部的首領八赤蠻，戰功赫赫，因此，我們推舉他繼任帝國的大汗。」窩闊臺系的代表立即反對，拔都問道：「那麼，你們要推舉誰呢？」他們私下談來談去，無法提出一個可以比美蒙哥的人選，最後推舉海迷失的代表巴剌發言，巴剌說：「窩闊臺遺囑中的繼承人失烈門還健在，你們怎麼可以推舉蒙哥繼承汗位？」忽必烈立即反駁：「既然窩闊臺遺命失烈門繼承汗位，為何你們卻推舉貴由繼任？你們都不執行遺囑，還有何臉面舊事重提？」巴剌無言以對，黯然坐下。

於是，拔都率領家族與東道諸王解開腰帶，脫下帽子，跪下來向蒙哥高呼大汗。察哈臺的代表則抗議說：「只有在蒙古的斡難河或者怯綠連河，召開的忽里勒台大會，才能登基為大汗，這裡不能算數。」說完，窩闊臺與察哈臺的代表紛紛離去，拔都見狀，十分惱怒，不花帖木兒說：「大王，蒙哥與族人回返哈剌和林，必須經過窩闊臺的兀魯思，恐怕他們會趁此機會加害蒙哥。」拔都說：「對，要防患於未然，你和別兒哥率領十萬大軍護送蒙哥家族回去，並且為蒙哥的登基助威。」拔都大軍的聲勢，一路上震懾草原各部落。但是，窩闊臺與察哈臺系，始終以各種理由，推卸召開忽里勒台會議，如此拖延了一年多，拔都指示別兒哥說：「不管他們要不要出席，定下會期，扶持蒙哥繼位。」梭魯禾帖尼隨即發函召開忽里勒台大會，她一面向各地宗王派送禮物，一面提醒各人說：「不出席忽里勒台大會，將違反『扎撒』的律令，缺席者必須自負後果。」

在恩威並施之下，第二次忽里勒台大會終於在蒙古本土召開，蒙哥在拔都家族強烈的支持下，登上帝國的汗位。汗庭舉行歷來最盛大的狂歡宴會，主辦盛會的忽必烈，突然接獲密報：「窩闊臺與察哈臺的後人圖謀不軌。」原來他的一名鷹夫康裡人克薛傑，由於追尋失蹤的駱駝，在路上發現一隊車馬，浩浩蕩蕩的前來出席盛會，其中有一輛車的輪子因發生故障，而使車隊停了下來，他便前去問車伕：「你們是哪裡來的？」車伕是名稚嫩的少年人，他說：「我們是腦忽和也孫脫的車隊，我這輛車的輪子壞了，你會修理嗎？」克薛傑說：「沒問題，你去休息吧，我來幫你修理。」他藉修理輪子之便，檢查車裡的物事，發現車廂的禮品下面全是武器。於是，便說：「我需要回去拿工具來修理。」車伕說：「你可要快去快來呵。」克薛傑趕緊報告忽必烈，忽必烈便與蒙哥商議，蒙哥說：「你部署伏兵在我的帳外，同時，派旭烈兀和芒哥撒兒前去圍捕那隊車馬。」

黃昏時分，闊出的兒子失烈門，貴由的兒子腦忽和察哈臺的孫子也孫脫相攜而來，忽必烈不動聲色地迎上去，說：「大汗有令，覲見者必須先驗身方可入內。」三人聞說，臉色突變，失烈門憤然說道：「我們和你同是宗王，豈可受此侮辱。」說完就要離開，忽必烈一聲令下，三人立即被潛伏四周的衛士所俘虜，結果，從他們身上搜出了武器，與此同時，旭烈兀派人來報：「馬車裡的所有武器，已經被收繳，隨從的將士也都被逮捕。」由於鐵證如山，蒙哥遂召集忽里勒台大會，宣布說：「腦忽，失烈門，也孫脫三人意圖謀反，應該如何處置？」東道宗王塔察兒說：「根據『扎撒』的律令，叛逆者人人得而屠之。」於是，蒙哥下令道：「立即處死貴由之子腦忽，失烈門充軍漢地，也孫脫則交由拔都處置。」

與此同時，為了防備窩闊臺與察哈臺系發動叛變，蒙哥下令道：「布連吉德率領十萬大軍前往按臺山，兀魯塔黑等地駐防，布花率領兩萬軍隊駐守吉利吉思和謙謙州，嚴密監視也速蒙哥，不里和貴由的兒子忽察。」接著，蒙哥又下詔：「即日起，芒哥撒兒為帝國的大斷事官，負責中央政府的日常事務，與監管諸王的封地。孛魯合為『大必闍赤』，負責發號施令，內外聞奏，官職授銜，課賦營收等。」此外，還任命牙剌瓦赤、不只兒、斡魯布等人出任燕京等處的行尚書省職。

在大汗帳內，蒙哥與他的三個弟弟密商，他說：「當年我父喝了窩闊臺的『洗病水』而橫死，此仇豈可不報？」忽必烈說：「我父被害身亡，窩闊臺就迫不及待地違背祖父的詔敕，搶走我們在速勒都思部的家傳領地，將土地和三千戶人馬賞賜給他的兒子闊端，此恨難消。」旭烈兀也說：「當年窩闊臺還迫害母親，要她改嫁給貴由，若非母親堅持必須等我們長大，此事才不了了之，否則，我父留下的遺產就會被其侵吞了。」蒙哥說：「窩闊臺如此虧待我們，他的後人還百般阻擾我繼承汗位，是可忍孰不可忍。」

新仇舊恨，使蒙哥決心清洗窩闊臺的家族，於是，他下令展開大逮捕，共有七十七名企圖反叛的宗親和將領被逮捕，蒙哥問審判官芒哥撒兒：「這些人企圖謀反，該當何罪？」芒哥撒兒說：「死罪。」此時，下人來報：「貴由的妻子海迷失帶到。」蒙哥對海迷失破口大罵：「你這個比母狗還卑賤的女人，竟然妄想學脫列哥那。」芒哥撒兒哈哈大笑，說：「母狗是不應該穿衣服的。」海迷失哀求道：「我畢竟是個皇后啊，我的身體是除了君王之外，別人是不能看的。」芒哥撒兒大笑地下令：「脫光她的衣服，把她的雙手縫在革囊裡帶來受審。」結果海迷失和失烈門的母親哈突黑塔失被判死罪，兩人都被裹以毛毯，沉水而死。

接著，下人喊道：「闊兒合孫和不里帶到！」闊兒合孫是大將晏吉只歹的兒子，不里是察哈臺的長子，兩人曾在「長子西征」中侮辱拔都，蒙哥為了報答拔都的扶持，便藉機逮捕兩人來當禮物，他說：「把這兩人交給拔都處置。」兩人移交之後，就被拔都處死。

貴由的死黨也速蒙哥也難逃死劫，蒙哥下詔說：「也速蒙哥非法奪位，賜死。同時，恢復哈剌旭烈兀的王位，重新掌管察哈臺汗國。」怎料在回返兀魯思的途中，哈拉旭烈兀不幸病死，他的妻子兀魯忽乃憑藉詔書，下令隨從處死也速蒙哥，扶持其幼子木八剌沙為王，自己則代為攝政。

在黨同伐異之下，窩闊臺的兀魯思被撕得四分五裂，劃分成六個小國，由效忠蒙哥的窩闊臺後人合丹、滅里、脫脫、海都等治理。海都被封在海押立，脫脫被封在葉密立，合丹和滅里則封在也兒的石河流域，闊端家族由於沒有捲入汗位的爭奪，其河西領地則維持不變。至此，蒙哥憑藉拖雷家族雄厚的財富和強大的軍力，在蒙古帝國建立起空前的鐵腕統治，各地宗王無不戰戰兢兢，唯命是從。蒙哥戰功彪炳，繼承汗位無可厚非，在政治上，他表現得「剛明雄毅」，但是，軍事上卻剛愎自用，最終自食其果，這是後話。

蒙哥殘酷無情地鞏固汗位之後，決定按照「新汗繼位，發動戰爭」的傳統來樹立威權，於是，他召集三名弟弟前來，問道：「我們蒙古軍隊天生是來打仗的，現在我們進攻的目標在哪裡？」旭烈兀說：「前花剌子模國的地區叛亂不斷，我駐軍時常受到攻擊，因此，進攻的目標應該放在哪裡。」蒙哥說道：「好，你率領大軍西征花剌子模地區，同時攜詔書處死晏吉只歹、大臣鎮海與合達曲連等人，以絕後患。」旭烈兀即刻應道：「遵命！」此後，旭烈兀大軍橫掃中亞與西亞，就此表過不提。

蒙哥轉向忽必烈問道：「二弟，你的目標在哪裡？」忽必烈毫不猶豫地說：「消滅宋國。」蒙哥心想：「滅宋的功績非我莫屬，豈可讓給你？」於是說道：「當年爺爺臨終之前，已定下大迂迴的策略，要我們子孫在最後才消滅宋國，祖宗遺命還須遵守。自從夏國與金國被消滅，吐蕃被吞併之後，現在只剩下大理國與宋國接壤，我們必須先消滅大理國，才能發動消滅宋國的戰爭。」忽必烈連連點頭，說道：「大哥英明，就由我領軍討伐大理國吧！」蒙哥遂說道：「好，即日起，阿里不哥鎮守和林，二弟統領漢南十萬大軍，南下攻打大理國。」忽必烈立即應道：「遵命！」

此時，忽必烈已經駐牧金蓮川，擁有大批漢人的文臣武將，他讓幕僚留下來治理漢南，只帶謀臣姚樞隨軍從徵，忽必烈問他：「大理國有多大？」姚樞說：「大理國位居宋國西南，離此數以千里計，其疆域除雲南之外，還覆蓋四川西南，貴州西北，以及中南半島北部。」忽必烈再問道：「其國情如何？」姚樞說：「大理國王名叫段興智，以儒法治國，國民皆禮佛燒香，與世無爭，國內部族都是依山結寨，由蠻主管轄。」忽必烈問道：「進攻大理國，應走那條路線為佳？」姚樞說：「通過四川是直入大理國的捷徑，但是，宋國控制著四川的大部分割槽域，而且與大理國長期通好，何況大汗明令不得伐宋，因此，此路肯定行不通。如今，只能繞道吐蕃東部進入大理，此路線雖然比較長，且高寒艱苦，但是，卻甚具隱蔽性，能收攻其不備的效果。」忽必烈聽後大喜，說道：「就走這條路線吧！」

六盤山下，十萬大軍旌旗朧朧，在舉行殺馬祭旗的誓師儀式之後，浩浩蕩蕩地向南開去，沿途渡黃河，出六盤山，來到松潘草原，忽必烈下令說：「將輜重留在滿陀城，全軍輕裝疾進，同時，分兵三路，左路以兀良哈臺（速不臺之子）為先鋒，右路為諸王抄合，也只裡等人的部隊，中路為主力軍。」川藏邊區的藏族首領見大軍到來，紛紛投誠，忽必烈便留下隨軍的蕃僧治理藏區，大軍則繼續南征。在穿越雪山草地時，無數馬匹因飢寒交迫而死，部分軍隊不得不徒步跋涉，橫斷山脈的山路崎嶇險峻，高山深谷不計其數，但是，蒙古軍仍然不畏艱苦，不計犧牲，強越大渡河與金沙江，才進入大理國，至此，全部行程整整花了一年的時間。

姚樞對忽必烈說：「大王，不如先在此地休整，讓兵士養精蓄銳，開戰後才能勇猛作戰，同時，利用休整期間，派遣使者前去說降和探查虛實。」忽必烈點頭同意，便派玉律術，王君侯和王鑑三人擔任使者，三人帶領隨從來到羊苴咩城，隨從留在城外等候，三人則相攜入城，晉見大理國君，王君侯對段興智說：「我蒙古帝國的大軍不日將至，爾等務必儘速歸降，接受冊封，每年進貢財物和婦女，否則兵戎相見，大理國必將生靈塗炭。」由於大理國偏安閉塞，段興智對蒙古帝國所知有限，聽後拂袖而去，大理權臣高祥大怒說：「大膽，在我王面前，竟敢口出狂言，來人呵，將此三人斬首示眾！」在城外等候的隨從，見使者被殺，趕忙逃回去報告忽必烈，忽必烈大怒道：「兩國交兵，不殺來使，大膽昏君，欺我太甚！」

三百年來大理國過著和平安逸的日子，怎料到天降神兵，結果，在蒙古士兵強悍的攻擊下，各地的山寨蠻主如：棱火脫因、塔裡馬、麥良等幾無還手之力，紛紛投降。蒙古大軍一路攻山拔寨，直抵羊苴咩城。大理國主段興智問權臣高祥：「蒙古軍突如其來，包圍了都城，如何是好？」高祥說：「蒙古國勞師遠征，到達這裡已是強弩之末，不如乘機殺將過去，以挫其銳。」段興智說：「好，你與高和領兵出戰吧！」大理軍隊以步兵為主，而忽必烈卻是驃悍的鐵騎和大批神箭手，在一陣箭雨過後，大理兵死傷慘重，緊接著是蒙古騎兵的一陣衝殺，大理兵全線潰敗，高祥兄弟逃入城中之後，立即下命：「緊閉城門，不得應戰。」

然而，蒙古軍並沒有就此罷休，而是繼續展開猛烈的攻城戰，當天夜裡就破城而入，段興智率領親屬和隨從倉惶外逃，高祥兄弟則逃往姚州，在忽必烈的窮追不捨之下，兩兄弟終於被蒙將霸都魯所擒獲，隨即斬首示罪。忽必烈憤恨地說：「大理國公然殺我使者，城內百姓，女的為侍，男的為奴，老弱病殘者一律殺光，把財物搬走之後，放火燒城。」姚樞聽後，勸說道：「大王息怒，大理國歷史悠久，古蹟價值連城，與其毀城屠民，不如占而有之，派兵鎮守，則我蒙古疆土就更為廣大，稅收更為豐厚，將來消滅宋國，還需要由此出兵，因此，不宜殺雞取卵，何況殺害使節的凶手已經伏誅。」忽必烈聽後，點頭說道：「對，必須占領下來，才不虛此行。」於是下令「止殺」。

此時，段興智率領親隨一路逃到滇池的押赤城，才舒了一口氣。滇池的月色是如此柔和，湖水波瀾不驚，卻有一對父子在交談，頭紮儒巾的少年問道：「父親，大伯不是懂得『六脈神劍』嗎？為何不施展殺敵？」中年人答道：「譽兒，武功只是匹夫之勇，『六脈神劍』耗神費力，一次只能殺一個人，而蒙古軍卻是萬箭齊發，如此對抗，必死無疑。」此時段興智走了過來，中年人問道：「王兄，今後如何是好？」段興智悲哀地說：「國破家亡已成定局，夫復何言？只怪我養尊偏安，醉心武學，不振軍務，才有今日的下場。」中年人說道：「不如就在此地隱居吧！」段興智說：「淳弟，你們隱得了，我卻難於藏身，誰不知道我是大理國君？為兄打算向蒙古人請降，然後落髮為僧。」名叫段淳的中年人說：「既然如此，我先帶家眷前往宋國避難，等風平浪靜再回來。」

段淳一行走後，兀良哈臺的兒子阿術率領一支精兵，神不知鬼不覺地潛入押赤城，俘虜段興智，段興智請求面見忽必烈以進獻國寶，兀良哈臺遂命令阿術駐軍城中，然後，率領其餘軍隊押解段興智去大理，段興智對忽必烈說：「罪臣無知，請大王海涵，我願獻上大理國的戶簿和疆域圖以贖罪，並請求允許我落髮為僧。」忽必烈大喜，在段興智的引導下，蒙古軍風捲殘雪似地占領大理全境，大理國也就此滅亡。忽必烈命令兀良哈臺留下戍守大理，劉時中任大理宣撫司，然後，派人護送段興智去覲見蒙哥大汗，段興智除了獲封虛銜之外，還允許保留皇家住宅和大片土地。忽必烈則率領兩萬軍隊返回金蓮川，此次出征，由於長途跋涉，忽必烈不但得了足疾，他所率領的十萬遠征軍也死傷過半。

這年秋天，蒙哥在蒙古中部的草原大宴諸王將帥，與會眾人聞說忽必烈消滅了大理國，難免對他歌功頌德，宴會結束前，成吉思汗的女婿帖裡該問道：「南家思（宋國）離我們這麼近，又與我們為敵，為何置之不理，不出兵征討？」蒙哥信心滿滿地說：「我會的，祖輩胞弟都已建功立業，我必定親率大軍攻打南家思，以建不朽之功業。」為了不讓忽必烈分享滅宋的功勞，不久，蒙哥以忽必烈腳疾不便為由，解除他的兵權。

＊　＊　＊　＊

今年的中秋盟會在武關寨舉行，尹志平在會上對大家說：「自從忽必烈被剝奪權利之後，牙刺瓦赤更是肆無忌憚，在現有三成賦稅之上，再徵收人頭稅，可謂啃骨吸髓。」強曉芳說：「苛政猛於虎，太可惡了。」尹志平凝重地說：「為了少繳稅，我們城內的行業要少報人頭，農地要少報收成。」實際上，中秋盟的莊園農地都在尹志平的名下，一般蒙古官員都會給他面子，苦的是普通老百姓而已。

散會之後，尹志平陪魯珊返回牡丹山莊，只見一名小女孩迎面跑來，高喊著：「師傅！」尹志平一看就說：「這不是小川的女兒嗎？什麼時候成為你的徒弟了？」魯珊說：「去年黃牡丹嫁給馬從軍之後，我覺得生活單調，見他已經十一歲，便納她為徒，取名青牡丹。」原來小青經常帶崔望卿過來找魯珊，有一天，小女孩纏著她說：「舵主，我要學武功，你可以教我嗎？」魯珊見她聰明伶俐，也就答應下來，說：「好吧，明天你就搬過來和師傅一起住吧！」崔望卿高興得跳起來，馬上就地拜師。尹志平見青牡丹來到眼前，便問道：「你的武功學得怎樣啦？」青牡丹說：「我已經學會內功和輕功了，盟主，我剛才是不是跑得很快？」尹志平笑道：「不錯，再接再勵。」

忽必烈在漠南的失意，也間接影響到中秋盟的發展，尹志平在這期間，沒有獲得新的土地配給。忽必烈能否東山再起？請看下回分解。

鬥蕃僧，鋤強扶弱　伐宋國，蒙哥喪命

尹雙月已經是年方二十的妙齡少女，尹志平借中秋年會之機，與李明珠談及女兒的終身大事，李明珠說：「我打算由雙月繼承逍遙派的掌門，而本派的一些祕傳武功，必須是處女之身才能修練，因此，她已決心終生不嫁，希望你能夠支持她的志向。」尹志平是武學宗師，自然明白其中的道理，從此，不再提及此事。由於門派之別和相處機會較少，尹志平只傳授尹雙月保命的「幻影迷蹤步」，但是，她一身武功卻盡得李明珠的真傳，特別是逍遙派的祕傳武學，其實，她在十六歲時，就已經被尊稱為河西女俠。

故事是發生在蘭州的一個夏天，尹雙月從歸唐府出來，騎著馬前往飛鷹堡造訪歐陽鳳，她是歐陽雄的孫女，雖然比尹雙月小兩歲，卻已將爺爺的飛鷹刀法練得青出於藍，尹雙月與她頗為投契，兩人便成為好朋友。正當尹雙月行走在阡陌之間，聽見一棟農屋裡傳來呼天號地的哭聲，她好奇地走進去看，只見屋內是一對四十來歲的農家夫婦和一個男孩，男主人顯然是受了傷，女主人則在他旁邊哭泣，只聽她哭道：「天啊，叫我們怎麼活下去呀……」尹雙月忙問道：「這位大娘，發生了什麼事啊？」婦女停住了哭聲，望了她一眼，垂頭喪氣地說：「和你說也是沒有用的。」尹雙月說：「大娘，你告訴我，我會幫你的。」婦女說：「你幫我，反而會害了你的。」尹雙月越聽越糊塗，便問道：「大娘，你但說無妨。」婦女嘆了一口氣，緩緩地把事故原委說了出來。

原來她男人姓丁，有個女兒叫丁玲，今年十二歲，今早，他們夫婦在農田勞作，留下姐弟兩人在家，突然聽見女兒的尖叫聲，又見小兒子丁山焦急地跑來說：「父親，家裡來了強盜，要欺負姐姐。」她男人聽後，馬上扛起鋤頭衝進屋裡，看見兩個蕃僧正在拉扯著她的閨女，她男人就舉鋤朝蕃僧打去，不料一個蕃僧轉過頭來，一手架開鋤頭，一掌就擊在她男人的胸部，另一個蕃僧則夾著她女兒走出門來，她拚命拉住女兒，卻被蕃僧一腳踢翻在地。

尹雙月聽完後，問道：「他們走了多久？朝哪個方向走？」丁大娘說：「他們走了不久，你就來了，他們是朝飛鷹堡的方向去的。」尹雙月立即上馬追去，在距離飛鷹堡還有一裡遠時，前面傳來打鬥之聲，遠遠可見三條人影在決鬥，原來是飛鷹堡主歐陽海與女兒歐陽鳳，兩人聯手攻打一名蕃僧，三人都是使用單刀，場外還站著另一個蕃僧，他的腋下夾著一個女孩。這名蕃僧見同伴漸呈下風，便放下女孩，持刀加入戰局，雙方的態勢立即轉變，歐陽父女險情迭出。

此時，恰好尹雙月來到，她一下馬就提劍參戰，那名夾持女孩的蕃僧，隨即以單刀架開尹雙月的劍，說道：「小娘子，隨我回土藩享受天堂之福吧！」尹雙月叱道：「哪裡來的賊和尚，光天化日擄掠良家婦女，看劍！」一招「仙人指路」直刺其眼睛，蕃僧想不到這女孩的劍術如此辛辣，劍隨聲到，他急忙橫跨兩步，避開來劍，然後出刀砍向尹雙月的腳，尹雙月立即施展飄渺身法，她在向上拔起時，以劍點了一下蕃僧的刀背，身體又上升一丈，在下墜時，她又不失時機地點中其肩膀，雖然是皮外傷，鮮血還是染紅了他的背部，蕃僧惱羞成怒，瘋狂似的揮刀猛攻尹雙月，尹雙月急忙施展幻影迷蹤步，使他疲於奔命而徒勞無功，正當他暈頭轉向時，一支冷冰冰的利劍，悄無聲息地刺入他的腰肋，蕃僧大叫一聲，隨著利劍從他身上拔了出來，一股鮮血濺灑向天空，他的身軀也緩緩地倒了下去。

那名與歐陽父女決鬥的蕃僧，見同伴被殺而無心戀戰，急遽進攻數招之後，便跳出圈外，抱起同伴的屍身，問道：「來者何人？報上名來，我扎西倫布必定再來討教。」尹雙月哼了一聲，說：「河西女俠是也。」扎西倫布聽後飛步離去，尹雙月隨即解開束縛女孩的捆繩，她問小女孩：「你可是名叫丁玲？」女孩說：「正是。」

此時，歐陽父女已前來打招呼，尹雙月問道：「你們怎的和蕃僧打了起來？」歐陽鳳說：「那個蕃僧光天化日，潛入堡內偷馬，被我們追到此處便廝殺起來。」歐陽海說：「蕃僧的功力頗為深厚，合我們父女之力，也不是他們的對手。若非你來，必敗無疑。」尹雙月說：「這兩名蕃僧擄走這女孩，我是追蹤他們才來到這裡，不想他們還要繼續幹案。」歐陽海說：「不知這些蕃僧來自何處？唯恐他們會再來尋仇。」尹雙月說：「我和副盟主都在歸唐府，若有事就飛鷹通知我們前來相助。」歐陽海欣慰地說：「有副盟主在，他們再來尋釁，必定自食其果。」

尹雙月轉頭對丁玲說：「你母親在等著你回家。你就和我一起走吧！」說完與歐陽父女告別，在路上，丁玲羨慕地說：「姐姐，你的本領好大啊，可以教我嗎？」尹雙月說：「我的武功是母親傳授的，你想學的話，可以拜我母親為師。」說話之間已到了農屋，她將丁玲送交丁大娘，丁家夫婦感恩載德地說：「小姐真是菩薩現身，不知恩人如何稱呼？」丁玲天真地說：「她叫河西女俠。」尹雙月說：「舉手之勞，何足掛齒？」此時，丁玲吵著丁大娘說：「我要隨姐姐去學武功，才不會再受人欺負。」丁大娘望了一眼躺在床上的男人，丁大叔說：「你只會做家務，學得了武功嗎？」尹雙月說：「我住在蘭州城內的歸唐府，府內正需要一名侍女，如果不嫌棄的話，就讓丁玲屈就，如何？」丁大叔聽後甚為高興，說：「既然女俠肯收容我的閨女，這是她的福分。」丁大娘也說：「是啊，如果蕃僧再來的話，她留在家裡也不安全。」尹雙月說：「既然你們都同意丁玲隨我回去，我先將她的薪酬墊給你們。」說完，從懷裡掏出二十兩銀子交給丁大娘，丁大娘說：「你是我們家的救命恩人，怎麼好再收你的錢？」尹雙月說：「恩情歸恩情，工錢歸工錢，兩不相關。」略停了一下，她又從懷裡取出一個袖珍瓶子，交給丁玲的父親，說：「這是治療內傷的良藥，你拿去和水服下就會好的。」丁家夫婦再三道謝之後，尹雙月就帶著丁玲走了，自此，「河西女俠」的威名也就不脛而走。

原來這兩個蕃僧是噶舉派大師噶瑪拔希的徒弟，當時，噶瑪拔希還在金蓮川覲見忽必烈參加「辯經大會」。他們則利用逗留蘭州之機，企圖擄掠少女修煉陰陽交合之功，不料，偷雞不成失把米。當噶瑪拔希從開平回來時，見扎希倫布獨自一人在客棧裡，便問道：「你的師弟呢？」扎希倫布跪下說：「他被人殺死了。」噶瑪拔希大驚道：「是誰如此大膽？」扎希倫布說：「是河西女俠。」噶瑪拔希問道：「此人現在何處？」扎希倫布說：「不清楚，但是，飛鷹堡之人當知其蹤跡。」於是，將當天打鬥之事說了出來，唯獨略過擄掠少女之事。噶瑪拔希臉色陰沉地說：「去飛鷹堡！」恰巧李明珠帶了丁玲在堡上做客，家丁來報：「堡主，不好了，蕃僧又來了！」於是，李明珠陪歐陽海父女前去會敵。

丁玲指著扎希倫布說：「師傅，就是這個蕃僧欺負我！」與此同時，扎希倫布也低聲對噶瑪拔希說：「就是那對父女與河西女俠共同攻擊我們。」噶瑪拔希陰鷙地問道：「你們誰是河西女俠？」李明珠低聲問歐陽海：「河西女俠是誰？」丁玲搶答說：「就是雙月師姐。」李明珠應道：「我女兒此刻不在蘭州，有何貴幹？」噶瑪拔希說：「你女兒殺了我徒弟，要嘛償命，要嘛當我徒弟。」李明珠冷笑說：「好大的口氣，你縱徒為惡，傷人偷馬，又擄掠少女，還敢來尋釁。」噶瑪拔希這才知道徒弟的醜事，然而，護短的本性，卻使他強詞奪理，他說：「我們是修行之人，豈會幹傷天害理之事？定是你們不守婦道，勾引我徒弟。」李明珠大怒說：「如此含血噴人，可見你們師徒沆瀣一氣，我倒要見識你的能耐。」

於是，雙方默運功力，李明珠吒喝一聲，以飄渺身法騰空而起，在噶瑪拔希上方盤旋一周，然後以一招「獵鷹搏兔」急猝下擊，攻擊他的後心，豈料轉瞬之間，卻已失去噶瑪拔希的蹤影，原來他施展移形換位法，避開了襲擊。於是，李明珠也施展逍遙派的輕功絕學，但見其身影虛無縹緲，若隱若現，噶瑪拔希無從斷定對方的位置。正在狐疑間，突聞背後有股掌風襲來，此時已無法躲避，便轉身出掌，「碰」的一聲，雙方的手掌已互相撞擊在一起。

噶瑪拔希感覺一股冰冷的寒氣直貫體內，他大驚失色，見背後恰好有棵大樹，便急忙步步後退，然後，另一隻手即刻抓住樹幹。不久，但見滿樹翠綠的葉子逐漸枯黃，隨後簌簌落下，成為光禿禿的枯樹。接著，枯樹的樹枝上又逐漸包裹了一層霜露，最後形成冰掛。在此六月天，滿樹竟然銀裝素裹，令觀戰者無不嘖嘖稱奇，原來李明珠的玄冰神功，已練成化氣為冰。

再看噶瑪拔希，雙唇發白，身子顫抖，幸好他及時施展「移花接木」的神功，將玄冰寒氣傳入樹幹內，自己才沒有被凍僵。此時，突然他大喝一聲，撤招而退，對扎希倫布說：「走！」頃刻間，兩人走得無影無蹤。李明珠道：「此人武功怪異，竟然能逃脫出我的手心，不愧是一派宗師。」歐陽海問道：「副盟主，你看蕃僧還會再來嗎？」李明珠說：「此番敗逃而去，蕃僧當知難而退，兩年內只能閉關養傷而已。」

話說大理國被忽必烈所滅之後，又傳來旭烈兀在西亞高歌猛進，蒙哥不覺雄心大起，他心想：「兩個弟弟都已經打了勝仗，此次滅宋必須由我親自領軍，才能樹立大汗的權威。」於是，便擬定大舉伐宋的計畫，他計劃由塔察兒率領東路軍，南下直取江漢，兀良哈臺率領南路軍，從大理東進入宋，自己則率領西路軍，南下攻打川蜀。

這天，坐鎮山東的「李璮」收到蒙哥的詔書，要求他出兵參加南征宋國。於是，「李璮」召開將領會議討論此事，金不歸說：「按照中秋盟現有口令『韜光養晦，與時俱進』是理當派兵參與伐宋，可是，蒙古人借兵容易還兵難。」「李璮」點頭說：「當年西夏被迫參加蒙古的西征，軍隊不是戰損，就是被吞併，結果，面對蒙古的侵略時，反而無力抵抗而被消滅。」毛璋說：「果然如此，就很危險了，我們的軍力本來就不大，再被削弱的話，一旦宋國乘虛進襲，豈不是也會被消滅嗎？」

「李璮」暗想：「如果不出兵，怎麼能夠向大汗交待？」此時，下人來報：「王文統來見將軍。」「李璮」藉機稍息，他將王文統迎入內室，求計於岳父，王文統長居大都，通曉蒙古人的思路，他說：「你們可以如此回覆說，你的轄地與宋國交界，若調走軍隊，必削弱防務，一旦開戰，這裡會被宋國所占領，而威脅中原大地，故與其勞師遠征四川，不如約期就地出擊，使宋國無法集中兵力對抗大汗的雄師。」「李壇」聽後稱妙說：「對，如此一方面可以規避借兵，另一方面，又可以乘機擴大地盤。」於是，他重新召集將領們開會，說：「既然大家認為出兵弊大於利，我就婉言拒絕，以觀後效。」金不歸說：「不出兵就應該修改中秋盟的口令，才能名正言順地另闢蹊徑。」「李壇」心想：盟主已經同意「有所作為」，於是說道：「今後我們的口令就改為『韜光養晦，有所作為』吧！」眾人都十分贊同。

「李壇」隨即回覆蒙哥說：「大汗明鑑：益都與宋接壤，我部兵力薄弱，堅守如履薄冰，若調兵他去，一旦開戰，恐被宋國所乘，危及中原，反為不美。故與其分兵遠征四川，不如約期就地南下，攻其不備，牽制宋兵，便利大汗領軍長驅直入，豈不更妙？」蒙哥讀完回信，盛讚「李壇」深謀遠慮，不但免其出兵，還加撥糧銀給他使用，同時相約出兵之期。「李壇」收到蒙哥的回信後，立即召開中秋盟將領會議，說：「大汗已經批准所請，接下來我們該當如何？」馬不群說：「忽必烈已被解除兵權，大汗對我們會更為仰賴，我們應該藉此機會有所作為，才能謀取更大的利益。」金不歸說：「我們要利用討伐宋國的機會，奪取海州和漣水，再進占江淮一帶，如此，我們的地盤便可以擴大幾倍。」華百峰說：「不如略施調虎離山之計，透過江南的丐幫，散播蒙哥南征四川的消息，好讓宋國調兵西去，我們則乘虛而入，必可馬到功成。」他們商量妥當之後，便依計行事。

蒙哥的西路軍號稱十萬大軍，為伐宋的主力，他下令駐四川的都元帥紐琳：「你率領一萬名先頭部隊從利州南下，直取夔門。」同時，命令異母弟末哥：「你率領一萬名軍隊由洋州入米倉關。」再下令萬戶孛裡察說：「你率領一萬名軍隊由漁關入沔州。」接著，命令大將汪田哥說：「你率領兩萬名先鋒部隊先行開路，我大軍隨後而上。」部署完畢之後，蒙哥親自率領餘下的四萬名主力軍，自隴州入大散關。

宋國自孟珙和余玠逝世後，朝中已無著名良將，在探知蒙古軍已入大散關，才慌忙派軍進入前沿部署。果然戰爭爆發後，蒙哥的先鋒部隊在汪田哥的率領下強攻猛打，守關的宋將楊立英勇戰死，其後各地的宋軍都聞風喪膽，紛紛棄城而逃，汪田哥攻破苦竹隘，大獲山等處，其他的蒙古軍相繼攻下廣元、南充、仁壽、雅安。紐琳的蒙古軍從成都出發後，便水陸並進，長驅直入，抵達涪陵，以阻止宋軍入蜀。開戰三個月，在汪田哥開路之下，蒙哥率領的大軍，渡過了嘉陵江和白水江，一路勢如破竹，輕輕鬆鬆地來到合州，這裡是重慶外圍的門戶，合州的釣魚城，更是宋國的軍事要地，蒙哥在這裡遭受意想不到的頑抗，蒙古大軍的攻勢也猝然而止。

釣魚城座落在釣魚山，山上是臺地，有天然的小湖泊，臺地邊緣多為懸崖峭壁。第一次蒙宋戰爭爆發後，四川制置副使彭大雅便在此築砦，此後，經過宋國名將余玠十多年的苦心經營，建有內外兩道城牆，城牆都是沿山而建，城牆四周都建有堅固的堡壘，確實易守難攻，尤有甚者，山上還可以種田和圈養牲畜，設有各種生產作坊，城內街道井然，水源，糧食儲備，生活用品和武器裝備都十分充足。由於釣魚山三面環水，夾在嘉陵江與涪江之間，擁有水路之便，對外通行無阻，兵員的補充也不成問題，這些優勢令宋軍可以在此長期堅守抗戰，而釣魚城守將王堅，是余玠留下的得力悍將，他調集了合州屬縣共十七萬人，據險抗敵，城內軍民眾志成城，鬥志昂揚，更使陣地固若金湯。有詩為證：

釣魚城何處？遙望一高原。壯烈英雄氣，千秋尚凜然。

蒙哥視察戰場之後，便派人通知兀良哈臺：「主力東進宋國，另派一支部隊前來合州助戰。」兀良哈臺接到命令後，留下部分軍隊駐守雲南，其餘軍隊則兵分兩路。他率領主力東入廣西，另外派遣一支偏軍前往支援蒙哥。兀良哈臺對部將說：「宋軍在邕州的老蒼關和橫山寨一帶，陳兵數萬，攔截我們的去路，雙方恐怕會有一場惡戰，大家要養足精神，準備戰鬥。」阿術說：「如果硬拚的話，兵力會損失慘重，不如我帶一支部隊繞道進入宋境，然後裡應外合，必可攻破其關隘。」兀良哈臺說：「此計甚妙，你即刻行動，兩天後，我們才發起進攻。」第三天，正面的蒙古軍與宋軍爆發激戰，阿術所率領的精兵，迂迴包抄而來，依約攻擊宋軍的後方，果然，宋軍陣地大亂，其主力潰不成軍，宋國的西南防線，就此崩潰。此後兀良哈臺的兵鋒所至，盡皆披靡，甚至攻入越南北部，安南國遣使請降後，兀良哈臺才撤軍，率領軍隊北上進攻湖南。

再說那支前往支援合州的雲南部隊，已從麗江攻入四川的屏山，宋軍守將張實力戰而死，雲南軍就此打通直達合州的水路。此時，「李璮」的部隊已經乘虛南下，金不歸領軍攻占海州，楊河山則領軍攻克漣水，直抵長江，「李璮」的山東軍有力地牽制著江淮的宋軍。這天，蒙哥在釣魚城外的營地視察，探馬來報：「李璮的部隊已經攻下漣水和海州，直逼淮西。」蒙哥聞報大喜，傳令嘉獎。數日後，探馬又來報：「兀良哈臺的一支部隊已攻入四川，正前來與我軍會合。」蒙哥欣喜地下令道：「帖赤，快帶人去接應。」再過數日，探馬再報：「兀良哈臺的主力軍已經攻入廣西，並接受安南王的請降，此時，大軍正北上攻打湖南。」蒙哥聽後，精神大振地說：「好的很，消滅宋國指日可待矣。」

在捷報頻傳的鼓舞下，蒙哥也不甘落後，鉚足勁力地猛攻釣魚城，然而，儘管屍橫遍野，卻始終徒勞無功，宋國降將晉國寶進言說：「大汗，此城堅固難攻，不如捨此他去，順江出川，直接……」話未說完，蒙哥便斥責道：「我蒙古軍打遍天下無敵手，豈可甫一開戰，就臨陣退縮？」蒙哥暗想：「我御駕親征，連一個小小的釣魚城都攻不下來，如果傳開出去，豈不是被天下人恥笑？我還有何面目當大汗？」於是，派人通令塔察兒：「儘速攻下襄樊，前來合州助戰，不得有誤。」然後，對汪田哥說：「傳我命令，所有入川的軍隊，全部向釣魚城集中，血洗此城。」汪田哥應道：「遵命。」

汪田哥傳令回來之後，蒙哥對他說：「我們一起去視察戰場。」他們遙望釣魚城，見城上旌旗臘臘，刀槍如林，防守嚴密，蒙哥越看臉色越陰沉，汪田哥說：「大汗，宋軍白天防衛森嚴，若改為夜間偷襲，或可攻其不備。」蒙哥點頭說：「好，今夜你率領一支先鋒隊發動進攻，我大軍隨後支援。」入夜之後，汪田哥的軍隊發起進攻，果然出其不意地攻入外城，誰知外城只是一道檻，進入之後，還有一道更為高大堅固的內城，使進入外城的蒙古軍，都成了甕中之鱉。只見內城的宋兵蜂擁而出，火把照得一片通明，守將王堅持劍指揮殺敵，蒙古軍在馬上作戰的確十分了得，落地作戰卻行動笨拙，根本不是宋軍的對手。在城堆上的汪田哥，見攻入城內的蒙古兵寡不敵眾，傷亡十分慘重，只好鳴金收兵，退回城外，此役又在城內外留下無數的屍體。

由於軍力損失很大，蒙哥只能停停打打，戰事就此蹉跎了幾個月，毫無進展，蒙哥十分懊惱，恰好探馬來報：「塔察兒所率領的東路軍，熱衷於沿途擄掠燒殺，縱情吃喝，自開戰以來師出無功，一直在襄樊徘徊不前，如今已撤軍回汝南休整了。」蒙哥聞報，怒不可遏地去函嚴責：「爾等玩忽職守，延誤戰機，沒有配合全域性開展軍事行動，導致我大軍在此攻勢受阻，即日起，東路軍的軍權交由忽必烈指揮。」

隨著入川的蒙古軍在釣魚城集中之後，圍城的軍隊才恢復元氣，蒙哥對紐琳說：「你率領水師逆江而上，從釣魚城的後山登陸，抵達山頂之後，就放火為號，我會率軍攻入城中，和你們裡應外合，消滅守軍。」紐琳領命而去，他所帶來的兩百艘戰船，多為小船，只能載三千名兵士，戰船逆嘉陵江緩緩而上，抵近釣魚山時，紐琳昂頭向上看去，只見懸崖壁立，根本無可泊船之處，更談不上攀崖上山，正在此刻，山上突然滾下大石頭，雖然沒有直接命中船隻，但是掀起的江浪卻淹沒了幾條船，幾十名兵士被江流捲走，紐琳急忙下令道：「撤退！」他回來報告情況後，蒙哥大為失望。

汪田哥建議說：「大汗，我軍久攻不克，不如派人勸降。」蒙哥同意，於是，對晉國寶說：「你持我詔書，入城說降，王堅若頑固不化，你就退出來。」晉國寶領命前去，他戰戰兢兢地進入釣魚城內，守將王堅還未等他開口，便大怒道：「無恥賊人，賣國求榮，還有何面目來見我？」說完，喝令道：「來人啊，將此賊斬首示眾！」斬殺使者對蒙古軍是極大的侮辱，蒙哥憤怒地下令：「宋國殺我使者，毀我尊嚴，全軍立即發起進攻，消滅宋軍，屠城戮民。」於是，慘烈的攻城戰再度展開，兵士漫山遍野地爬山登城，守軍則以刀槍、滾木、炮石、箭矢等武器，居高臨下地還擊，儘管蒙古軍冒死強攻，結局依然如故，戰場上，留下堆積如山的屍體，蒙古軍不但傷亡慘重，士氣也大受打擊。

由於使者被殺，令蒙哥顏面丟失，此時，探馬來報：「忽必烈率領東路軍大敗宋軍，如今已攻入淮西。」這個消息，猶如強心劑，刺激蒙哥攻打釣魚城的決心，他的精神賭注越來越大，大到非與釣魚城決生死而不可的地步。於是，他鼓舞全軍說：「當前，東路軍與南路軍，正節節勝利地挺進，我們西路軍不能落人之後，務必攻下釣魚城！」於是，又下令攻城，結果，死傷枕籍，仍然無法攻克，蒙哥見士氣低落，只好休戰，同時遣使忽必烈與兀良哈臺，說：「速攻下鄂州與潭州，沿長江入川，兵集釣魚城。」蒙哥圍困釣魚城已超過半年，此時，炎熱的夏天時而酷暑，時而陰雨綿綿，未及料理的屍體都發生腐爛，空氣中臭味瀰漫，水源也多受汙染，加上不適應這裡溼熱的夏天氣候，蒙古軍營內痢疾橫行。汪田哥見狀，對蒙哥說：「大汗，我軍兵員耗損嚴重，急需休整，不如我前去城下說降，不行的話才繼續攻城。」此時，蒙哥也身染痢疾，他黯然地說：「也好，你就試看看吧！」於是，汪田哥來到釣魚城下喊話：「王堅，你快快投降，否則……」話音未落，城上一陣炮石飛來，正擊中汪田哥的頭顱，這名蒙古驍將就此一命嗚呼。

聞報汪田哥被打死，蒙哥悲痛欲絕，急火攻心，不顧痢疾在身，馬上下令道：「全軍將士，要不惜一切踏平釣魚城，殺盡全城的宋國軍民，才能報我蒙古國受辱之仇。」於是，蒙哥身先士卒，帶病上陣，指揮所有的蒙古兵發起進攻，正當他氣喘吁吁地攻到城下時，一支冷箭像追魂似的，射入他的胸口，蒙哥隨即昏迷倒地，兵士們慌忙抱他回營帳，末哥見狀，便鳴金收兵。至此，釣魚城的慘烈戰役宣告結束，卻給歷史留下一把短了兩截的「上帝之鞭」。

話說忽必烈接到指揮東路軍的詔書，便召集幕僚商議，郝經建議先恢復對漠南的統治，才揮兵南下，於是，忽必烈憑藉兵權，派遣幕僚重建漠南的治理權，部署妥當之後，忽必烈問計於幕僚說：「東路軍主攻江漢地區，我們是否也是進攻襄樊？」漢將郭侃說：「大王，宋據東南，以吳越為家，其要地，則荊襄而已。今日之計，當先取襄陽。」姚樞說：「襄樊城久攻不下，必定是固若金湯，若繼續步塔察兒的後塵，恐難以立竿見影，反而消耗自己的軍力，不智也。」郝經也說：「大王，李璮已攻下淮東，我們就攻破淮西入江漢，便可以直抵長江了。」忽必烈聽後覺得有理，便下令道：「霸都魯和張柔聽命，立即率領先鋒部隊攻打淮南。」

忽必烈的軍隊果然驍勇，在突破宋軍的淮西防線之後，便一路攻城略地，直逼鄂州。不料，探馬來報：「蒙哥戰死釣魚城。」此時，忽必烈的大軍已來到黃陂，姚樞擔心他鬧情緒，以屠殺宋人來報復蒙哥之死，便說：「大王應嚴禁屠城以收買人心，招降敵軍以減少抵抗為佳。」忽必烈從善如流，便下令禁止屠殺無抵抗的宋國軍民，並且親擂戰鼓，指揮作戰，他命令漢將董文炳率領兩百戰船打先鋒，猛衝南岸，駐守陽羅堡的宋軍見敵人來襲，也擂鼓迎戰，董文炳高呼道：「投降者生，頑抗者死。」守城宋將毫無鬥志，一觸即潰，蒙古軍因此繳獲近千艘艦船，成功登岸，進逼鄂州。

忽必烈派遣三名使者入城招降，怎料鄂州守將張勝威武不屈，竟然斬殺來使，忽必烈大怒，便揮軍攻城，張勝出兵迎戰，無奈宋軍歷來兵衰馬弱，難以攖其鋒，結果敗退回城，閉關固守。忽必烈命人在城外建造高臺，親自督戰，蒙古軍雖然一度攻破城牆，卻又被張勝擊退，功虧一簣。

漢將張柔對忽必烈說：「大王，鄂州城難以當面攻破，不如修道地入城，裡應外合，攻其不備。」忽必烈說：「很好，立即行動。」於是，張柔下令兵士修了幾條道地通往鄂州城內，有一條道地挖通時，恰好一名宋軍在此小便，他發現撒尿之處泥土往下沉，起初以為是自己陽具堅挺，射力強大的緣故，不料下沉的泥土現出了坑洞，這才知道不妙，趕忙穿好褲子，拿起槍桿警戒觀察，不久之後，果然有一個人頭從坑洞裡鑽了出來，宋兵立即舉槍猛刺，可憐這名蒙古士兵，尚未出人頭地，便死於非命，而「槍打出頭鳥」的宋兵隨即上報軍情，張勝立刻下令加強城內的巡邏，其實，已經有幾處道地湧出了蒙古軍，可惜道地狹小，通行緩慢，湧出坑洞的人數十分有限，結果在宋軍的圍困下，全部被殺，繼而張勝命令兵士在炕洞內燒柴，以煙火燻洞，道地內來不及撤退的蒙古兵都窒息而亡，張柔的道地戰終於以失敗告終。忽必烈感嘆道：「想不到懦弱不堪的宋國，還有驍將在。」

忽必烈相繼收到諸弟末哥和王妃察必的來信，催促他回返蒙古以爭奪汗位，幕僚也都主張罷兵北上。此時，探馬來報：「大王，宋國的援軍正向鄂州挺進，賈似道的江淮大軍已兵集黃州，江西兵則雲集隆興，閩浙舟師也逆江而來，蜀兵正待順江而出，襄樊守兵也出現異動。」這些壞消息接踵而來，令忽必烈憂心如焚，卻無計攻城。

在此進退維谷之際，郝經明白忽必烈的糾結所在，便說：「宋國丞相屢次派人求和，都被大王所拒，不如即刻派人回覆，答應和談，以觀後效。」心思慎密的忽必烈，此時已恢復冷靜睿智，他覆函道：「丞相明鑑：本王有感丞相的和談誠意，願意網開一面，汝即刻派人來此和談，三日後若無音訊，我軍即攻入鄂州城，然後沿江而下，直搗臨安。」宋國丞相賈似道閱畢大驚，隨即星夜派人前去議和，主動開列割地賠款的投降條約，忽必烈微笑著對使者說：「丞相以和為貴，本王甚為感動，今後兩國就劃江而治，永結友好。但是，我軍先鋒部隊已攻入貴國，爾等必須帶領我使者前去下達撤退命令，撤退途中，宋軍不得趁機偷襲，否則和約就此失效。」宋國使者忙允諾道：「大王勿慮，我國必定遵守約定，安全送返貴國的部隊。」忽必烈終於「有理有利有節」地成功媾和，圓滿地結束戰爭，然後他下令道：「霸都魯，你領軍留守鄂州，接應兀良哈臺的南路軍。」霸都魯立刻應道：「遵命。」忽必烈見已無後顧之憂，便率領大軍北上以爭奪汗位。

此時，兀良哈臺的軍隊還在圍攻湖南的潭州，由於久攻不下，正打算轉移北上，突然見忽必烈的使者前來傳話：「蒙哥大汗已經在前線身亡，我們與宋國也簽下和約，你速領軍隊向鄂州撤退，與駐守當地的我軍共同守衛漢中。」因此，兀良哈臺便領命，向江北退去，賈似道果然護送他的軍隊北撤，但是，為了顯示自己打勝仗，當大部分的蒙古軍隊已渡過長江之後，他竟然派軍燒毀渡江的浮橋，襲擊殿後的蒙古軍以製造戰功。而忽必烈北上之後，能否奪取汗位？且看下回分解。

爭汗位，兄弟鬩牆　平漠南，刀光劍影

話說忽必烈重掌東路軍的兵權，一路勢如破竹地進逼鄂州，突然探馬來報：「蒙哥在攻打釣魚臺的戰鬥中，受傷而死。」忽必烈聞此噩耗，仰天痛哭說：「汗兄，我們勝利在望，為何你離我而去？」郝經在旁勸說道：「我王宜節哀順變，早日罷兵，返回汗庭，以定大計。」忽必烈激動地說：「無功而返，有負汗兄所託，鄂州之戰，勝券在握，豈可功虧一簣？」郝經見忽必烈情緒不好，也就不便多言。此時，西路軍來了一名兵士，向忽必烈呈上一封信函，原來是他的異母弟末哥的來信，信中說：「大汗已經在合州駕崩，西路軍正扶柩北撤，兄宜早日回返汗庭，以定大計。」末哥與忽必烈的關係非同小可，他的母親是忽必烈的乳娘，兩人從小一起長大，親如手足。忽必烈讀罷，見他的看法與郝經如出一轍，頭腦立即冷靜了下來。忽必烈把信發給幕僚傳閱，廉希憲說：「汗位虛懸，人心不穩，大王應儘速返京，正大位以安天下。」忽必烈憂慮地說：「鄂州戰事吃緊，若未取勝就罷兵，難免有失光彩，不利於汗位的爭奪。」忽必烈包圍鄂州已三個月，卻久攻不下，此時，宋軍正沿長江中，下游向鄂州逼近，漢江的宋軍也有南下的跡象。姚樞說：「鄂州之戰，難以速戰速決，宋國各路援軍，正向鄂州彙集，現在西路軍又已經北撤，我軍若不響應，恐怕會陷入孤軍作戰。一旦受困苦戰，處境就會十分危險，爭奪汗位恐無希望。」郝經也呈上著名的「班師議」：「宋人因懼大敵，自救之師雖已畢集，但還無暇謀我。不過中原，燕京則很空虛，塔察兒與李璮肱髀相依，在我腹背，西域諸王窺伺關隴，隔絕旭烈兀大王，病民諸奸各持兩端，觀望所立，莫不覬覦神器，染指垂涎。如果有人先行舉事，使我腹背受敵，則大勢去矣。」

商挺說：「阿里不哥坐鎮和林，取汗位易如反掌，如果鄂州尚未攻下而失汗位，我王豈不是又再陷入絕境？」忽必烈聽後心憂如焚。恰逢此時，兵士來報：「有一名道士在營外求見。」忽必烈隨即說：「傳！」道士隨兵士進來後，對忽必烈觀望片刻，說：「貧道乃江南正一道天師張可大，通曉占卜之術，不知大王可願占卜未來吉凶？」忽必烈聞說大喜道：「好，你就為本王占卜看看吧！」張可大從行囊中取出竹籤筒，搖晃幾下，就讓忽必烈抽籤，忽必烈隨手抽了一支籤交給他，張可大讀後說：「大王之籤乃上上籤，二十年後當混一天下，只是眼前還需當機立斷，以退為進。」忽必烈聽後，心裡暗道：「天意不可違！」於是問張可大：「何謂以退為進，本王願聞其詳？」張可大心想：「我只是受僱於賈似道，前來哄騙忽必烈退兵，哪裡知道什麼詳情？」也虧他油嘴滑舌，立即答道：「貧道只能傳達天意，卻不能洩漏天機，否則就不靈驗了，請大王恕罪。」忽必烈想來有理，也不強人所難，便叫下人打賞銀子。張可大原本擔心此行或有風險，不想攻守雙方都給銀子，樂得他歡天喜地的離開。次日，忽必烈的妻子察必派兩名使者脫歡和愛莫幹攜函而來，使者說：「王妃詢問大王，阿里不哥正在抽調軍隊，我們開平的駐軍是否要交給他？」忽必烈開啟信來看，信中說：「大魚的頭被砍斷了，小魚中除了你和阿里不哥，還有誰呢？」忽必烈看完信後，全身冒冷汗，深刻地體會到，前途只在一念之間，也因此，使他對張可大的預言，留下深刻的印象。廉希憲又說：「我王若猶疑不前，一旦失卻先機，就會頓成俎上之肉，任人宰割，後悔莫及。」忽必烈想起被罷兵權的慘痛經歷，更領會到後果的嚴重。

宋國丞相賈似道曾屢次派人來議和，忽必烈便順水推舟，成功簽訂和約，然後，率軍北歸。他路經中原一帶，發現有人在徵調士兵，不覺驚道：「阿里不哥已經動手了！」他立即傳令兀良哈臺和霸都魯說：「儘速率軍撤離鄂州，會師開平。」忽必烈來到大都，徵調士兵的情形更為嚴重，於是他質問負責徵調的官員脫裡赤：「為何沒有我的命令，擅自徵調士兵？」脫裡赤答道：「阿里不哥說是大汗臨終的命令，我只好奉命行事。」忽必烈知道他在推諉責任，便下令道：「立即解散所徵調的士兵，遲則軍法處置。」脫裡赤一面解散士兵，一面派人通知阿里不哥。

阿里不哥接到報告，便問大臣孛魯合：「忽必烈已經北歸，如何是好？」孛魯合說：「事情緊急，不容再拖，我王應該利用鎮守和林之便，發函通知各路宗王，前來出席忽里勒台大會，一來追悼蒙哥大汗，二來推舉新的大汗。」阿里不哥說：「忽必烈有戰功而我沒有，推舉新的大汗，恐怕非他莫屬，如何是好？」孛魯合說：「所謂無毒不丈夫，只要忽必烈來和林，大王可以為他準備毒酒，假意擁護他繼位，實則勸酒，他喝下這杯酒，汗位就屬於大王了。」阿里不哥聽後，讚道：「妙計！」

此時，忽必烈已回到開平，他也召集幕僚會商應變之策，忽必烈問道：「阿里不哥來函通知召開忽里勒台會議，本王該何去何從？」郝經說：「這分明是『鴻門宴』，赴會肯定凶多吉少，自墜陷阱，後果不堪設想。」忽必烈說道：「不錯，當年我父就是死在窩闊臺的帳下。可是不去的話，阿里不哥必然繼承汗位，如何是好？」他身邊的侍臣商挺說：「常言道：『先下手為強，後下手遭殃』，大王應該搶先召開忽里勒台大會，早定汗位，以安人心。」廉希憲也附和道：「大王上承天命，下順人情，早承大統，則天下歸心。」

於是，忽必烈即刻遣使諸道各王，通知他們前來開平出席忽里勒台大會，他派遣廉希憲出使東道諸王的首領塔察兒，特別賜予他美食佳釀以示溫情，塔察兒十分感動地說：「我一定會號召東道諸王，支持忽必烈繼承汗位。」阿里不哥收到忽必烈的信函，怔怔地對孛魯合說：「忽必烈要召開忽里勒台大會，謀害他的計謀是行不通了，現在如何是好？」孛魯合說：「既然如此，你就按照原計劃，在忽里勒台大會上登基為汗，我們位居和林，擁有祖宗大帳和陵地，是為正統，忽必烈的汗位就成為非法。」阿里不哥聽後，才轉憂為喜地說道：「對，我才是正統的蒙古大汗！」

西元一二六零年三月，在開平的宮殿裡，忽必烈召開忽里勒台大會，與會諸王「合辭勸進」：「大王治理漠南，消滅大理，攻下淮西，功勳彪炳，繼承汗位，眾望所歸。」忽必烈假意再三推讓：「宋國未滅，蒙哥之仇未報，登基汗位，有愧於心。」於是，諸王和大臣堅決固請，塔察兒佯怒道：「蒙古帝國，天下共主，大王如此拖延，一旦帝國分崩離析，豈不成為民族的罪人？將來有何臉面去見列祖列宗？」忽必烈裝著無可奈何的樣子，才登基為汗。接著，諸王解下腰帶，披在肩上，行九拜跪禮，其中有東路宗王塔察兒、依相哥，忽剌忽兒、爪都、霸都魯等，西路諸王有窩闊臺的兒子合丹斡忽勒、察哈臺的曾孫阿只吉和阿必失合，還有大理段氏、吐蕃高僧和大批漢人的文臣武將，尹志平也受邀出席，眾人濟濟一堂，場面十分熱烈，與會眾人都獲得豐厚的賞賜。

忽必烈繼位後，立即遣人發詔給各路諸王，詔文洋洋灑灑，可謂言之以理，動之以情，但是，阿里不哥閱畢，卻嗤之以鼻，兩個月後，他也在和林召開忽里勒台會議，自立為汗，他對與會眾人說：「忽必烈不遵祖宗之法，蹈襲他國之所為，不來祖地競選汗位，卻在漢南自立為汗，他的所為背棄列祖列宗，你們說，該當如何？」諸王說：「反叛者，人人得而誅之。」與會諸王包括蒙哥之子玉龍答失、察哈臺之孫阿魯忽、塔察兒之子乃蠻臺、合丹之子忽魯迷失、窩闊臺之孫海都等，噶瑪拔希也率領門下弟子參與其會，並且被立為國師，至此，蒙古帝國形成兩汗南北對立的局面。

忽必烈聞悉阿里不哥登基為汗，和對他的指責，不覺大怒，遂捨棄「尊祖宗之法，不蹈襲他國之所為」的蒙古律令，參照漢地皇朝的慣例，立年號為中統。同時，從諸道抽調六千五百名蒙古兵，與三萬多名漢軍組成宿衛軍，直屬大汗，由董文炳和李伯祐出任都指揮使，拱衛大都。

部署妥當後，忽必烈召集群臣商議國事，他問道：「現在汗位已定，是否繼續伐宋以完成蒙哥的遺願？」趙壁說：「不可，伐宋應從長計議，以免重蹈窩闊臺和蒙哥失敗之路。」郝經也反對說：「大汗的汗位初立，阿里不哥還坐北對峙，內患未除，根基難固。所謂天無二日，攘外必先安內，若南下伐宋，將腹背受敵，豈有幸理？」忽必烈聽後，說道：「對，一國不能有兩個大汗，必須先解決阿里不哥才可以伐宋，你有何良策？」郝經說：「大汗，可以一面剪除其羽翼，收復漢南的全部軍隊，一面切斷和林的物資供應，如此阿里不哥就難以堅持下去了。」忽必烈點頭讚道：「此計甚妙。」

廉希憲說：「大汗，察哈臺國的王位虛懸，應該儘速派遣其後人繼承王位，以斷絕阿里不哥的後援。」原來哈剌旭烈兀半途病逝後，其王妃兀魯忽乃持詔處死也速蒙哥，立幼子木八剌沙為王，實則自己攝政。由於蒙哥去世後，兩汗對立，木八剌沙的王位始終未獲得認可，於是，忽必烈對阿必失合說：「木八剌沙的王位仍屬非法，你攜帶我的詔書，即刻返回兀魯思繼承王位。」阿必失合領旨而去。

由於忽必烈對和林實施經濟制裁，阿里不哥憂心忡忡地問孛魯合：「忽必烈斷絕對和林的物資供應，我們如何是好？」孛魯合說：「這的確是致命傷，我們務必在危機爆發前，儘速採取軍事行動，搶奪漠南的地盤，才有生存的機會。」此時，近侍來報：「阿必失合途經漠北，欲返回其兀魯思。」阿里不哥下令說：「拘留阿必失合，帶來和林見我。」阿必失合不知就裡地投宿驛站，結果被守軍押送和林。阿里不哥問道：「你意欲何為？」阿必失合答說：「回返兀魯思繼承王位。」阿里不哥聽後，立即下令：「將他推出去斬了。」可憐阿必失哈，出師未捷身先死。

阿里不哥隨即召來阿魯忽，他也是察哈臺的孫子，阿里不哥說：「現在我委任你繼承察哈臺兀魯思的王位，你必須為汗庭提供所需的戰備物資。」阿魯忽立即應道：「合罕有令，必當遵從。」阿里不哥又說：「我現在戰事吃緊，無法西顧，你派兵代我駐守河中與突厥斯坦，防備旭烈兀的侵犯。」阿魯忽應道：「遵命。」

阿魯忽抵達兀魯思，即刻廢黜木八剌沙，他見兀魯忽乃貌美，涎著臉說：「你可願意做我的妻子？」此時，兀魯忽乃因權位被奪，心情惡劣，不加理睬，便憤憤地帶著兒子前往和林。阿魯忽果然出兵河中與突厥斯坦，他發現欽察兵已經占領此地，便揮軍猛殺，將撒馬爾罕，不花剌與河中地區的欽察駐軍全部消滅，阿魯忽不但在此駐軍，還直接管轄這片富饒的土地。

＊　＊　＊　＊　＊

這天，一名蒙古軍官來全真山莊傳遞詔書，原來是大汗有要事召見，尹志平急忙趕往開平，忽必烈見他到來，急切地說：「尹大俠，本汗現在有棘手之事，需要你幫忙，事情辦妥之後，本汗重重有賞。」尹志平問道：「不知大汗有何事差遣？」忽必烈凝重地說：「你且隨宣撫使廉希憲前去，他自會把詳情告知於你。」尹志平肅立應道：「遵命！」於是便和廉希憲進入官府密談，廉希憲說：「尹大俠，阿里不哥與大汗對立之事，想必你已知曉，大汗此次請你前來，是為了剷除那些蠱惑其幼弟謀反的奸臣，這些奸臣或者武功高強，或者手握重兵，因此，大汗要你盡快除去他們。」尹志平堅定地說：「在下必不負所托。」廉希憲說：「事不宜遲，五天後，我們在京兆行省的府衙相見。」

此時，李明珠和尹雙月身在河西，而強曉芳需要照顧尹秀蘭和料理分舵的事務，因此，尹志平直奔洛陽的牡丹山莊，一面和魯珊回返京兆，一面飛鷹傳召劉世光夫婦。不出四天，他們都齊集全真山莊，尹志平叫魯珊在莊上候命，他則帶領劉世光夫婦前去見廉希憲。在路上，尹志平對劉世光說：「你曾經助宋抗蒙，因此，我必須為你報假名，以防秋後算帳之禍。」於是，尹志平向廉希憲說：「他是我的助手劉黑馬。」廉希憲點頭寒暄之後，說：「我們的第一個目標是劉太平與霍魯海，他們已經來到京兆，意圖鼓動漠南的宗王反叛大汗，如今正下榻於京兆客棧，你們去把這兩個反賊抓來，我在此等候消息。」

京兆是尹志平的地頭，京兆客棧他更不陌生，在實地確認兩人落腳之處後，入夜二更時分，尹志平便與劉世光夫婦黑衣蒙面，潛入客棧。劉太平乃冀北飛龍堡堡主，以飛龍爪武功享譽北方武林，與他同來的則是漠北金砂掌霍魯海，兩人的武功都非比尋常。此時，劉太平正在房內秉燭閱卷，突見窗外的院子裡有黑影閃過，便即刻吹熄燈火，緊靠窗邊的牆壁，伺機待敵。果然，一抹黑影像棉絮一般飄入窗內，劉太平二話不說，雙掌變爪，以「螳螂捕蟬」的招式撲向來人，他一手抓住對方的肩膀，一手捏住其頸項，立即運起十成功力，準備以飛龍爪捏碎來人的骨頭，誰知內力一發難收，不斷地洶湧而出，竟然失去了控制，他心知不妙，急切地想要脫手，卻是欲罷不能，最終因虛脫而昏倒於地。來人正是劉世光，他將劉太平裝入布袋中，交給了尹志平。

接著，他又跳入另一間客房，身體還未落地，便有一股猛烈的掌風迎面襲來，劉世光即刻舉掌相迎，大喝一聲：「枯木逢春！」不料襲擊者的掌力十分雄厚，竟然將他推出窗外，與此同時，劉世光也把對方吸了出來，兩人齊齊落入院中，襲擊者果然是霍魯海。霍魯海發現右掌被人緊緊地吸住，大為吃驚，便舉出左掌擊向劉世光的右肋，誰知左掌也同樣被吸住。此刻，金砂掌的內力源源不絕地，輸入劉世光的體內，他連續吸納兩大高手的真力，結果，很快就達到了飽和點，只聽「碰」的一聲，劉世光被金砂掌擊出兩丈外，幸虧被尹志平立即接住，而免於跌傷。其實劉世光經脈早已傷殘，不怕內傷，只怕骨折。

再看霍魯海，正在上氣不接下氣地說：「你們是何人？膽敢偷襲欽差大臣。」尹志平斥責道：「大膽狂徒，來此招搖撞騙，我們正是奉欽差大臣之命，前來抓捕你們的。」話才說完，人已經來到霍魯海的眼前，霍魯海二話不說，狠狠地向對方發出一招金砂掌，尹志平運起北斗七星掌迎擊，此時，霍魯海只剩下五成功力，竟被震出兩丈外，昏倒於地，尹志平點了他的肩井穴，再將他裝入布袋中。

尹志平對劉世光夫婦說：「你們先行回去睡覺，我還要去交差。」說完，扛著兩個布袋直奔行省衙門，廉希憲見尹志平到來，興奮地問：「大功告成了？」尹志平點頭說：「手到擒來。」隨即將布囊中之人拉了出來，他先用繩索捆綁其手足，才解開他們的穴道。廉希憲驗明正身，冷笑著對劉太平說：「想不到吧，你也有被鉤考的時候，可惜你犯的是死罪，誰也救不了你。」劉太平恨恨地說：「只怪蒙哥當年心軟，否則，你還有機會在此發言嗎？」廉希憲說：「這是你們作惡多端，自食其果。」霍魯海倔強地說：「成王敗寇，要殺要剮，悉聽尊便。」廉希憲冷笑地說：「希望來世你還是個英雄。」說完便對衛兵下令道：「來人啊，將這兩個反賊拉出去斬首示眾。」

廉希憲對尹志平說：「尹大俠，你辛苦了一個晚上，先回去休息吧，三天後我們在此集合，一起前往成都。」尹志平走後，廉希憲便忙於釋出公告，宣布「劉太平與霍魯海意圖謀反，已被正法，若有反叛忽必烈者將被抄斬」云云。此舉的確發揮了殺雞儆猴之效，漢南宗王都俯首從命，自然，忽必烈獲得廉希憲的捷報，更是欣喜不已。

三天後，尹志平帶著魯珊前來行省府衙與廉希憲會合，然後一起前往四川，他們祕密住進成都的客棧，廉希憲說：「我們的第二個目標是成都守將密裡火者，此人是阿里不哥的親信，大汗要求我們除掉他，以奪取兵權。」尹志平說：「沒問題。」

入夜時分，尹志平和魯珊施展輕功，潛入將軍府，見密裡火者一面秉燭揮筆，一面自言自語地說：「和林要我領兵回去勤王，看來忽必烈是決心北伐了。」正在凝思間，突然一縷銀光迎面撲來，竟是一把犀利的寶劍，他急忙身體向後仰倒，避過來劍，隨即一個「鯉魚翻身」站了起來，見是一個持劍的蒙面人。密裡火者正想開口叱喝，

對方一招「流星趕月」，劍尖已迎胸刺來，他無暇多說，立刻橫跨一步，一招闢空掌向對方打去，眼看已擊中對方，怎料卻一無所有。正在茫然莫解之時，突然背後一痛，已被蒙面人刺了一劍，幸虧他有甲冑護身，只是一點皮外傷。密裡火者隨即拔刀在手，朝向蒙面人砍殺，不知何故總是落空，正當他左右張望時，一道冷冰冰的寒光，突然在眼前一閃，他急忙舉刀撩撥，卻是空蕩蕩。來人的行蹤有如鬼魅，令密裡火者不寒而慄，卻在此時，那支冷劍突然再現，在他作出反應之前，劍尖已穿喉而過，接著是「碰」的一聲，密裡火者壯碩的身軀撲倒在血泊中，蒙面人割下他的首級，納入囊內。在窗外掠陣的尹志平，見魯珊已經得手，便進來說：「等一下。」說完，從密裡火者的身上搜出兵符，兩人才越窗而去。

他們回到客棧，廉希憲急切地問：「得手了嗎？」魯珊將布囊交給他說：「在這裡。」廉希憲開啟來看，果然是密裡火者的首級，大喜。尹志平也將兵符獻上，廉希憲見了，讚道：「尹大俠真是細心，沒有這件寶物也不行。」次日，在尹志平與魯珊的護衛下，廉希憲

持著兵符召集軍中將士開會，宣布說：「密裡火者反叛忽必烈，已被大汗下令正法。」說完將包裹裡的首級交給士兵說：「將首級掛在營外示眾！」然後又說：「大汗有令，即日起，八春取代密裡火者接掌軍隊。」說完將兵符交給支持忽必烈的將領八春。

兩天後，廉希憲返回京兆，尹志平和魯珊則前往川東的青居，他們的第三個目標是蒙古大將乞臺不花。按照廉希憲的指示，他們先去會見總帥汪唯正，在營帳內，尹志平出示廉希憲的信和忽必烈的密旨，汪唯正不敢違令，便吩咐說：「你們兩人就假扮成侍衛，隨我去見乞臺不花。」汪唯正與乞臺不花見面後，便責問：「忽必烈傳令我軍原地駐防，為何你擅自開拔軍隊北上？」乞臺不花說：「我只服從汗廷的命令，既然和林下令軍隊北撤，我自然奉命行事。」

汪唯正示意尹志平動手，尹志平厲聲叱道：「大膽逆賊，竟敢造反，看招！」一招北斗七星掌當胸擊出，乞臺不花「蹬，蹬，蹬」地被擊退了七步，虧他有一身橫練的功夫，才沒有當場吐血而亡，但是，嘴角已掛著一線血絲。他站穩身子之後，馬上拔刀反擊，魯珊即刻舉劍迎擊，兩人激鬥成團，乞臺不花的狂風刀法，不愧為漠北一絕，一把馬刀竟然舞成密不透風的刀牆，魯珊雖然步法詭異，劍術高超，但是，始終無法近其身，尹志平擔心夜長夢多，便幽浮上升，從空中發出一招「落花有意」的先天混元指，原本是要點乞臺不花的百會穴，恰巧他揮刀護住頭部，結果反而點中他的曲池穴，只聽「噹啷」一聲，他的馬刀已掉落地上，魯珊不失時機地，發出一招「流水無情」，削鐵如泥的冷月劍，當胸穿甲而入，一股鮮血隨著劍身拔出，濺灑於空中，乞臺不花沉重的身軀轟然倒地，一代漠北梟雄，就此一命歸西。

汪唯正立即召集軍中的將領會談，說：「乞臺不花擅自調動軍隊，妄圖造反，已被忽必烈大汗派人處死。」他轉向主將奧魯官問道：「你做何打算？」奧魯官隨即應道：「服從忽必烈大汗的旨意。」接著汪唯正提高調門，厲聲說道：「大汗嚴令，軍隊即刻返回駐地待命，違者軍法處置。」至此，川蜀的蒙古軍隊全歸忽必烈所有。

與此同時，阿里不哥也在加緊調兵遣將，他命令其子玉木忽兒，說：「你和朮赤之孫合刺察兒，率領東路軍進攻開平。」玉木忽兒領命而去，阿里不哥對大臣阿蘭答兒說：「你統領西路軍南下，與駐守河西的守將渾都海會合，然後聯手收復關中和巴蜀。」阿蘭答兒立即應道：「遵命！」他心裡暗想：「當年我和劉太平一起在漠南鉤考，如今他已被忽必烈所殺，如果不全力以赴，我也會步劉太平的後塵。」於是，率領四萬騎兵南下河西。

尹志平送走魯珊之後，便去京兆的宣撫府交差，他對廉希憲說：「乞臺不花已經正法，汪唯正也控制了軍隊。」廉希憲神情憂鬱地說：「很好。」尹志平察言觀色後，問道：「何事令宣撫如此不安？」廉希憲凝重地說：「大事不妙，駐紮在甘肅六盤山的渾都海，竟然殺死大汗派去的傳令使者，造反了。」尹志平問道：「此事大汗如何處理？」廉希憲說：「大汗已派遣宗王合丹，率領騎兵追截，同時，要我調集八春、汪唯正、汪良臣等人的部隊隨後追擊，和命令駐紮在甘州的蒙古將領按竺兒領軍阻截。」他略停頓一下，又繼續說：「軍情緊迫，我們需要分頭行事，我前往四川調集川蜀部隊，然後與蘭州的汪良臣駐軍會合，再前去追截渾都海的軍隊。你攜帶詔書和密函，快速趕往甘州，傳令按竺兒阻截渾都海。」尹志平即刻啟程前往甘州。

他馬不停蹄地來到甘州龍首山的蒙古軍營，尹志平將忽必烈的詔書和廉希憲的親筆信交給按竺兒，按竺兒閱畢，說道：「好，我軍即刻嚴陣以待。」此時，渾都海率領的四萬騎兵部隊也將抵近甘州，於是，按竺兒派人前去宣示忽必烈的命令，說：「大汗有令，快快領軍返回原地，否則將受到攻擊。」渾都海嗤之以鼻，軍隊繼續前行，後方的探子來報：「廉希憲率領大軍尾追而來。」由於前路不通，後有追兵，渾都海心想：「如今腹背受敵，不如就地北上。」於是下令：「全軍由甘州北上和林！」行軍不到一天，探馬又報：「前方來了一支蒙古騎兵，打著阿蘭答兒的旗號。」渾都海聞報大喜，傳令說：「全軍快速前進，迎接友軍。」不久便與阿蘭答兒會師，阿蘭答兒說：「合罕要我們聯手收復漠南的軍隊。」渾都海立即說道：「好。」遂下令軍隊調頭回師。

與此同時，廉希憲所率領的蒙漢軍隊，也會合了按竺兒與合丹的騎兵尾追而來，雙方軍隊在耀碑谷相遇，尹志平突見背後，有漫天的黑雲滾滾而來，便指著天空對廉希憲說：「不好，沙塵暴來襲了！」廉希憲見了大驚失色，隨即下令說：「軍隊立即朝背風之處轉移！」於是率領軍隊右移數裡，背靠山崗與渾都海的軍隊對峙。正當雙方僵持不下之時，渾都海的陣地突然狂風大作，飛沙走石，天地無光，渾都海下令道：「軍隊原地勿動，等待風暴平息，即刻發起進攻。」奇怪的是，廉希憲的陣地卻平靜無風，視野清晰。

汪良臣向廉希憲建議說：「我們應該趁此良機，派遣步兵貼近作戰，一旦渾都海的陣營大亂，即可全軍發起衝殺。」廉希憲說：「好，你即刻率領麾下兵士依計行事。」於是，汪良臣的兵士抵近敵軍陣地時，立即下馬，左手舉盾右手持刀，衝入陣地猛砍敵軍的馬腳，渾都海的軍隊由於有令在身，不敢妄動，等到從馬上跌下來時，都成了刀下之鬼，馬匹因為受傷而嘶叫和亂闖，使渾都海的陣營大亂。

廉希憲見此情形，隨即下令：「全軍發起進攻！」同時又對尹志平說：「尹大俠，請你潛入亂軍中，殺掉渾都海和阿蘭答兒。」尹志平應道：「遵命。」隨即衝入陣地，此時，渾都海和阿蘭答兒已經無法控制軍隊，他們的眼睛都被風沙吹得張不開，正張惶失措的騎在馬上，尹志平唯恐被兩人溜走，便從地上拾起一把馬刀，飛身上前，只一揮手，兩顆人頭便相繼落地，他抓起人頭迅速回去交差。風沙平息之後，渾都海和阿蘭答兒的軍隊已死傷慘重，潰不成軍，不是逃就是降，廉希憲大獲全勝，傳令設慶功宴犒賞全軍。

至此，漠南的蒙古軍隊已完全被忽必烈所控制，而襲擊開平的阿里不哥軍隊，也被忽必烈的原東路軍所擊潰，逃回和林。尹志平隨廉希憲去開平覆命，忽必烈見尹志平圓滿完成任務，非常高興地說：「尹大俠，你一人可抵幾萬大軍，多虧你出手，漠南的局勢才得以平定下來，真是本汗的有力臂膀。」尹志平忙說道：「大汗洪福齊天，為大汗效勞，理所當然。」忽必烈喊了一聲，一名侍臣捧了一盒黃金出來，他微笑著說：「這裡一百兩黃金，是你立功的獎賞。」尹志平隨即答謝道：「多謝大汗的賞賜。」忽必烈又說道：「近日我軍將撤離漢中，在襄樊北部有四千多畝軍墾良田，你快派人接手經營吧！」尹志平暗喜道：「在下遵命。」於是，便退下去辦理土地接收的詔書。襄樊地區是蒙古與宋國對峙的前線，現在駐軍要調走，一般官員都不敢接手，忽必烈自然又想到了尹志平，而大軍北伐阿里不哥，後果如何？請看下回分解。

除叛逆，草原鬻戰　離漠北，窮途末路

且說阿里不哥對忽必烈展開的兩線進攻，都相繼失敗，西線南下的騎兵，被廉希憲的隴蜀聯軍所消滅，東線進攻開平的騎兵，也被忽必烈的先鋒也松格所擊敗，只好退回和林休整。這天探馬來報：「忽必烈正在調兵遣將，準備北伐和林。」阿里不哥問群臣：「忽必烈即將率軍北上，如何是好？」蒙哥之子阿速帶說：「我軍新敗，軍力尚未恢復，不宜再戰，不如向西撤退以避其鋒。」孛魯合贊同說：「對，向西撤退可以接近察哈臺兀魯思，等徵集好阿魯忽的糧食與兵器，養肥戰馬之後，再捲土重來。」恰好此時，阿魯忽遣使阿里不哥說：「由於河中與突厥斯坦地區，徵召糧食與用品，手續繁瑣，困難重重，請合罕下詔由我管轄兩地，才能順利完成任務。」阿里不哥無奈地下詔：「准予阿魯忽管轄河中與突厥斯坦。」

阿魯忽的使者走後，阿里不哥按計劃主動撤退，前往葉尼塞河上游的謙謙州紮營，完好無損地保全了軍隊實力。因此，當忽必烈起兵北伐，抵達和林時，已不見阿里不哥的蹤影。孛魯合對阿里不哥說：「為了迷惑忽必烈，阻止他追剿我軍，不妨致函詐降。」阿里不哥依計行事，遣使致函說：「我已知錯，等來秋養肥了馬匹，再率同別兒哥和阿魯忽前往覲見合罕。」忽必烈讀後滿心歡喜，笑著對塔察兒說：「我就知道阿里不哥只是瞎鬧，成不了大事。」說完把信傳給他看，然後對宗王依相哥說：「阿里不哥已經來信請降了，你就留守和林，迎接他把。」依相哥問道：「如果到時他不來的話，怎麼辦？」忽必烈說：「如果他依約前來，就說明他有誠意，如果爽約，就說明他準備和我們打下去，你就必須抹馬厲兵，準備作戰。」

此時，居住和林的兀魯忽乃，攜同木八剌沙求見忽必烈，她哭訴說：「阿里不哥派阿魯忽搶走我兒子的王位，還想娶我為妻，請大汗為我們孤兒寡母做主。」忽必烈沉思一會，說：「如果你能策反阿魯忽，我就能為你做主。」兀魯忽乃說：「好，只要阿魯忽許諾，將來由木八剌沙繼承他的王位，我就嫁給他為妻，勸他不要支持阿里不哥。」忽必烈說：「很好，我下詔給阿魯忽，要他依你的條件娶你。」於是，派軍護送她母子去見阿魯忽。

阿魯忽自從管轄河中與突厥斯坦後，實力大增，擁軍達十五萬之多，成為中亞的新興強國，於是，便想脫離阿里不哥而獨立。此時，又見令他神魂顛倒的兀魯忽乃，禁不住把她抱在懷裡，正想親她的嘴，卻被她掙脫而去，兀魯忽乃媚了他一眼，說：「你且看了詔書，才說吧！」他閱畢忽必烈的詔書，暗想：「我正打算脫離阿里不哥，如今不但可得美人為妻，還可獲得強大的靠山，可謂一箭雙鵰，何樂而不為？」於是便順水推舟地說：「只要你做我的妻子，其他都不成問題。」於是，兩人便結為夫妻。兀魯忽乃告訴他：「忽必烈的軍隊非常強大，阿里不哥已敗走謙謙州，如果你繼續支援他，恐怕會遭池魚之殃。」阿魯忽說：「好，只要合罕認可我的王位和擁有河中與突厥斯坦，我就擇機斷絕對阿里不哥的補給。」不久，阿魯忽便遣使覲見忽必烈，呈遞他的親函。

忽必烈在和林待了半年，見阿里不哥沒有異動，便率領大軍返回開平。他與群臣商議說：「阿里不哥如果不來投降，我們要怎樣對付他？」姚樞說：「北方草原遼闊，利於阿里不哥縱橫馳騁，取之不易，不如結盟西方諸國，聯合圍剿，才能見效。」忽必烈說：「欽察汗國的別兒哥傾向支持阿里不哥，察哈臺的阿魯忽是阿里不哥所委任，如何結盟？」姚樞說：「他們所需要的是獨立為國，阿里不哥從未允許他們獨立，大汗如果無法統治他們，何不做個順水人情，以此換取他們的支持。」忽必烈沉重地說：「如此一來，我蒙古帝國就四分五裂了。」姚樞之議，或能解一時之渴，但是，在策略上，將失去帝國大汗的傳統地位，何況獨立後的諸國，不履行承諾，又能奈何？取短期之利而失長期之業，往往是儒者論兵的通病，然而，也確屬無奈之舉。此時，阿魯忽與旭烈兀的使者先後到來，忽必烈閱畢他們呈上的信函，隨即設宴款待，然後說：「即日起，本漢冊封旭烈兀為伊利汗，所管轄之地從質渾河至大食。阿魯忽為察哈臺汗，管轄之地包括察哈臺兀魯思，河中與突厥斯坦。」使者聞說，皆大喜謝恩。

且說阿里不哥見緩兵之計得逞，就一面向阿魯忽催收糧食與武器，一面加緊備戰，經過十個月的休整，軍隊實力大增。於是，便領兵向和林出發，他先遣使通知依相哥說：「我軍近日即將啟程前來『投降』，特此通報。」依相哥見阿里不哥光明正大地到來，不疑有詐，正當笑臉出迎時，阿里不哥突然發難，下令道：「把他拿下，斬首示眾！」依相哥在驚惶中被斬殺，忽必烈的守軍見主將被殺，便倉皇南逃，阿里不哥輕而易舉地奪回和林，再度稱汗。

噩耗傳來，忽必烈大驚，急忙召集大臣們商議，廉希憲對忽必烈說：「阿里不哥降而又反，都是受到身邊奸臣的蠱惑，唯有清君側才能降服阿里不哥。可是，這些奸臣身邊，都有武功高強的保鏢，不易對付。」忽必烈問道：「有哪些武林人士？」廉希憲答道：「為首者是藏傳噶舉派大師噶瑪拔希，其下除了大師的門徒，還有兩名武林高手，號稱漠北雙怪。」忽必烈於是傳召國師八思巴，問道：「噶瑪拔希支持我幼弟造反，不知國師能否降服此人，助我敉平叛亂？」從西藏回來不久的八思巴答道：「噶舉派武功都是口傳，無典籍可查，儘管詭祕怪異，相信邪不能勝正，我會全力除掉此人。」忽必烈欣慰地說：「那麼，就請國師隨軍待命吧！」八思巴領旨退下，忽必烈擬了一份詔書交給廉希憲，說道：「傳召尹志平。」尹志平接到詔書，即刻與廉希憲入朝見駕，然後隨大軍北伐阿里不哥。

阿里不哥占領和林之後，軍隊繼續向開平挺進，此時，忽必烈的北伐軍也正向和林出發，兩軍在昔木圖腦兒相遇，雙方便在此紮營對峙。阿里不哥急忙求計於國師，噶瑪拔希說：「所謂擒賊先擒王，不如我率領漠北雙怪前往刺殺忽必烈，只要他一死，軍隊就群龍無首，必然不戰而敗，今後再不會有人敢與大汗爭鋒了。」阿里不哥大喜說：「此次有賴國師建功。」噶瑪巴希又說：「為了預防忽必烈也派人前來行刺，我的兩名徒弟都留在大汗身邊，以防不測。」

與此同時，忽必烈也命令說：「八思巴，你負責去刺殺噶瑪拔希，尹志平則負責誅殺漠北雙怪。」兩人立刻領命而去，在路上，尹志平問八思巴：「國師可認識轉輪法王？」八思巴說：「我正是法王最小的徒弟。」尹志平暗地吃驚，問道：「在下與法王有一面之緣，不知法王近況如何？」八思巴答道：「我師傅已經逝世多年了。」尹志平問道：「你從師多少年了？」八思巴答道：「我五歲就拜在法王門下，直至師傅圓寂，從師共十多年了。」尹志平見他只是年近三十歲的年輕人，心裡暗想：法王敗走少林，已經過了二十多年，當年他還是一個未滿十歲的孩子，應該不知此事，何況不光彩的事情，是誰都不願意提起。於是，讚許道：「你能貴為國師，必是盡得法王的真傳，如此年少有為，真令人敬佩！」八思巴客氣地說：「哪裡，全託師傅的庇佑。」

正當他們談到此處，突然發現有三條人影，從阿里不哥的營地飛奔而來，兩人急忙匿藏身子，暗中檢視，來人竟然就是他們的對頭。尹志平對八思巴說：「大汗叫你對付噶瑪巴希，我就負責剷除漠北雙怪。」八思巴點頭說道：「好，我們分頭行事。」於是，各自展開輕功追蹤自己的目標，八思巴的輕功顯然不如尹志平，兩人的距離逐漸拉大。前面三人快到忽必烈營地時，便停了下來，只見噶瑪拔希對漠北雙怪說：「你們兩人潛入營中刺殺忽必烈，我在此接應。」漠北雙怪應道：「好。」說完，躍身入營。尹志平則躡蹤而上，雙怪在營地內躲躲閃閃，轉來轉去地尋覓忽必烈的所在，終於被他們摸到了帳前。帳外有兩名衛士在站崗，只見刁贊一揮手中的毒龍鞭，一名衛兵的頸項立即被捲住，沒多久就窒息而死，與此同時，橫兵也以飛刀射中另一名衛士的咽喉，不久，兩名衛士相繼倒地。

雙怪互相打了一個手勢，顯然是說一個在帳門守衛，一個進去刺殺忽必烈，正當橫兵進入帳內時，尹志平即刻幽浮至刁贊身後，以先天混元指點中他的肩井穴，然後，衝入帳內。此刻，忽必烈正在責問橫兵：「你是何人？竟敢擅闖本汗營帳。」橫兵哈哈大笑地說：「死到臨頭，還要擺架子，看刀！」忽必烈大驚失色，慌忙躲閃，正當橫兵再次舉刀時，突然曲池穴一麻，鋼刀「噹啷」落地，橫兵吃驚地轉頭一看，見尹志平對他冷笑，他活動一下筋骨，解開穴道之後，便趨前向尹志平發出一句大力神掌，眼看就將擊中對方，卻不知何故，落掌之處空空蕩蕩，橫兵大驚，正待回頭張望時，一股強大的勁力奔湧而至，只聽見「碰」的一聲，尹志平的「北斗七星掌」已擊中他的背部，幸虧他有深厚的橫練功夫，才沒有當場吐血，但是，卻被擊翻倒地，尹志平正待趨前點穴，不料橫兵一躍而起，向尹志平的胸口全力發掌，只聽「碰」的一聲，橫兵被彈到帳頂才跌下來，他望著尹志平，想起二十多年前在洛陽慘敗，不覺顫抖地說：「你，你是……」尹志平不待他說完，便點中他的肩井穴，然後向忽必烈施禮說：「大汗莫驚，刺客都已就擒。」說完轉身出帳，將刁贊推入帳內。

此時，忽必烈驚魂甫定，他問尹志平：「他們是何人？為何來刺殺本汗？」尹志平答道：「他們就是阿里不哥的保鏢『漠北雙怪』，是奉命前來刺殺大汗。」忽必烈聽後大怒，罵道：「你們這兩個反賊，竟敢來刺殺本汗，若不將你們處死，難消我心頭之恨。」此時，恰好一隊巡邏的衛兵衝進帳來，忽必烈大喝道：「來人呵！將這兩個逆賊斬首示眾！」衛兵將「雙怪」拉出去之後，忽必烈感激地說：「幸虧尹大俠及時趕到，否則本汗就遭其毒手了。」尹志平抱歉地說：「在下救駕來遲，請大汗恕罪。」忽必烈和顏悅色地說道：「你救駕有功，何罪之有？」尹志平便將事情原委說了一遍，忽必烈微皺眉頭說：「為何八思巴還沒有消息？」尹志平說道：「此刻應該有結果了。」話剛說完，便見兩名蒙古士兵扶著受傷的八思巴進入帳內，忽必烈連忙問道：「國師怎麼了？」八思巴道：「噶瑪拔希的武功詭異，竟然以「移花接木功」化解我的「大手印」功力，還導引我的內力進行反擊，我一時不慎中其奸計，後來，他見漠北雙怪被斬首示眾，才逃之夭夭。」忽必烈無奈地叫人扶他去養傷。

次日，忽必烈大軍發起進攻，塔察兒與合必赤聯軍攻擊阿里不哥的前鋒，斬其大將合丹火兒赤，阿里不哥大敗，在噶瑪拔希的護衛下，倉皇率軍後撤，此時，阿速帶的殿後軍趕到，他對阿里不哥說：「合罕，不可再退，快把軍隊重新整合。」十日後，在阿速帶的率領下，阿里不哥的軍隊再度對忽必烈展開攻勢，雙方在一個沙漠邊緣和一座山旁，分左右兩軍你來我往，激烈交鋒，在山旁這邊，阿里不哥率領的右翼部隊，竟然被史天澤的漢軍所擊敗，而在沙漠邊緣，則是阿速帶率領的左翼部隊，對壘忽必烈的主力軍，結果殺得難解難分，互有勝負，從中午一直戰到天黑，雙方才各自罷兵，回到對峙的局面。自始至終，尹志平一直在旁護衛忽必烈，姚樞進言道：「與其在遼闊的草原與阿里不哥周旋，不如就地以靜制動，只要時間一久，阿里不哥就耗不起了。」

果然，停停打打地交戰了幾個月，時間對阿里不哥越來越不利，其後勤補給出現困難，武器與兵員的耗損也有待補充。阿里不哥頹喪地對眾人說：「我們的補給所剩不多，很難再打下去了，不如息戰求和吧？」孛魯合說：「事情做了，就應該勇往直前，不該半途而廢，否則就前功盡棄了。」阿里不哥振作了一下身子，說：「既是如此，就等收到阿魯忽的補給品，才繼續打吧！」不料，前往徵集糧食和武器的官員卻回報：「阿魯忽拘留我們的使者，還扣押我們所徵收的糧食用品，並宣稱不再為和林提供補給。」阿里不哥聽後大怒，阿速帶說：「看來，我們必須儘速撤退以儲存實力，先向西討伐阿魯忽，占領其兀魯思，才能解決軍隊的給養。」於是，阿里不哥漏夜率軍西遁，忽必烈的軍隊隨後占領和林。

正當忽必烈要尾追阿里不哥時，突然接到大都傳來的密報：李璮造反了。忽必烈立即停止追擊，留下部分軍隊駐守和林，然後班師回朝，大軍抵達上都後，忽必烈命人拿來一百兩黃金給尹志平，說：「這是你誅殺反賊的獎賞。」尹志平說：「謝謝大汗的賞賜。」忽必烈又說：「你救駕有功，我賜你一面虎頭令牌，憑此牌，有事可以直接入宮覲見，在帝國的境內，也可以通行無阻，廣受優待。我現在有急事待辦，你且先回去吧。」尹志平遂叩謝道：「感謝大汗的恩典。」

且說阿里不哥領兵討伐阿魯忽，由於阿魯忽有備而戰，不但旗開得勝，還斬殺阿里不哥的大將哈剌不花，正當阿魯忽志得意滿之時，阿速帶率領的後衛軍發動突襲，大敗阿魯忽的軍隊，奪取伊犁和阿力麻裡，占領其兀魯思，阿魯忽逃至伊塞克湖一帶，接著又退向喀什和撒馬爾罕地區。兀魯忽乃對阿魯忽說：「大王，何不遣使忽必烈，要求出兵支援，則阿里不哥必然腹背受敵。」阿魯忽讚道：「王妃果然聰明，我這就派人覲見忽必烈。」

由於對抗忽必烈屢戰屢敗，阿里不哥信心大失，進駐阿力麻裡之後，便醉生夢死，性情大變，殘暴乖張，任意殺害軍民，引發軍隊內部群情激憤，許多士兵高喊：「回歸蒙古，投奔忽必烈！」這天，王子玉木忽兒的士兵也被殺，他便與阿里不哥理論：「父汗，為何殺害我的士兵？」阿里不哥暴怒地說：「我要殺誰，你管不著，快給我滾！」父子就此鬧翻，玉木忽兒憤憤地領兵離去。蒙哥之子玉龍答失對其兄阿速帶說：「阿里不哥變得如此不近人情，期望他當大汗，無異於緣木求魚。」阿速帶沉痛地說：「既是如此，我們就帶領軍隊投奔忽必烈吧！」噶瑪拔西長嘆一聲，也帶了門徒潛回吐蕃。除了手下眾叛親離，兀魯思內還禍不單行，發生嚴重的饑荒，不斷有牲畜與兵士死亡。與此同時，探馬來報：「合罕，阿魯忽與忽必烈的軍隊兩面夾擊來了！」阿里不哥終於陷入了絕境，他的大臣孛魯合說：「我們已經山窮水盡，無兵可打了，不如前往開平吧！你和忽必烈是親兄弟，他不敢對你怎樣的。」阿里不哥已經窮途末路，只好率領僅有的十名那顏前往開平。

在開平的宮殿內，阿里不哥按蒙古習俗，肩披大帳的門簾進去見忽必烈，兩人相對默然無語，片刻之後，忽必烈含淚問道：「親愛的弟弟，我們之間的紛爭，究竟是誰錯了？」阿里不哥說：「從前是你，現在是我。」意思是說，當年忽必烈登基為汗是錯的，現在他回來投降則是自己錯。忽必烈臉色驟變，不想此時此刻，他還如此嘴硬，於是，沉重地說：

「你太累了，先下去休息吧！」接著，忽必烈傳召孛魯合，嚴厲地問：「你身為我父的元老，為何沒有勸阻我弟弟謀反？」孛魯合說：「合罕，是我錯了，請你給我機會，我可以證明成吉思汗曾說你有帝王之相，也可以證明蒙哥說你有領導帝國的才幹。」忽必烈聽候怒氣頓消，說道：「只要你能證實所言，就能將功贖罪。」第二天，忽必烈令部下審訊阿里不哥的同黨，在場的阿里不哥說：「你們不用審了，這次的戰禍全是我一個人造成的。」審訊官問他：「是誰唆使你發動叛亂？」阿里不哥供認說：「是脫裡赤，阿蘭答兒和孛魯合。」

忽必烈得到報告之後，心想：「阿蘭答兒已經在亂軍中被殺，脫裡赤被監禁在大都，勃魯合在審訊中招供，他曾聽過祖父說我有帝王之相，也聽過蒙哥稱讚我有領導帝國的才幹，留下他，將來可以佐證我繼位的合法性。」於是，下令道：「除了阿里不哥手下的九名『那顏』之外，其他人全部釋放。」阿速帶說：「勃魯合是鼓動阿里不哥叛亂的要犯，不應該釋放，他曾經對阿里不哥說『事情做了就不能半途而廢，必須勇往直前』。」忽必烈聽後大怒，隨即下令：「勃魯合等十名『那顏』大逆不道，拉出去斬首，以儆效尤。」同時，下詔燕京的真金，處死脫裡赤。忽必烈聽從幕僚的建議，發詔書通知各汗國和各地宗王，有關寬恕阿里不哥等人和處死其異密的決定，並邀請他們在三年後的秋天，前來蒙古出席忽里勒台大會。一個月後，阿里不哥「病逝」，忽必烈下詔宣布：「廢除和林的汗庭，改設宣慰司，由都元帥府管轄。」這場歷經四年的汗位之爭，終於落下了帷幕。

前面賣了關子，「李壇之亂」的消息傳來，忽必烈急急趕回上都，究竟後果如何？請看下回分解。

電子書購買

爽讀 APP

國家圖書館出版品預行編目資料

忽必烈大帝——全真祕笈重出世，亡國魂聚中秋盟 / 饒夥發 著 . -- 第一版 . -- 臺北市 : 崧燁文化事業有限公司 , 2024.06
面； 公分
POD 版
ISBN 978-626-394-439-8(平裝)
857.7 113008236

忽必烈大帝——全真祕笈重出世，亡國魂聚中秋盟

臉書

作　　者：饒夥發
發 行 人：黃振庭
出 版 者：崧燁文化事業有限公司
發 行 者：崧燁文化事業有限公司

E-mail：sonbookservice@gmail.com
粉 絲 頁：https://www.facebook.com/sonbookss/
網　　址：https://sonbook.net/
地　　址：台北市中正區重慶南路一段 61 號 8 樓
8F., No.61, Sec. 1, Chongqing S. Rd., Zhongzheng Dist., Taipei City 100, Taiwan
電　　話：(02) 2370-3310　　　傳　　真：(02) 2388-1990

印　　刷：京峯數位服務有限公司
律師顧問：廣華律師事務所 張珮琦律師

定　　價：375 元
發行日期：2024 年 06 月第一版
◎本書以 POD 印製
Design Assets from Freepik.com